나는
세스나기가 없다

김동승 소설집

김동승
1956년 서울출생으로
2000년 문학 21에 단편소설「갈등」을 발표한 이래
「부처님이 눈물을 흘릴 때」를 포함하여
지금까지 10여 편의 단편소설을 발표했다.

나는 세스나기가 없다

2004년 3월 20일 발행
2004년 3월 30일 1쇄

지 은 이 /**김동승**
펴 낸 이 /**윤현호**
펴 낸 곳 /**뿌리출판사**
홈페이지/**www.rootgo.com** / E-mail : rootgo@dreamwiz.com
주   소 /서울시 성동구 성수 2가 3동 317-10 2층 우편번호/133-835
전   화/(代)2247-1115, 466-4516, 팩 스/466-4517
출판등록/서울시 등록(카) 제 1-551호 1987.11.23

값 / 8,000원
ISBN 89-85622-42-0

*잘못된 책은 바꾸어 드립니다.
*인지는 저자와의 협의에 의하여 생략합니다.

나는
세스나기가 없다

김동승 소설집

뿌리출판사

차 례

추천사

소설가 김동승은 글을 통해 자신의 내면과 소통하면서 세상이라
는 대상과 만난다.

그리고 이 세상의 모순과 갈등을 감지하는 예리한 통찰력으로 우
리에게 신선한 충격을 던진다.

그는 상처입은 사람에 대한 따뜻한 휴머니즘과 허위와 가식 배금
주의적 인간에 대한 냉철한 고발의식을 갖고 끝까지 추적해가는
저력을 지녔다.

오랫동안 지켜 본 그는 바위같은 고집을 갖고 있는 작가다.

그를 신뢰하는 것은 글이란 완성된 뒤에 나오는 것이 아니고 완성
을 향해 나아가는 과정에서 나오는 것이라고 믿기에 김동승의 현
상태의 글에 더 큰 기대를 걸어본다.

소설가 / **김재순**

2004년 새해가 시작되는 제야의 종소리가 울렸다.

그 순간을 맞춰 창작집을 내야겠다고 결심을 했다.

그러자 기쁨과 두려움이 교차가 되었다.

그 동안 나 자신과의 싸움에서 무엇에 대한 미련이

아직도 남아있는가 보다.

그래서 그런지 오늘따라 능곡역에서 출발하는 문산행

마지막 열차 기적소리가 구슬프게 들려 울적해지려고 한다.

마음을 괴롭혔던 지나간 것들이 기지개를 편다.

그래 또 다시 나 자신과의 싸움은 재개되었다.

소설이 없는 나를 생각하기 싫다.

2004년 1월 능곡에서

김동승

옥탑방 안의 블루

숨을 들이쉴 때마다 진한 화장품 냄새가 말초신경을 자극한다. 눈을 떴다. 믿을 수 없는 현상이 벌어졌다. 이것처럼 더 좋은 행운은 어디에 있을까. 뱀이 허물을 벗는 것처럼 팔등신 금발의 미녀는 옷을 한 꺼풀씩 바닥에 떨어트린다. 미녀는 팬티를 벗으려고 한 쪽 다리를 들어올린다. 불덩이같이 후끈 달아오른 몸은 개구리처럼 펄쩍 뛰어 올랐다. 살짝 몸을 비트는 미녀의 팔꿈치가 팔뚝을 스친다. 그 순간 팔뚝이 간질간질해지고 햇살이 눈가에 스쳤다. 발기된 성기와 희끗희끗한 미녀의 알몸은 한낮의 꿈에 불과했다. 허탈함에 입맛을 쩝쩝 다시고 다시 잠을 청한다.

두 마리의 파리는 여전히 낮잠을 방해한다. 비몽사몽간에 파리를 잡으려고 손사래를 친다. 용케도 한 마리가 팔뚝에 내려앉는다. 손바닥이 팔뚝에 닿기 전에 파리는 달아난다. 그 사이에 나머지 한 마리가 허벅지에 내려앉았다. 손이 허벅지로 가기도 전에 파리는 달아나고, 팔뚝에 내려앉았다가 달아난 파리는 발가락 틈새를 헤집고 다닌다. 발가락을 꼼지락거려 파리를 내쫓자마자 방금 달아난 파리가 이마에 내려앉는다. 이마에서 얼굴로, 얼굴에서 팔뚝으로, 팔뚝에서 허벅지로. 그렇게 두 마리의 파리와 손이 쫓고 쫓기는 관계를 청산하지 못하면 도저히 낮잠을 잘 수 없는 지경이다. 오만상을 찌푸린 얼굴 그대로 허리를 일으켰다.

우선 옷걸이에 걸린 바지에 달라붙은 파리를 겨냥해서 책을 던졌다. 책은 벽치기를 한 다음 방바닥에 떨어졌다. 책장은 미친년 머리카락처럼 흐트러졌다. 약통을 올리는 것처럼 파리는 내 머리 위에서 빙글빙글 날아다닌다. 손을 휘둘렀다. 파리는 한 단계 더 높은 곡예비행을 자랑하듯이 곡선을 그리며 날아다닌다. 서둘렀다가 번번이 놓치는 미련한 짓만 되풀이 할 수는 없다. 책을 집어 들고 파리가 사정 거리 내에 들어올 때까지 미동도 하지 않는다.

그렇게 십 여분이나 지났다. 지 세상 만난 것처럼 방안을 휘젓고 날던 파리는 이제는 안심해도 됐다고 판단이 섰는지 벽에 착 달라붙었다. 유감스럽게도 한 마리는 멀리 떨어졌다. 그래도 두 마리를 다 놓치는 것보다는 한 마리라도 잡아야 한다. 한 쪽 눈을 감고 파리를 조준한다. 이제는 됐다 하고 판단이 서자 책을 힘껏 내 던졌다. 날개와 내장이 한데 뒤엉켜 납작한 형상이 된 파리 옆으로 피가 약간 번졌다.

나머지 한 마리는 책이 벽에 부딪칠 때 놀란 나머지 도망을 간다는 것이 지름8㎝ 높이30㎝ 1.5 l 용량의 빈 유리병 속으로 들어가 버렸다. 얼른 뚜껑을 닫고 오른쪽으로 돌린다. 자신이 유리병 속에 갇혔다는 사실을 눈치채지 못한 파리는 앞다리를 비빈다. 눈에는 안 보이지만 밑바닥은 끈적끈적하고도 달콤한 설탕 성분이 묻어 있다.

방안에 복사열이 한창 기승을 부릴 시간이다. 겨드랑이는 땀에 절어 축축해졌다. 아귀가 잘 안 맞는 창문은 닭 모가지가 비틀어지는 소리를 내지 않고는 열고 닫을 수가 없다.

승용차가 마주치면 서로 엇비뚜름해서 겨우 빠져나가는 골목길은 언제 보아도 된장국 냄새가 나는 것처럼 털털하다. 구름 한 점 없는 하늘은 푸르죽죽하다. 전봇대에 무질서하게 걸쳐진 전선들이 축 늘어진 자태가 측은하게 보여진다. 아직 이른 시간이지만 손님 맞을 차비를 하는 '과부촌' 사장 곱추가 분홍빛 아크릴 입간판에다 전원을 연결하고 있다. 그 옆에서 빵굽터집 발발이가 한쪽다리를 치켜올려 오줌을 갈기려고 한다. 황씨 아저씨가 발을 들어올리자 발발이는 꼬랑지를 내리고 달아나려다 그만두고 뱃가죽을 아스팔트 위에 깔아 버린다.

골목과 마주 접한 도로 건너편 '보끄레 머리방'은 셔터가 내려졌다. 오늘이 무슨 요일인지 생각이 안 난다. 창턱에 놓여진 미니 달력을 본다. 대뜸 오늘은 미용실이 노는 수요일이라는 사실을 알아차린다. 깎는다 하고서도 그냥 내버려둔 머리는 귀를 덮었다. 앞머리를 내리면 눈썹이 덮인다.

　장마를 예고하는 장대비가 연거푸 이틀 동안 쏟아지고 있었다. 일거리마저 떨어져 아침부터 홧김에 소주를 들이키고는 잠이 들었다. 한 때 민지라고 불렀던 그녀가 전화를 하지 않았더라면 그 다음날까지 잠에서 깨어나지 못했을 것이다. 유리창에 매달린 빗방울이 불빛에 반사되어 반짝 반짝거리는 통에 눈을 비비면서 플립을 열었다.
　"여기 보끄레예요."
　"뭐라고요!"
　귀에 익숙지 못한 단어를 숨이 넘어갈 듯하게 넘기는 그녀의 목소리에 그만 짜증이 나고 말았다.
　"종로약국 옆에 보끄레 머리방이예요."
　그녀는 오히려 내가 말귀를 알아듣지 못한다는 투로 악을 썼다.
　"아! 머리방이요. 알아요 알아."
　오랜만에 돈을 만질 수 있는 기회를 놓치기 싫었다. 곧바로 짜증을 거두고 웃음기 섞인 목소리로 응대를 했다. 알았어요 하고 전화를 끊는 그녀의 목소리도 수그러들었다. 연장통 안의 연장들을 수습하면서도 머리방에 가 있는 마음이 악취를 풍겼다. 습관적으로 코를 막았다가 코똥을 꿰었다.

빨리 가야 한다는 생각이 앞선 나머지 우산을 챙기는 것도 잊어버렸다. 머리방 앞에 다 달았을 때는 모자챙에서 떨어지는 빗물이 손등을 적셨다. 희뿌연 바탕에 가느다란 선으로 사막의 오아시스와 낙타를 표현한 유리문을 발로 밀쳤다.

"여기예요."

황급하게 그녀가 손으로 가리 킨 세면기는 P트랩을 통과하지 못하고 물이 역류되어 머리카락과 거품이 둥둥 떠다녔다. 늘 하던 대로 악취를 차단하는 P트랩을 뜯어냈다. 세면기에 차 있던 물이 줄줄 흘러 빠져나와 바지와 신발 그리고 그녀의 샌들과 발등을 적셨다. 그 정도는 일을 하다 보면 다반사로 당하는 일이라 나한테는 아무렇지도 않았다. 미니 스커트에 수박 줄기 무늬 티셔츠를 걸친 그녀는 노랗게 물든 머리로 가려진 미간을 찌푸리고 한 걸음 뒤로 물러났다.

P트랩 속에는 머리카락이 가래침에 섞여 땅속의 지렁이들처럼 똘똘 뭉쳤다. 철사를 P트랩 속에 집어넣고 청소를 하는 일은 눈을 감고도 할 수 있는 일이라 많은 시간이 걸리지 않았다. 매일매일 빠트리지 않고 보는 연속극을 할 시간은 점점 다가오고 있었다. 빨리 일을 끝마치고 돈을 챙겨서 집에 가려고 그녀가 건네주는 음료수도 마다하고 P트랩을 원래대로 맞춰 놓았다. 그런데 어찌된

일인지 세면기 구멍을 빠져나간 물은 P트랩을 통과하지 못하고 다시 역류되었다. 어느 쪽에서 막혔는지를 확인하고자 P트랩과 연결된 하수구에다 철사를 집어넣었다. 의외로 하수구는 깊숙이 막혀 있었다. 철사를 빙글빙글 돌렸다. 이제는 됐다 싶어도 머리카락은 연신 철사 끝에 매달린 뭉툭한 코에 걸려 빠져 나왔다. 그녀는 시계를 자주 들여다봤다.

"약속이 있으세요?"

"사장님이 알면 혼나요. 어떻게 빨리 안 될까요?"

금방이라도 울음을 터트릴 듯이 그녀는 발을 동동 굴렀다. 연속극을 보기에는 다 틀렸지만 애를 태우는 그녀를 마냥 기다리게 할 수는 없었다. PVC 하수관이 깨지는 한이 있더라도 꽝청소기를 사용하기로 했다. 하수구에 압축공기를 주입시키려고 하자 그녀는 귀를 막았다. 어림짐작으로도 엄청난 양으로 하수구를 막고 있는 머리카락은 '꽝' 소리 한 방으로도 밀리지 않았다. 마지막 선택을 한 이상 안 된다고 포기할 수는 없었다. 무차별 폭격을 하는 것처럼 쏘아 대는 압축공기에 마침내 머리카락이 밀리고 하수구에 고였던 물은 쫙쫙 빠져나갔다. 뒤에서 귀를 막고 지켜보던 그녀는 박수를 쳤다. 한 밤중에 웬 박수 소리인가 하고 지나가는 여학생이 발길을 멈추고 대형 유리창을 통해 머리방 안을 기웃거렸다.

"저 아저씨 그런데⋯⋯."

그녀는 잠깐 할 얘기가 있다면서 나더러 의자에 앉으라고 해 놓고서는 유리문을 열어 바깥을 살폈다.

머리방 사장은 그날그날 수도와 전기 사용량을 점검하는 짠돌이다. 일을 하다가 시설물이 망가지면 사장은 종업원의 과실로 몰아쳐 수리비도 월급에서 공제를 한다고 했다. 그런 내막을 그녀는 전에 일했던 종업원들로부터 들어서 잘 알고 있었다. 그래서 사장한테 책잡힐까봐 그녀는 하수구가 막히지 않도록 머리카락을 일일이 손으로 걸러 냈지만 마음먹은 것처럼 쉽지는 않은 일이었다. 약자의 어려운 사정은 약자만이 아는 것이다. 얘기를 듣고 보니 미용 의자 네 개를 혼자서 도맡아 일하는 그녀의 처지가 이해가 되고도 남았다.

"제 사정을 한 번만 봐 주세요."

수리비는 하루 만 원씩 십 일 동안 내 계좌로 입금을 하는 편법을 쓰기로 타협을 봤다. 수리비는 원래 칠만 원이다.

"왜 하루에 만원씩입니까?"

"그건 말이죠⋯⋯."

말을 하다가 입술에 손가락을 갖다대는 그녀의 손놀림에 짠돌이 사장이 골탕을 먹는다는 고소한 생각이 들었다.

약속대로 그녀는 십 일 동안 하루에 만원씩 내 계좌에다 입금을 시켰다. 나중에 그녀는 나 없는 사이에 사정을 봐줘서 고맙다는 인사말을 음성 메시지로 남겨 놓았다.

어느새 파리는 뚜껑에 거꾸로 매달렸다. 슬며시 장난기가 발동한다. 유리병을 살짝 들어올려 흔들었다. 파리는 뚜껑에 매달린 채로 미동을 한다. 이번에는 탁 소리가 나도록 유리병을 책상에 내리쳤다. 파리는 급강하를 해서 사뿐히 바닥에 내려앉았다. 좀 더 자세히 파리를 들여다보려고 눈을 유리병에 바싹 갖다댔다. 표정이 없는 파리가 무슨 꿍꿍이속을 하고 있는지 알 수 없다. 주인의 무관심 속에 골목길을 휘젓고 돌아다니는 발발이도 좋다 싫다 감정을 표현할 줄 안다.

유리병은 꼭지 언저리 부분에 먼지가 덕지덕지 묻었다. 연장통 덮개에 쌓여 있는 먼지는 입으로 훅 불면 바람이 스치는 것처럼 날려진다. 할 일도 마다하고 방구석에 처박혀 시간을 허비하는 날이 얼마나 되었는지 계산도 하고 싶지 않다. 언제까지 이러고 있을지는 감이 잘 안 잡힌다. 하루 식사는 아침은 거르고 점심과 저녁 두 끼로 해결한다. 그러다가 기분에 따라서 점심이 아니면 저녁 한 끼로 때운다. 식당 밥을 먹는 것이 지겨우면 라면으로 하루 끼니를 때운다. 라면박스 주위에는 라면봉지와 유리병들이 어지럽게 널려져 있다. 발가락 사이로 들러붙은 때가 소주 찌꺼기와 뒤섞여 누런 물을 뱉어내는 담배꽁초처럼 찐득거린다.

　오토바이 소리가 요란하다가 멈췄다. 맞은편 과부촌 앞에 오토
바이는 세워졌다. 맥주 한 박스를 들고 과부촌으로 들어가는 검정
헬멧을 쓴 남자의 뒷모습이 보였다가 사라졌다. 과부촌 화장실 변
기는 남녀 공용이다.

　저녁을 먹고 설거지를 막 하려던 참이었다. 곱추는 문을 열자마
자 급하다고 하면서 연장통을 손수 들고는 앞장을 섰다. 얼떨결에
반바지를 입고 러닝 셔츠 하나만 걸치고 슬리퍼를 끌고 곱추를 따
라 나섰다.

　"빨리빨리."

　곱추는 겹겹이 층을 이룬 대변을 손으로 가리켰다. 고장난 변기
를 고치려면 대변을 치우는 일도 내 몫이다. 썩 마음내키는 일은
아니었다. 그렇지만 한 푼이라도 더 벌려면 어쩔 수 없었다. 그럴
바에는 한 번 퉁기는 배짱도 부려야 하는 것이 막노동판에 종사하
는 일꾼들의 이치다.

　"이거 칠만 원에는 안 되겠는데요."

　"얼마면 돼?"

　"못 받아도 십만 원은 받아야 합니다."

　곱추는 돈은 얼마든지 줄테니 일이나 빨리 끝내 달라고 했다.

십만 원이 아니라 이십만 원도 받아 낼 수 있는 기회를 놓치기 싫었다. 대변을 치우다 말고 구멍 속으로 손을 집어넣었다. 손끝에 푹신푹신한 것이 잡혔다. 정작 꺼내 놓고 보니 생리대였다. 곱추는 물에 부풀려진 생리대를 집어들고는 과부들한테 들이밀었다.

"자 봐라. 이래도 너희들이 한 짓이 아니라고 우길 거냐?"

"언제 우리가 우겼다고……."

말꼬리를 흐리면서 긍정도 부정도 하지 않은 과부들은 뒤꽁무니를 빼려고 슬금슬금 뒷걸음을 쳤다. 곱추의 입술은 위아래로 실룩거렸다.

"밑구멍 찢어진 년들아."

곱추가 생리대를 집어던지려는 시늉을 하자 과부들은 으악 소리를 내지르며 대기실로 달아났다.

이왕에 수고했으니 술이나 한 잔 하라고 곱추는 내 손목을 꽉 움켜쥐고는 룸으로 밀어 넣었다. 술과 안주를 먼저 들여보내 놓고 곱추는 과부를 앞세워 룸으로 들어왔다. 과부는 전직이 룸살롱 호스테스였다고 과거를 밝히고 사타구니 속으로 손을 집어넣었다.

"어머나! 진짜 총각이네."

과부가 먼저 분위기를 잡자 곱추는 허벅지를 때려놓고 좋다 하면서 추임새를 넣었다. 공짜로 먹는 술이라 오랜만에 마음껏 마시고 즐겨 보고 싶었다. 아무리 많이 마셔도 취할 것 같지 않았지만 한계는 꼭 있게 마련이었다. 과부와 곱추가 주는 대로 덥석덥석 받아 마시다가 혀 꼬부라진 소리로 수리비를 달라는 말이 나왔다. 알았어 잠깐 기다려 하던 곱추는 십만 원이 적힌 계산서를 내밀었다.

"이십만 원 중에서 수리비 십만 원은 공제했다."

곱추는 큰 선심을 썼다고 거드름까지 피웠다. 여자는 팁을 달라고 허리띠를 잡은 손을 놓지 않았다. 눈뜨고 코 베인다는 말대로 곱추의 농간에 걸려든 탓에 도합 십 삼만 원이 한꺼번에 털렸다. 그러고도 곱추는 길에서 나를 보면 아는 체를 하느라 손을 들었다.

헬멧을 쓴 남자를 뒤따라서 곱추가 나온다. 손에는 걸레가 쥐어졌다.

"나쁜 놈의 자식"

욕이 튀어 나왔지만 혼잣말이라 알아들을 리 없는 곱추는 입간판을 닦느라 걸레질하기에 바쁘다.

손끝으로 유리병을 톡톡 건드렸다. 파리는 앞다리를 비빈다. 제발 나 좀 살려 달라고 선처를 호소하는 것 같다. 설사 그렇게 한다고 해도 내가 들어 줄 수가 없다. 앞다리와 뒷다리를 번갈아 비빈 파리는 여섯 개의 다리를 교대로 움직여 걸어다닌다. 파리는 한

군데에 오랫동안 차분하게 앉아 있지 못하는 습성이 있다. 그 습성대로 목숨이 붙어 있는 한 파리는 좁은 공간에 갇혔다는 초조함과 불안감을 해소 하려면 유리병 안을 돌아다녀야 한다. 이번에는 파리가 날개를 파르르 떨며 중간쯤 날아 올라가다가 다시 바닥에 내려앉았다. 그러고는 다리에 무언가 묻었는지 실같은 혀를 내밀어 날름날름 핥는다.

손잡이가 망가진 서랍을 잡아당겼다. 안에는 어제 잠깐 외출을 해서 할인 매장에서 사 가지고 온 사과로 빽빽이 채워졌다. 붉은색과 푸른색이 각각 조금씩 불규칙하게 뒤섞인 사과의 겉 표면은 미세한 검은 점이 노인네들 얼굴에 핀 검버섯처럼 촘촘히 박혔다. 그래도 아르바이트로 과일 매장을 관리하는 아줌마가 겉모습은 형편없어도 맛 하나는 기똥차게 좋다고 추천을 한 사과다. 그리고 맛이 없으면 환불을 해준다는 것을 몇 번이나 강조를 하고서도 사과 하나를 덤으로 더 얹어 주는 선심을 썼다.

과도가 없어 고무판을 자르는 컷트날로 사과 껍질을 벗겨 낸다. 손놀림이 익숙지 못해 껍질이 끊어진다. 넓어졌다 좁아졌다 껍질이 벗겨진 자국으로 사과는 볼품이 없어졌다. 그래도 사과는 유리창을 투과한 햇볕을 받아 유리구슬처럼 반질반질 빛이 나고 짧은 그림자를 책상 위에 드리웠다.

사과 한 귀퉁이를 잘라 내서 지우개 절반 크기로 조각을 냈다.

유리병 뚜껑을 열고 파리가 빠져 나오지 못하도록 사과 조각으로 구멍을 막았다. 날렵한 것 못지 않게 후각도 예민한 파리의 반응은 빨랐다. 조심스럽게 파리는 주위를 살피는 것처럼 제자리에서 한 바퀴 회전을 한다. 엄지와 검지 중지에 힘을 준다. 한 방울의 사과즙이 유리병 바닥으로 떨어졌다. 이것이 웬 떡인가 싶은 파리는 앞다리와 뒷다리를 비비고 나서 사과즙을 빨아먹는다. 나도 맛이 어떤지 사과를 한입 베어먹는다. 아줌마 말대로 어금니에 바삭바삭 씹히는 사과는 설탕이 녹는 것처럼 맛이 달콤하다. 맛없으면 먹지 않겠다던 생각은 쏙 들어가 버렸다.

걸신들린 것처럼 먹어 치우던 사과는 빈깡통이 찌그러진 형체처럼 되었다. 그 형체를 물끄러미 쳐다보다가 괜스레 내가 싱거운 사람이 된 것 같이 쑥스러워지고 안절부절 어쩔줄 몰라 한다. 얼른 눈길을 유리병 속의 파리한테 돌린다.

파리는 사과즙을 빨아먹다 말고 사과에 거꾸로 매달렸다. 아무래도 바닥에 떨어진 사과즙으로는 성이 차지 않아 보인다.

벌이가 없어 생활비로 통장의 돈을 빼내면 자식을 먼저 떠나 보낸 부모의 심정처럼 괴롭기만 했다. 돈을 생각하면 나는 단 하루도 쉴 수 없을 만큼 일손을 놓을 수 없었다.

사람 하나 겨우 들어갈 수 있는 맨홀 속에 무한정 들어오는 따

사로운 햇살이 싫어 윗도리를 벗었다. 오물을 긁어모아 양동이를 채워 들어올리면 아파트 창문들이 눈을 어지럽혔다. 그래서 맨홀 옆 잔디 위에 놓아둔 휴대폰 소리도 듣지를 못했다. 민지는 변기가 고장이 났다고 음성을 남겨 놓았다. 일당 칠만 원을 거머쥐고 곧바로 연장통을 들고 그녀의 집으로 달려갔다. 방 하나에 욕실까지 겸비한 원룸에 불과했지만 실내는 아담하게 꾸며졌다.

변기에 물이 고였다가 서서히 빠져나간다고 말을 하면서 창피하다는 느낌이 드는지 그녀는 시선을 다른 데로 돌렸다. 과부촌의 경우와는 달랐다. 화장실 타일은 얼룩 한 점 없이 말끔했고 변기는 고장났다고 볼 수 없을 만큼 안팎으로 반질반질 윤기가 흘렀다.

예상외로 일은 커졌다. 철사 줄을 집어넣고 압축기를 눌러도 물은 쫙쫙 시원스럽게 빠지지 않았다. 변기를 뜯었다가 조립을 하는 작업은 대변을 치우는 일보다는 한결 수월하다. 하지만 자칫 잘못 다루었다가는 깨트리기 십상이라 수리비는 고사하고 변기 값을 물어주어야 하는 불운을 초래할 수도 있다. 그래서 초보 시절에 저질렀던 실수를 되풀이하지 않기 위해 연장을 살살 다뤘다. 막상 변기를 뜯어내고 보니 휴대폰 크기의 곰인형이 엘보에 걸려 있었다.

"내가 쉬는 날 옆집 여자가 다섯 살 박이 아이를 데리고 놀러 왔어요."

내가 묻지도 않았다. 그런데도 민지는 아이가 아이스크림을 먹다가 흘려서 군데군데 얼룩진 식탁보까지 보여주었다.

변기를 조립할 때도 분해를 할 때와 마찬가지로 조심스럽게 연장을 다뤘다. 그 덕분에 변기는 흠집 하나 없이 처음처럼 조립이 되었다. 최종적으로 물이 잘 빠지는지를 확인한 그녀는 여태껏 이렇게 꼼꼼하게 일을 하시는 분은 처음 봤다고 하면서 칭찬을 아끼지 않았다.

"뭐 이 정도는 아무 것도 아닙니다."

이래저래 칭찬을 받아 고무된 나머지 그녀 앞에서 살래살래 고개를 흔들면서 겸손을 떨고 말았다.

"보기보다는 겸손한 데가 있네요."

"아니에요."

윗니를 살짝 드러낼 듯 말 듯한 미소에 홀딱 빠진 반사작용으로 허리가 살짝 굽혀지고 한 쪽 손이 뒤통수로 옮겨졌다. 거울을 안 봐도 내가 우스운 꼴로 보여져 귀가 후끈거렸다. 윗니를 활짝 드러내는 그녀를 부끄러움이 잔뜩 끼어 있는 웃음으로 맞받아 쳤다.

일층까지 내려와 나를 배웅해 준 그녀가 호주머니에 찔러 준 봉투 속에는 십만 원짜리 자기앞 수표가 들어 있었다.

사과는 엷은 밤색으로 변질이 되었다. 파리는 답답해서 미칠 지경이라는 것을 암시를 해주는지 꼭대기에서 아래까지 날아다닌다. 유리병을 흔들어 버리자 파리는 바닥에 내려앉았다. 소리에도 민감한 파리는 책상을 두드리는 소리에 놀라 자리 이동을 한다. 근 한 시간 동안 유리병 속에 갇힌 파리를 눈이 뚫어져라 쳐다보았다. 눈이 침침하고 어깨가 결린다. 방바닥에 모로 드러누워 팔베개를 한다. 작년 장마때 빗물이 스며든 자국이 꼬불꼬불한 선으로 벽면에 남겨졌다.

벼룩 시장에서 이만 원을 주고 산 텔레비전 전원 단추를 누른다. 물안개가 피어오른 화면은 선명하지 못하다. 그렇지만 아쉬운 대로 시간을 때우기에는 불편은 없다. 오래 전에 주부들한테 인기가 있었던 드라마가 재방송되고 있다. 가정과 내연의 여인 사이에서 줄다리기를 하는 중년 남자의 불륜 행각은 영 구미가 당겨지지 않는다. 채널을 바꾼다. 재개발에 보금자리를 잃은 철거민들이 구청 앞에서 천막을 치고 시위를 하는 장면이 나온다. 그들의 주장은 법적 보상금으로는 갈 곳이 없다고 한다. 구청 관계자는 현행법상 하자는 없다면서 철거민들에게 임대 주택을 알선해 줄 수는 있다고 덧붙였다. 철거 현장은 폭격을 맞은 것처럼 쑥대밭이 되었다. 액자 속에 들어 있던 결혼 사진이 망가진 가재도구 틈새로 비스듬히 빠져나온 것이 애처롭다. 물안개가 더 짙어지면서 갑자기 먹은 것이 체한 것처럼 가슴이 꽉 막히고 관자놀이가 욱신거리고 머리가 무거워진다. 아예 전원 코드를 뽑아 버려 화면을 암갈색으로 만들어 버렸다.

구두 수선쟁이 대머리가 셔터를 내린다. 그는 이런 불경기는 처음 봤다며 점포 정리를 할 뜻을 내비쳤다가 단 하루만에 번복을 하는 바람에 곱추한테 빈축을 사기도 했다. 독신으로 사는 애꾸와 달리 곱추는 결혼을 해서 아들 둘에다 딸 하나를 거느리고 있다. 가끔 작은 체구에 쪽진 머리를 하고 과부촌에 나타나는 그의 아내를 두고 연변에서 돈을 주고 사 왔다느니, 청맹과니 장인 몰래 조폭을 앞세워 보쌈을 해 왔다는 등 말들이 많지만 확인이 안 되는 소문들이다.

늘씬한 미녀의 나신을 형상화한 과부촌 아크릴 간판과 꼬마전구가 '과부촌' 세 글자를 밝혀 주는 입간판에 불이 켜졌다. 두 개의 간판에서 밝혀 주는 분홍빛으로 인해 털털한 골목길은 산골짜기 처녀가 양장을 입고 한껏 멋을 내는 차림이 되었다.

내 방의 형광등도 불이 켜졌다. 칼자국이 난잡하게 그어진 책상과 색 바랜 벽지와 문짝이 찌그러진 냉장고가 삼위일체가 되어 빈궁한 삶을 연출한다. 주인 아저씨는 말로만 벽지를 새로 갈아준다고 했다. 그러면서도 그는 제 날짜에 월세를 꼬박꼬박 챙겼다.

주인 내외는 거실에다 군용담요를 깔고 화투를 치고 있었다. 전기세로 다툼을 한 적이 있는 아주머니는 나를 보자마자 고개를 외로 꼬았다. 왜 왔냐고 묻는 아저씨는 화투패에서 눈을 떼지 않았다.

"벽지를 새것으로 갈아준다고 헸었지요?"

"그런 말 한 적 없어."

아저씨는 고개를 세차게 가로젓고는 할 수 없지 이거라도 내야지 하면서 비를 냈다. 그리고 패를 하나 제긴 것이 유월 목단이었다. 공교롭게도 담요 위에 널려 있는 패 중에는 목단 청단이 있었다. 시월 청단과 구월 청단은 이미 아주머니가 확보한 패였다.

"요것 봐라! 오늘은 뭐가 되네."

아저씨는 유월 목단 두 장을 가로챈 듯이 가져갔다.

"내가 눈깔이 삐었지 다된 밥에 재를 뿌리다니."

아주머니가 바닥에 내려놓은 석 장의 패 중에 목단이 한 장 있었다. 아저씨가 비를 내기 전에 목단을 친다고 한 것이 구월을 내는 실수를 저질러 화근이 되었다.

"이 동네에서 보증금 없이 십 만원 짜리 방이 여기 말고 어디 있어!"

청단을 하지 못한 분풀이를 하려는 아주머니는 나한테 삿대질을 했다. 어느 싸움이든 목소리 크고 말발이 센 쪽이 승산이 높은 편이다. 어설픈 말대꾸로 응수를 했다가는 '방 빼' 소리도 나올만큼 아주머니는 기세 등등하게 나를 몰아쳤다. 조련사 앞에서 꼼짝도 못하는 곰처럼 말 한마디도 못하고 아저씨 손에 떼밀려 옥탑

방으로 쫓겨 올라왔다. 그러나 귓가 주위를 떠나지 못하고 징징거리는 소리는 아주머니가 내 곁에 있는 착각을 불러일으켰다. 습기가 차서 냉골이 된 방바닥에 털썩 주저앉고는 벽에다 등을 기대고 눈을 감았지만 귀울림은 그칠 줄 몰랐다.

사람 얼굴로 치자면 구김살 없고 해맑은 민지의 목소리가 한층 더 그리워졌다. 애초부터 시공이 부실하게 된 머리방 하수구는 조금만 주의를 게을리 해도 막히기 일쑤였다. 그럴 때마다 나는 구멍을 뚫었다. 수리비는 그녀가 사장 몰래 삥땅을 치는 돈으로 지불이 되었다. 묵시적으로 비스름히 동업자 관계로 진전이 된 그녀와 나는 일을 마치고 칵테일 잔을 기울였다.

"그럴수록 당당하게 구세요."

칵테일 잔을 내려보던 눈을 치켜올렸다. 허리를 꼿꼿하게 세우고 팔짱을 끼고 있던 그녀는 눈을 지긋이 감았다.

성애원을 찾아오는 방문객들은 선물 꾸러미를 앞에 놓고 원생들과 같이 사진을 찍고 나면 돌아섰다. 원생들은 때맞춰 한꺼번에 들이닥치는 방문객들의 연출에 진절머리를 쳤다. 원생들이 바라는 것은 편견이 없는 눈으로 자신들을 바라 볼 줄 아는 마음이었다. 원장은 방문객들 앞에서 오고 갈데 없는 나를 보살펴 주는 분들을 고맙게 여기라는 인사치레를 빼먹지 않았다. 그와 같이 형식적이고도 생색내기 행사에 동원되는 것이 싫어 고아원을 뛰쳐나와 독립을 했다. 하지만 내가 고아라는 의식은 주인 집 아저씨 팔뚝에 '一心'이라고 새겨진 문신처럼 지워지지 않는다.

어떻게 하다 보니 그녀 앞에서 내 심중에 들어 있던 사연들을 속속들이 털어놓았다. 아차 싶었지만 이미 엎질러진 물이었다. 그녀도 성애원을 방문해서 생색내기에 불과한 위로 행사를 하는 유지들처럼 겉과 속이 다르지 않나 싶어 심히 염려스러웠다. 입을 꾹 다물고 생각에 잠기던 그녀의 입에서 무슨 말이 나올지 몰라 칵테일 잔에 초점을 맞추고 귀를 기울였다.

"우리 아버지는 미국에 가 있어요."

모종의 사건에 연루되어 부득이 미국에서 도피 생활을 하고 있다는 그녀의 아버지는 나는 새도 떨어트린다는 특수 기관에 종사한 신분이었다. 권력이 있는 사람들한테는 다 그러하듯이 그녀의 아버지 또한 여자 문제가 복잡하기는 마찬가지였다. 우리 엄마는 네 번째야 하면서 자신의 치부를 거리낌없이 드러내는 민지의 엄청난 과거 얘기를 듣자니 가위에 눌린 것처럼 아무런 말도 해줄 수 없었다.

"나는 홍콩에서 태어났어요."

부모와 출생지도 모르는 나는 홍콩은 매우 낯선 세계다. 갑자기 그녀가 크게 보여졌다. 멀거니 앞만 쳐다보고 있자 그녀는 수첩에서 사진 몇 장을 꺼냈다.

"이 분이 바로 나를 키워 준 유모예요."

사진 속의 여자는 왼쪽 가슴 언저리에 매화꽃이 수로 놓여진 중국 전통 복장 차림으로 나를 쳐다보고 있었다.

"옆에 있는 애가 바로 나예요."

양 갈래로 땋은 머리와 발끝까지 내려오는 중국 옷과 둥글둥글한 눈은 그녀의 어렸을 적 모습이라고 의심할 여지도 없었다. 그것 말고도 홍콩 유치원에서 그네를 탄 사진과 함께 공원에서 엄마 품에 안겨서 찍은 사진은 내 기를 팍 죽여 버리기에는 손색이 없었다.

"여섯 살 때 아버지를 따라 한국으로 왔어요."

말하자면 그녀는 외국을 제 집 드나들 듯이 하는 아버지의 여성 편력에 희생양이었다. 돌아가신 친엄마에 대해서 함구를 하는 그녀는 눈물까지 질질 짜냈다.

"그나마 큰엄마와 배다른 형제들의 괄시를 아버지가 막아 주지 않았더라면 살 수 없었어요. 지금 아버지는 인터폴 추격을 피해 다니느라 연락도 끊었어요."

뒤늦게나마 가슴에 묻어 두었던 사연들을 속 시원히 털어놓자 마침내 그녀는 복받치는 울음을 참지 못해 엉엉 소리내어 울었다. 집안의 대들보 격인 아버지가 없어지자 요때다 하고 큰 엄마와 배다른 형제들이 그녀를 박대하자 그녀는 집을 나오고 다니던 대학

도 그만 두었다. 오도 갈 데도 없는 신세가 되자 술집에서 일하다
가 아는 언니 소개로 미용 기술을 배운 그녀는 내 어깨에다 손을
얹었다. 말은 없었지만 친구가 되고자 하는 교감은 이심전심으로
교환이 되었다. 그렇지 않아도 격의 없이 나를 대해 주려는 그녀
한테 호감이 없지는 않았다. 팔을 엇갈려 칵테일 잔을 단숨에 비
워 버렸다. 그리고 민지야, 명구야 하고 이름을 불렀다.

   꽈당꽈당 닥다글닥다글 크고 작은 물건들이 요란하게 굴러가는
소리가 올라왔다. 앙칼진 아주머니 목소리도 골목으로 새어나갔는
지 약국에서 파스를 사 들고 가던 할머니가 발길을 멈추고 두리번
거린다.
   "왜 때려 이 새끼야!"
   "조용히 못하겠어!"
   아저씨 아주머니 냉전은 이틀을 넘기기가 힘들다.
   "아이고! 나 죽네."
   전례를 들어 항상 말발이 서지 않는 아저씨 손이 먼저 올라가기
때문에 먼저 매를 맞는 것은 아주머니였다. 하지만 멱살은 아주머
니가 먼저 잡았다. 아주머니 악력이 얼마나 센지 아저씨가 팔뚝을
비틀어도 요지부동이었다. 그 점을 감안해서 아저씨는 연타로 주
먹을 날리는지 아주머니의 절규는 골목을 찢어발기듯이 사방으로

퍼지고 있다.

아저씨는 처가살이에다 룸펜이다. 집안 살림은 아주머니가 친정 아버지한테 물려받은 다세대 주택에서 나오는 임대료 수입으로 꾸린다. 이 집도 아주머니 친정 아버지가 물려준 집이다. 일층은 신문 보급소, 이층은 기원이었다가 세입자가 월세를 내지 못해 보증금을 다 날려 몇 달째 비어 있다. 삼층이 주인 내외가 사는 살림집이다.

"등신만도 못한 인간아! 예쁜 년들은 죄다 놔두고 하필이면 왜 화냥년이냐?"

부부 싸움하는 소리는 나처럼 할 일이 없는 사람들의 발목을 잡기에는 아주 적절한 효과음이다. 할머니 혼자뿐이던 구경꾼들은 어른이고 아이들이고 할 것도 없이 일렬 횡대로 죽 늘어섰다.

"그게 아니라니깐 그러네."

"이 새끼가 또 거짓말하고 있어. 내가 그 화냥년인 줄 알고 배때기를 깔고 허리를 빙글빙글 돌렸냐?"

"이게 그냥."

"때릴 테면 때려 봐!"

"때리라고 하면 내가 못 때릴 줄 알고."

또 다시 아저씨 주먹이 연타로 아주머니 면상에 박히는 소리에 이어서 에구구 나 죽네 하는 절규가 골목을 휘젓고 있다.

그 간의 눈으로 보고 귀동냥 한 것을 정리해 보면 아저씨가 동네 친목계 회원들과 어울려 온천 관광을 간다고 하고시는 외도를 했다는 것이다. 집과 아주머니 그늘에서 벗어난 아저씨는 즉석에서 눈이 맞은 여편네와 마음껏 재미를 본 것까지는 좋았는데. 아주머니와 비교가 안 되는 그 여편네 육체의 여운이 남은 아저씨는 아주머니를 건드려 재미를 연장시켰다. 근래에 보기 드물게 적극 공세를 펼치는 아저씨한테 아주머니는 웬일인가 싶어 맞불을 놓았다. 아닌 게 아니라 그 다음 날 아주머니는 신수도 훤해 보였다.

아주머니는 소변이 시원치 않게 나오지 않은 점이 궁금했다. 약국에 손님이 뜸한 시간대에 아주머니는 약사한테 슬며시 물어 봤다. 약사는 알아차렸지만 의약 분업 이후라 손을 쓸 수 없었다. 그래서 약사는 별거 아니라고 해 놓고서 병원에 가서 처방전을 받아 오라고 했다. 그 길로 곧장 아주머니는 병원으로 갔다. 의사는 아저씨와 같이 치료를 받아야 한다고 했다. 아주머니는 이게 어찌된 일이냐고 아저씨를 들들볶았다. 하지만 아저씨는 대중탕에서 아주머니가 균을 묻혀 왔다고 뒤집어씌웠다. 가뜩이나 속이 뒤집혀져서 아저씨한테 욕지거리를 퍼부어도 시원치 않을 판인데, 오히려 욕을 얻어먹으니 아주머니는 화가 치밀어 오르지 않을 수 없었다. 난데없이 아주머니는 아저씨 멱살을 잡고 패대기치기를 하려고 했지만 역부족이었다. 이리 저리 뒹굴다가 아저씨 밑에 깔리고

도 아주머니는 먹살 쥔 손을 놓지 않았다. 이거 놓지 못해, 못 놔 하면서 설전을 벌이다가 아저씨는 아주머니 턱에 주먹을 날렸다. 독이 오를 대로 오른 아주머니는 입 언저리에 피가 범벅이 되고서도 아저씨 먹살을 쥔 손을 놓지 않고 나 죽여라 하고 바락바락 악을 써 댔다. 자꾸만 흐르는 피가 연상 되는것이 끔찍스러워 진다. 그때 그 장면을 떠올려 지기도 싫어졌다.

주인 내외가 싸우는 언성이 높아지는 가운데 전봇대 불빛아래 구경꾼들 속에는 곱추도 섞였다.

"재수 없는 놈"

지 욕을 한 줄도 모르는 곱추는 손을 흔들어 아는 체를 한다.

"병신 꼴값 떠네."

이제는 곱추가 히죽히죽 웃기까지 한다. 얼른 커튼을 치고 돌아 앉아 어제 마시다 만 김빠진 소주를 들이킨다.

나이는 나보다 두 살이나 더 많고 출신 배경이나 대학물까지 먹은 민지와 비교가 안 되는 나였다. 그런 나를 항상 반갑게 대해 주고 작은 것 하나라도 일일이 챙겨 주려고 하는 그녀의 배려는 정에 굶주린 나한테는 감동 그 자체였다.

"선물을 받았으면 그 즉시 뜯어봐야 하는 거야."

선물 상자를 감싼 연초록 빛 바탕에 노란 꽃무늬가 촘촘히 배열

된 포장지를 뜯었다. 상자 안에는 'RESTO' 상표가 부착된 항공 점퍼가 곱게 접혀진 모양세로 드러누워 있었다. 한 겨울에 찬바람을 막는데는 이게 최고야 하면서 그녀는 뜻하지 않은 선물을 받고 흥분을 가라앉히지 못해 홍조를 띤 내 빰을 쓰다듬었다.

은연중에 그녀의 체취를 느끼고 싶으면 비키니 옷장을 열었다. 그 안에는 그녀가 선물해 준 옷이 계절별로 분류가 되어 옷걸이에 걸려 있었다. 그 중에서 그녀의 옷이 나란히 걸려 있지 않은 것이 못내 아쉬웠다.

내 머리가 귀를 덮기 전에는 잘리지 않았다. 쓸데없이 머리방에다 돈을 갖다바치지 말라고 그녀가 기준을 정해 주었기 때문이었다. 그 기준을 통과하려면 한 달이나 걸렸다. 그렇게 까다롭게 굴던 그녀가 가위질을 했다 하면 내 머리는 앞머리, 옆머리, 뒷머리는 죄다 잘려지고 도토리처럼 윗부분에만 머리가 조금 남겨졌다.

계산이 밝은 것 못지 않게 알뜰한 면이 있는 그녀는 씀씀이도 헤프지 않았다. 하지만 나의 하루 벌이 수입은 모래알처럼 흐트러지기만 했지 뭉쳐지지 않았다.

"큰돈을 만들어 줄 테니 나한테 맡겨."

흥청망청 낭비만 한다고 호통을 친 민지는 단호하게 말했다. 그래도 그녀를 믿는 마음을 전할 수 있다는 것이 다행스러웠다. 돈은 벌어들이는 즉시 속속들이 그녀의 손으로 들어가 회전이 되었다. 매달 한 번씩 그녀는 카페에서 이자에 이자를 더 해서 불어나는 돈의 액수를 기록한 수첩을 보여주었다.

"목돈이 생기니깐 기분이 좋지?"

생글생글 웃는 그녀는 내 등허리를 쓰다듬었다. 투명 색 매니큐어가 꼬마 전구가 밝혀주는 불빛 아래서 빛을 발하면 내 눈의 초점은 흐려졌다. 손을 거두면 입술에 발라진 진한 붉은 색 루즈에다 입술을 비벼 봤으면 하는 충동과 콘텍트 렌즈가 받쳐주는 맑디 맑은 눈동자는 그 속으로 쏙 들어가고 싶은 갈망을 일으켰다. 하지만 민지가 누누이 귀하신 몸의 딸이라는 점을 강조하면 나는 원점으로 되돌아갔다. 나도 남들처럼 결혼도 하고 가정을 꾸리고 신분을 격상하려는 욕망이 없는 것은 아니다. 비록 시앗의 배에서 나왔다지만 그녀는 요모조모로 따져봐도 나의 이상형으로 설정되었다. 그렇게 한 번 설정이 된 이상 술집에서 잠시 일을 했다는 것은 흉이 될 수 없었다. 그리고 든든한 장인을 배경으로 삼는다는 것은 상상만 해도 기분이 좋아 입이 벌어졌다. 그래서 그녀를 내 사람으로 만들기만 하면 지긋지긋 한 고아라는 멍에를 벗고 행복한 삶을 누릴 수 있다는 자신감은 저 버릴 수 없었다. 자신감은 꿈나라에 들 때마다 상상의 날개를 펼쳤다. 내 옆에서 그녀가 활시위 모양으로 몸을 웅크리고 잠자는 모습으로. 하지만 새벽을 깨트리는 소리가 골목길을 울리면 그녀는 온데 간데 없이 사라져 버렸다. 허전하기는 이루 말할 수 없었지만 손가락에 의존하여 대리 만족으로 달랬다.

아버지 문제로 고뇌를 하면서도 민지는 카페를 순회하면서 일수 도장을 찍는 일은 빠트리지 않았다. 카페 여급들을 상대로 일수를 놓는 돈은 고리채였다. 그런 줄 뻔히 알면서도 빚에 허덕이는 여급들이 급한 불을 끄려면 그녀한테 손을 내밀었다. 돼지가 새끼를 치듯이 이자에 이자로 불어난 원금은 동그라미가 일곱 개로 늘어났다.

"이런 식으로 하면 부자가 되는 것은 시간 문제야."

수첩을 넘기다가 물 컵이 엎질러졌다. 발등이 젖은 그녀가 의자를 뒤로 빼고 허리를 굽히는 순간 빛 줄기가 어둠을 자르는 것처럼 드러나는 하얀 속살. 맹수가 먹이 감을 덮치는 시간은 일과 칠십 오 분의 일 초라고 하는 찰나다. 그 찰나보다도 더 빨랐을까. 등허리를 손톱으로 긁히는 통증을 느끼고 나서야 그녀를 꼭 껴안고 입술을 덮치고 있다는 현실을 알아차렸다. 도무지 믿어지지 않았다. 존재하지도 않으면서도 존재하는 것처럼 나를 무기력하게 만들던 그녀의 벽을 무너트렸다는 용기가 어디서부터 나왔는지를. 그녀는 석고상처럼 꼼짝도 하지 않고 입을 앙 다문 채로 눈의 흰자를 드러냈다.

"미안해."

기다렸다는 듯이 그녀는 핸드백을 휘둘렀다. 얼굴과 이마에 핸드백이 한 번씩 가격을 당할 때마다 붉은 점이 생겼고 눈에는 별이 보였다.

자상하기만 할 줄 알았던 그녀한테도 얼음장같이 차가운 면모도 있었다. 경솔한 짓을 했다고 해도 그녀는 전혀 반응을 보이지 않았다. 그녀로부터 버림을 받았다는 후유증은 감당하기 힘든 대가였다. 일손은 잡히지 않았다. 나날이 희망도 없이 시간을 보내는 기간이 길어지던 차에 그녀는 나를 용서해줬다.

"없었던 일로 해줄 테니 지금 빨리 이쪽으로 와."

문닫을 시간이 임박한 커피숍은 주방장 혼자서 주문을 받고 있었다. 그녀는 한 손으로 턱을 괴고 있다가 다짜고짜 아버지한테서 연락이 왔다고 털어놓았다.

"건강이 아주 나빠졌나 봐."

식구들이 많아도 돌봐 줄 사람이 없어 자기가 아버지를 돌봐야 한다는 그녀는 수첩을 꺼냈다. 도장이 찍힌 것을 세려 보니 여급들한테 삼일 치를 미리 받았다.

"내가 없는 동안에 일수 도장을 빠트리지 않고 꼭 찍어야 해."

"알았어. 언제 올 거야?"

"아직은 잘 몰라. 미국에 도착하면 전화할 게."

내가 도착할 때까지 아무 일도 없어야 할텐데 하고 초조함을 감추지 못하는 그녀는 손톱으로 손등을 긁었다. 그리고 아버지가 건강을 되찾으면 데리고 나와 정식으로 인사시켜 주겠다는 말도 덧붙였다. 내일 아침 첫 비행기로 떠난다는 말대로 아침 일곱 시경에 그녀는 공항이라면서 일수 도장을 꼭 찍어야 한다면서 전화를 했다. 삼일 후에 일수 도장을 찍으러 그녀가 일목요연하게 그려 준 약도를 들고 카페를 찾아갔다. 손님인 줄 알고 굽실거리던 웨이터는 수첩에 적힌 여급들 이름을 들먹이며 일수를 찍으러 왔다고 하자 이상한 눈초리로 나를 쳐다봤다. 잠시 기다리라고 하던 웨이터는 주방 안에서 어떤 남자와 쑥덕쑥덕 하고는 여급을 데리고 나왔다.화장을 짙게 해서 나이를 가늠할 수 없는 여급은 내 얘기를 듣고는 기가 막힌 듯 헛웃음을 쳤다.

"차용증 있어요?"

"그건 없는데."

"차용증도 없이 무슨 일수놀이를 한다고 하세요."

한심하다는 듯이 여급 하나가 담배를 꼬나 물었다. 그녀를 철썩같이 믿는 나는 너희들이 거짓말을 한다고 우기는 꼴이 되었다. 영업방해하지 말라는 지배인은 내 팔을 뒤로 꺾어 문밖으로 쫓아냈다.

"이 총각 참 순진하군."

머리방 사장은 천장을 올려다보면서 깔깔거렸다. 전직이 교통

경찰 출신이라는 그는 그녀가 삥땅을 치는 것도 알고 있었다. 다만 일산 신도시에만도 머리방을 다섯 개나 가지고 있다는 사장은 종업원들이 하루 예상 수입을 올려 주면 나머지는 일체 관여를 안한다고 했다.

"큰매장을 관리하는 것도 어려운데 손바닥만한 곳을 내가 일일이 감시를 할 수는 없는 거야. 세상은 서로가 공생공존 하는 거야. 그래서 때로는 도둑도 필요한 존재야."

머리는 둔기로 얻어맞은 것처럼 띵했지만 내가 속았다고 단정하기는 싫었다. 오늘 아니면 내일이라도 그녀한테서 전화가 올 것만 같았다. 잠시라도 자리를 비울 수 없었다. 혹시 통화 중에라도 그녀가 전화를 할까 봐 '통화중대기' 라는 부가 서비스도 추가했다. 외출 할 시는 '메시지를 남겨 달라는' 음성이 담긴 테이프를 점검하는 것도 잊지 않았다. 벨소리가 울리면 이번에는 틀림없이 그녀야 하면서 가뿐하게 여보세요 했다. 하지만 저쪽에서 들려 오는 소리는 영 딴판이었다. 맥이 풀렸지만 아버지 병 수발 하느라 깜박할 수도 있다는 생각으로 고쳐먹고 인내심을 길렀다.

악악거리는 소리가 그친 것으로 봐 주인 집 내외는 잠시 휴전을 하고 소강 상태에 빠졌다. 커튼을 젖혔다. 구경꾼들도 죄다 없어졌다. 가로등도 네온사인과 간판을 뒤이어서 불을 밝혔다.

하루를 힘들게 넘기는 기다림에 이제 나는 지쳐가고 있다. 그녀를 향한 그리움은 색깔이 변질된 사과처럼 증오로 변해 가려고 한다. 민지라는 이름도 가명으로 밝혀졌다. 머리방에서 하수구가 막혔다는 전화는 오지 않는다. 그녀가 살았던 원룸은 패스트푸드 점에서 일하는 남자가 살고 있다. 시도 때도 없이 그녀가 한갓 사기꾼에 불과했다는 생각이 미치면 치가 떨리다 못해 수십 번에서 수백 번까지 그녀를 짓이겨서 죽이고 있다. 그러다가도 아니지 그녀가 그럴 리가 없어, 미국에서 교통사고라도 당해서 병원에 입원해 있을 거야, 약속대로 아버지를 완쾌시켜 데리고 나오려고 시간이 걸리는 거야, 지금 오고 있을지도 몰라, 하는 상상은 종잡을 수가 없다. 이러다가는 미쳐버릴지도 모른다.

문득 간헐적으로 날갯짓을 하다가도 사과를 핥아먹는 파리하고 내기를 하고 싶어진다. 사과 조각을 치우고 뚜껑을 닫고는 공기가 통하도록 송곳으로 구멍을 뚫었다. 파리가 이틀을 넘기지 못하고 굶어 죽으면 그녀는 나쁜 여자이고, 살아 있으면 내가 그녀를 나쁘게 생각한 잘못을 뉘우치고 파리를 살려주는 조건으로 뚜껑에다 테이프를 칭칭 감는다. 〈끝〉

나는 세스나기가 없다

아름다운 전원주택이다. 외벽을 감싼 담쟁이, 의젓하고 완만한 곡선의 형태로 얹혀진 지붕, 정원 구석구석에 깔려 있는 잔디, 처마 끄트머리를 향해 가지를 뻗은 산수유, 대지 경계선을 따라 일정한 폭과 크기로 질서정연하게 심어져 담장 역할을 하는 쥐똥나무, 그 옆으로 드문드문 심겨져 있는 이름모를 나무들과 화초들은 콘크리트 구조물에 익숙한 나한테는 경외의 대상이다.

사방으로 펼쳐진 드넓은 논에는 바람이 한 번씩 불 때마다 황금 물결이 일렁인다. 논둑 너머 잔잔하게 흐르는 강물은 지난여름 지독한 물난리를 치를 때 넘칠 듯 말듯 분노를 표현한 것과는 너무나도 대조적이다.

정원 한 복판을 차지하고 있는 평상은 어림잡아 십여 명이 한꺼번에 앉아서 식사를 할 수 있는 크기다. 애견 해피는 피부병에 걸려서 털이 몽땅 깎였다. 평상 한 귀퉁이에 쪼그리고 앉아서 눈을 치켜 뜨고 나를 주시하지만 이름에 걸맞지 않게 처량하다. 짐작을 하건대 이방인 격인 내가 수상한 짓을 할까봐 경계를 늦추지 않거나, 털이 몽땅 깎인 것에 대한 억울함을 호소하는 것일지도 모른다.

장시간 햇볕을 쬐다 보니 갈증이 생겼다. 평상에서 내려와 호스를 입에다 바싹 갖다 대고 수도꼭지를 돌렸다. 물은 쫙쫙 입 속으로 들어간다. 갈증이 가셔지고 간장이 싸늘해지는 냉기에 어깨가 움츠러든다. 역시 지하 이백미터 암반을 뚫고 뽑아 내는 물이라서 그런지 정수기를 통해서 먹는 물맛하고는 생판 달랐다.

입사이래 가장 힘든 시기는 작년 이후부터 단절이 안 된다. 구조 조정 본부장으로 임명된 후 한솥밥을 먹는 동료와 선후배를 어느 선까지 정리 대상으로 삼을지 고민하다가 밤새 불면증에 시달렸다. 지친 심신을 달래느라 소파에 드러누워 눈을 감았다가 설핏 잠이 들었다. 자폐증 증세로 하는 말끝마다 발음이 정확치 않은 명민이가 가슴팍을 세차게 흔들었다. 비몽사몽간이라 멀뚱멀뚱 눈뜨고만 있었다. 보다 못한 명민이는 무선 전화기를 귀에다 바싹 갖다 댔다.

"여보세요."

얼떨결에 받는 전화라 목소리는 가래가 끓는 데다 매가리도 없었다.

이성민 씨 되십니까 하는 남자의 사무적인 목소리에 이어서 나 애자야 하는 가늘고 여린 목소리가 흘러나왔다. 잘못 들었나 해서 누구냐고 되물었다. 잠시 망설이는 듯한 숨소리가 들리더니 나 애자야 하는 목소리는 조금 전과 달리 산사의 새벽을 깨트리는 범종 소리처럼 기다란 여음을 울렸다.

과거를 돌이키다보면 아쉬움과 후회로 점철된 부분은 항상 정지된 화면이었다. 그러면 '만약'이라는 단어가 거기에 자동적으로 대입이 되었다. 비록 결과가 뒤집어지는 것은 아니지만 일종의 자위와 합리화의 수단이다.

그렇지만 애자는 내 과거에서 비켜나 있었다. 나중에 적당한 시기에 '너를 까맣게 잊고 있었다고' 실토를 하는, 만약을 대입하면 어떨지 궁금해진다. 아무래도 겉으로는 체면상 아무렇지도 않다는 가식을 꾸미겠지만 속으로는 무시를 당했다고 분통을 터트릴 것이다. 그게 아니면 이유가 뭐냐고 꼬치꼬치 캐묻는 섭섭함을 나타낼 수도 있다.

폐점 시간이 임박한 백화점 로비에서 나를 기다리던 애자는 싱글거리면서 손을 들었다. 이윽고 거리가 좁혀지자 미소로 반가움을 전했지만 눈가에는 잔주름이 가득히 새겨졌다. 식사를 곁들인 술자리를 전통 일본식 요리 집에서 가졌다. 창호지를 둘러싼 전등 장식을 통과한 불빛 아래로 애자를 다시 훑어보았다. 원형을 잃지 않으려고 공을 들인 자국이 엿보였지만, 강산도 변한다는 십 년이란 세월을 훌쩍 뛰어넘은 시간을 무시할 수는 없었다.

각자 잊고 싶은 상처들을 들춰 내려고 하지 않았다. 지나치는 말 한마디도 조심스러웠다. 어차피 지켜질 수 없는 비밀은 적당한 시간이 되면 노출이 되기 마련이었다. 물이 엎질러진 이상 나를 깊이 관찰할 시간이 절실하게 필요했다. 집으로 초대를 하겠다는 애자의 호의를 바쁘다는 핑계로 번번이 뒤로 미뤘다. 실로 그 이면에는 제발 연락도 하지 말아 주었으면 하는 바램도 다분히 깔려 있었다. 그럼 다음에 연락할게 하고 전화를 끊고는 사나흘을 넘기지 않았다. 그렇게 한번 와라 못 간다 하는 짓을 탁구공 치고 받듯이 했다. 그러다가 사무실이건 집이건 전화벨 소리만 들어도 머리 끝이 쭈뼛해졌다.

울적해진 김에 라이터를 켜서 입에 물고 있던 담배에 불을 붙였다. 담배 끝이 마른 나뭇잎 타 들어가는 것 같이 재가 되는 즉시 불은 필터를 향해 서서히 번진다. 이런 날이 올 수도 있구나 하는 생각이 내일이 온다는 사실과 동급으로 맞아떨어진다. 담배 한 모금을 깊이 빨았다. 화장실에서 피운 아침 담배 이후로 첫 담배다. 정기 검진시 의사는 종합 검진을 받아 보라고 권유를 해 놓고서는 가급적이면 담배를 피우지 말라는 조언도 빼놓지 않았다. 당연히 그래야 하지만 내일을 생각하면 이미 손은 담배 갑에 닿아 있기 일쑤다. 어차피 당장에 끊지 못할 담배라면 어서 빨리 한대라도 더 피워 내일의 두려움을 씻는 편이 현명한 방법이다.

난데없이 잠자리들이 떼지어 나타났다. 고추잠자리는 왕따를 당했는지 동료들로부터 이탈해서 원을 그리고 있다. 저들도 인간 세계처럼 끼리끼리 노는 부류가 있는 모양이다.

태양은 정남향에서 남서쪽 방향으로 이동을 하다가 일인 시위를 하는 것처럼 제자리에서 이글이글거리고 있다. 반대편 논둑 길에 한 남자가 걸어가고 있다. 맞은편 쪽으로 연결된 농로로 빠져나가는 척 하던 남자는 왔던 길을 다시 걷는다. 도중에 한 두 번씩 제자리에 꼼짝없이 서 있으면 사색에 빠져든 것처럼 보여 덩달아 내가 숙연해져 옷깃을 여민다.

이따금씩 불어오는 바람에 나무들은 한 쪽으로 기울어졌다. 이마를 가렸던 머리카락이 흐트러진다. 나룻배 한 척이 얌전하게 물살을 가로지르며 강을 건너가고 있다.

이런 초가을 날이었다. 승진을 한 자와 탈락한 자는 어떤 방법으로 축하를 해주고 위로를 해줄지 난감한 나머지 밖으로만 나돌았다. 아예 회사에 출근조차 하지 않는 직원도 있었다. 승진 대열에 끼이지도 못한 직원들을 자극하지 않으려고 말과 행동이 부자연스러운 나는 갑갑해서 미칠 지경이었다.

애자는 남성들의 아성을 깨트리겠다고 도전장을 내밀었지만 번번이 고배를 마셨다. 겉으로는 선의였고 속으로는 치열한 경쟁의 상대였다.

구매과장은 반도체와 관련된 기자재와 필요한 물품을 구입하는 업무를 총괄하는 자리다. 게다가 요령껏 짭짤한 부수입도 올릴 수 있어 누구나 한번쯤 탐을 내는 자리이기도 하다. 음으로 양으로 이권에 개입하는 상사의 압력성 청탁을 적절한 수준에서 처리하고, 한 푼이라도 더 챙기려는 납품업자의 농간을 예방하는 일은 상대적으로 선과 악을 발휘하는 기지가 없으면 할 수 없는 일이었다.

회사의 녹을 먹는 이상 말 한번 잘 들으면 승진의 길이 보장되는데 마다 할 이유는 없었다. 대량으로 소비되고 지속적으로 납품할 수 있는 물품은 시장조사 가격보다 항상 높게 책정되었다. 그러나 거기에 대해서 이의를 제기한다는 것은 권위와 위계질서에 대한 도전이었다. 침묵을 지켜 주면 거기에 상응하는 대가는 언제나 뒤따랐다. 향응과 돈은 마약처럼 중독성이 강했다. 세상을 바꿔 보자고 붉은 띠를 머리에 두르고 거리로 뛰쳐나간 패기는 아득한 옛날의 철없는 짓거리로 치부되었다.

반면에 애자는 승진에 대한 미련을 홀홀 털어 버렸다. 패자에 대한 오만과 편견은 아니어도 회사를 떠나는 애자의 뒷모습을 측은하게 바라보았다. 그러고 나서 일년이 다 돼 가는 무렵에 외국 항공사 직원이 됐다는 연락, 다시 일년 후 결혼과 미국 이민, 수

년 후에는 이혼, 외국 항공사 재취업이라는 등식이 성립되었다.

이 집은 애자가 간략하게 평면 계획한 것을 토대로 건축사가 설계를 한 것이다. 그런데도 자기가 직접 설계를 했다고 하니 웃음이 나왔다. 이렇게 넓은 집에 혼자 살기에 적적하지 않느냐고 물었더니 때에 따라서는 사람이 그립다고 했다. 아무래도 주변에 집들이 없다는 게 신경이 쓰이는 모양이다. 내가 혼자가 된 이 시간에 애자는 하늘을 날고 있다. 어디쯤일까. 알 수는 없지만 이틀 후에 돌아온다.

숨을 죽이고 거실에서 커피를 타 담은 보온병 뚜껑을 열다가 콧잔등에 맺힌 개기름을 닦는다. 앞다리를 들어올려 폴짝폴짝 뛰면서 나도 좀 달라는 의사 표현을 하던 해피는 제풀에 꺾여 평상 밑으로 기어 들어갔다.

구름과 하늘이 태양을 중심으로 해서 슬며시 붉은 빛으로 물들어 가고 있다. 또 한 차례 바람이 기습적으로 불어댔다. 약한 추위에도 민감한 팔뚝의 피부는 오들오들 잔이슬같은 소름이 돋는다. 조건반사 반응으로 팔짱을 꼈다. 진한 커피 향이 코밑을 스쳤다. 팔짱을 풀고 코를 벅벅 문질렀다. 새벽에 가을비가 촉촉이 내리더니 바람이 더 차가워진 느낌이 든다.

아직도 회사에 근무하냐고 애자가 묻기에 그렇다고 했더니 용하다고 했다. 하기야 가뜩이나 반도체 산업이 불황을 타는 데도 불구하고 자리를 보전한다는 것은 여간해서 쉬운 일은 아니다.

커피가 빨리 식는 것 같아 손가락 사이에 끼여 있는 담배를 재떨이에 비볐다. 커피 한 모금으로 입안을 헹구고 바로 목구멍으로 넘겼다. 목젖이 뜨거워져 팔을 들어올려 허리를 뒤로 꺾는다. 평상이 삐꺽거린다. 해피가 놀란 듯이 평상 밑에서 기어 나와 이상하다는 듯이 고개를 외로 꼬고 쳐다본다. 커피를 마시고 나니 군것질이 하고 싶어진다. 심심해질 때 먹으라고 애자가 식탁 위에 두고 간 배 두 개가 생각난다. 누구한테 빼앗기기 전에 빨리 가져와서 먹어야 한다는 조급증이 생긴다. 맨발로 뛰다시피 한다. 해피는 멋모르고 따라온다.

식탁 위의 배는 얌전하게 처분만을 기다리고 있다. 날름 양손에 하나씩 들고 평상으로 가지고 왔다. 배는 절반에 절반에다 절반으로 열 여섯 조각의 반달 모양으로 잘려졌다. 해피는 배 쪼가리를 날름날름 받아먹으면서도 꼬랑지는 연신 살랑거린다. 배를 집어먹고 남은 이쑤시개를 부러트려 빈 접시에 내던졌다. 흔히들 말하는 욕구불만이 많은 사람들이 무의식적으로 하는 짓이다.

징검다리 역할을 한 것도 무의식에서 나왔다. 상사는 유능한 인재를 발굴하는 차원에서, 그 반대로 인재로 발굴되는 대열에 줄을 서고 싶은 자들은 나에게 접근을 했다. 자칫 내 말 한 마디에 회사의 운명을 좌지우지 할 수 있는 인재를 잡을 수도 있었고, 놓칠 수도 있었다. 그러면 한 쪽으로 치우쳐지지 않는 중도로 인물의 됨됨이를 살피고 상사한테 조언을 해주었을까. 여태까지 내가 은밀히 추천한 인재들이 회사의 명예를 실추시킨 불상사를 일으킨 적은 없다. 그렇다면 주관적인 내 판단이 맞아떨어졌다는 것인데 어째 자신이 없다.

어떤 조직이든지 간에 악역을 연출하는 심복이 있다는 것을 일찌감치 터득했다. 교통사고로 한쪽 눈을 잃어 개눈깔을 박은 애꾸를 통해서.

재단 이사장의 비리와 횡포를 적나라하게 폭로한 유인물을 뿌린 주모자를 색출하려는 애꾸의 집착은 그칠 줄 몰랐다. 이틀 간격으로 책가방은 애꾸 앞에서 까발려졌다. 문제의 유인물은 나오지 않았다. 애꾸는 모두들 책상 위에 올라가 무릎꿇고 손을 들라고 단발마를 질렀다. 턱을 만지작거리면서 책상과 책상 사이를 왔다갔다하는 애꾸는 자수를 하기 전에 자기 손에 잡히면 좋지 않다고 엄포를 놓았다. 그렇다고 이름과 얼굴도 모르는 주모자가 지레 겁을 먹고 내가 그랬어요, 하고 나설 리도 없었다.

안되겠다 싶었던지 애꾸는 아이들의 얼굴과 복장을 면면히 살폈다. 이윽고 건우가 담뱃불로 지져진 것처럼 보이는 손등에 동전 크기 만한 화상 자국이 트집 잡혔다. 왜 나만 붙잡고 그러냐고 건우는 불만을 표했다. 애꾸는 머리를 바닥에 처박고 두 손을 허리에 올리는 일명 원산폭격이라는 기합으로 기선을 제압했다.

"너 담배 피우지?"

"아닙니다."

"일어나서 입 벌려 봐."

건우는 동물원 하마처럼 입을 벌렸다. 입안을 요리조리 살피고, 코를 킁킁거려 냄새를 맡고, 손가락을 일일이 검사를 해봐도 별 뚜렷한 이상은 없었다. 물증은 없어도 심증 하나만으로도 애꾸는 건우를 교무실로 끌고 갈 수 있었다. 정문을 닫을 시간이 임박해서 건우는 붉은 얼룩으로 점철이 된 얼굴을 해 가지고 교무실을 빠져 나왔다.

학교에 반감을 산 선생들의 수업을 복도에서 염탐하는 짓도 애꾸는 서슴지 않았다. 저학년 고학년 할 것 없이 이사장 똘마니, 충견, 선머슴이라는 별칭을 애꾸한테 붙여줬다. 그랬지만 애꾸는 교감으로 승진하는 행운까지 얻었다.

시기와 장소만 달랐지 듣기 거북한 별칭을 의식하고도 모른 척하는 뻔뻔함은 애꾸와 피차일반이다.

구름은 바람에 밀려 동향으로 이동을 하고 일몰을 준비하는 태양은 시시각각 크기가 달라진다. 해피의 등을 쓰다듬어 주다가 깊이 잠든 것을 확인하고 그만 둔다. 논둑을 걷던 남자는 보이지 않는다. 평상에 드러누워 팔과 다리를 쭉 뻗는다. 비행기가 구름에 가려졌다 보였다 하다가 영영 시야에서 사라졌다. 눈에 실핏줄이 맺혔다는 것을 거울을 보지 않아도 알 수 있게끔 피곤한 기색이 느껴진다. 한 알씩 복용하던 수면제는 내성이 강해져 약발이 받지 않는다. 뇌파 검사도 받았지만 특이한 점은 발견되지 않았다.

집안의 일상사는 명민이한테 초점이 맞춰졌다. 가장의 의미는 이미 오래 전에 빛 바랜 깃발처럼 퇴색되었다. 인정하기 싫은 반항보다는 심한 좌절감에 빠져드는 것이 더 버거웠다. 코앞에 집을 두고서 한참을 망설이다가 발길을 돌렸다.

"이리로 올 줄 알았지."

해피를 껴안고 흔들의자에 앉아서 TV를 보던 애자는 예언자적인 능력이 있다는 것을 은근히 과시했다. 어! 그래, 하는 대답은 다음 기회로 미루고 눈을 내리깔고 한숨을 쉬었다. 장황한 긴 설명도 없이 내 고통이 고스란히 애자한테 전해졌다. 거기에다 응 그래, 그렇지, 그렇고 말고 내 얘기를 끝까지 들어주는 과묵함은 몸 속의 노폐물을 걸러 내는 것처럼 불면증을 말끔히 삭여줬다. 그러나 빈집을 혼자 지키는 시간에는 원점으로 되돌려졌다.

옆으로 돌아누워 팔베개를 한다. 공항에 착륙을 하려고 고도를 낮추는 비행기와 이륙을 해서 고도를 높이는 비행기가 동시에 보인다. 가족들이 캐나다로 이민을 떠나 국내에 연고가 없는 애자한테 비행기는 제 2의 친구다. 이번 비행은 가족들을 뵙고 오는 휴

가까지 겹쳐서 보통 삼 일이던 귀환 예정일이 곱빼기로 늘어났다.

새들이 부리를 지어 날아간다. 해피는 잠에서 깨어났다. 코를 킁킁거리며 주위에 퍼진 냄새를 맡더니 몸을 한번 뒤흔든다. 어째서 그런지 오늘은 샤워도 하기 싫었다. 잠옷도 벗지 않았다. 나 스스로도 내 몸에서 나는 냄새를 맡는다. 할 수만 있다면 언제까지 씻지 않고 견딜 수 있는지 한번 내기라도 하고 싶다. 집안도 역시 난장판이다. 방과 거실 바닥은 먼지를 밟은 흔적이 남겨졌다. 욕실 바닥은 물때가 끼어 한 밤중에 생리 현상을 해결하러 들어갔다가 미끄러질뻔한 위기를 몇 번이나 넘겼다. 비누와 치약 거품이 허옇게 말라붙은 거울은 면도를 할 때마다 임시방편으로 샤워기로 물을 뿌린다. 구겨진 휴지와 찌그러트린 치약 껍데기, 빈 샴푸통, 조각비누로 가득 채워진 휴지통이 보기 싫어도 버리고 싶은 의욕은 안 생긴다. 그래야만 애자의 부재를 절실하게 실감할 수 있다. 방과 거실을 돌아다니며 어질러진 광경을 물끄러미 쳐다보면서 그리워하는 것도 행복이다.

평사원 시절, 하루의 일과 중 규격화된 공간에서 내 의지에 상관없이 타의에 의해서 절반 이상이 좌지우지되었다. 그에 따른 무기력은 '여기 아니면 밥 먹을 곳이 없냐는' 푸념이 되었다가 그 다음날이 되면 사그라졌다. 그리고 목을 죄어드는 것 같은 긴장감과 뒤섞인 피곤에다 뻣뻣하게 곤두선 촉각은 술과 쾌락으로 풀었다. 뿌리가 뽑히는 치유책은 아니었지만 그 이외의 방편은 생각할 엄두가 나지 않았다. 퇴근 후 마실 수 있고 흔들 수 있는 곳이면 얼마든지 대환영이었다. 어두컴컴한 조명 아래 눈길만 마주쳐도 영혼이 빼앗겨 서로가 이끌렸다. 슬그머니 빠져나와 호텔로 향해도 동료들이 기꺼이 모른 척 해주는 아량도 암묵적인 규칙이었다. 객실에 낮손님이 다녀간 흔적이 남아 있어도 개의치 않았다. 부리나케 옷을 벗고 섹스를 하고 나면 눈동자는 나른하게 풀렸다. 결혼을 전제로 한 섹스가 아니라 옷매무새와 머리를 고치고 나서 아무 일도 없었던 것처럼 꾸며대는 짓도 능숙하게 할 수 있었다.

내가 아니면 애자, 애자가 아니면 내가 먼저 의도를 밝히는 호텔에서의 섹스가 스릴이 있었다면 밤하늘의 별들이 내려다보는 평상에서의 섹스는 안정되고 달콤했다. 그 시간은 하늘과 땅의 기가 일치한다는 자정이었다.

"너무 좋았어."

애자는 드러누운 채로 얼굴을 문지르고 담배를 피워 물었다. 한쪽 팔을 뻗어 라이터를 집어 달라는 시늉을 했다. 상반신을 일으켜 라이터를 집어들자 아예 불을 붙여 달라고 고개를 살짝 들어올렸다. 한쪽 손을 이마에 얹고 연기를 훅훅 내뿜다가 내게로 돌아누워 젖꼭지를 만졌다.

"처음이 어렵지. 그 다음부터는 쉬운 것이야."

문은 닫혔지만 언제 어느 때라도 열 수 있도록 애자는 빗장을 걸어 놓지 않는다. 과거처럼 절정기에 올려놓고 급속히 냉각시키지도 않는다. 서두르지도 않는다. 강요하지도 않는다. 우회적으로 잠재의식도 건드리지 않는다. 나의 의지에 맡겨 놓고 따라오고 있다. 설상가상 부부관계를 언제 했는지 기억이 까마득하다. 새벽녘만 되면 성욕은 샘물이 고였다 차 오르는 것처럼 발바닥 끝에서부터 올라왔다. 아내를 껴안고 살살 어루만져 보기도 하고 허벅지 살을 맞비벼도 반응은 없었다. 마음대로 하라는 뜻인지 마음에 안 드는 것인지 분간이 안된 상태에서 내리 꽂는 좌절과 모멸감에 성욕은 싸늘하게 식어 버린다. 사회의 구성원으로 인정받는 내 위치를 유지하려면 그러한 모순을 입밖에 내는 경거망동한 짓은 절대적으로 금물이다.

　"그 자식은 내가 연극을 했다는 것을 새까맣게 모르고 있어. 멋모르는 사람들은 나를 바보라고 하지."

　성공한 이민 일 세대 후손답게 가문의 명예를 지키는 남편은 그어진 선 밖으로 애자를 밀어내지 않았다. LA근교의 수영장까지 갖춘 대저택은 마음의 감옥이나 다름없었다고 한다. 그리고 또한 집안의 대를 이을 아이가 생기기를 기다리는 시어머니의 기대는 엄청난 정신적 고통을 가중시켰다. 애자는 비행기가 지나갈 때마다 그 안으로 빨려 들어가고 싶어 발버둥을 쳤다고 한다. 순종의 미덕을 발휘하면서 견디면 손에 쥘 수 있는, 뭇 여성들이 한번쯤 아닌 그 이상으로도 꿈꿀 수 있는 삶을 애자는 과감하게 차 버렸다. 잠자리에서 내 이름을 불러 이혼을 유도해서 성사시켰다. 물론 단 한번으로 목적을 달성한 것은 아니다. 여자로서 견딜 수 없는 주변의 눈총과 모욕은 나를 생각하지 않았더라면 견뎌 낼 수 없었다고 했다. 날개를 다시 단 애자는 나를 수소문하고 근황을 면밀히 조사하는 세밀한 계획을 세우고 실행에 옮겼다.

지난 달에는 인공수정을 해서라도 예쁜 딸을 하나 가졌으면 하고 혼잣말을 해서 진위 여부를 가리려고 정말 그럴 마음이 있냐고 되물었다. 애자는 이마에 손을 갖아 대고는 살포시 웃었다. 그리고 그 얘기는 두 번 다시 꺼내지 않는다.

결혼 전, 나 모르게 뱃속의 아이를 지워 버리지 않았더라면 지금쯤 그 아이가 몇 살이나 되었을지 헤아려 본다. 명민이보다 두 살이나 많은 열 다섯 살이라는 계산이 나온다. 가벼운 신음이 나오려고 한다. 입술을 살며시 깨문다.

명민이를 요모조모로 살핀 의사는 최종적으로 장애 판정을 내렸다. 설마 그럴 리야 없겠지 하면서도 염려를 놓지 않았던 아내는 넋을 잃었다. 보기가 민망했던지 의사는 고개를 옆으로 돌려 파일 철을 제자리에 꽂았다. 거기까지는 아무런 감정도 없었다. 아내가 눈물을 흘려도 의사는 여전히 고개를 외로 꼰 채로 담담하게 받아들이라고 딱 잘라 말했다. 야박하게 군다는 생각에 주먹을 쥐었다. 아내는 무엇에 홀린 듯이 벌떡 일어나 의사를 가로막고 나를 뚫어지게 쳐다보았다. 명민이는 화들짝 놀라서 눈이 휘둥그레질만한 데도 무표정한 얼굴 그대로였다.

"전적으로 내 잘못이에요."

억지를 부리는 것도 아니라고 몇 번이나 다짐을 해 놓고는 책임을 다 할 때까지 자기를 버리지 말아 달라고 아내는 매달렸다. 싹싹 손까지 비비며 제발 이라는 말을 연발하는 호소력에 긍정도 부정도 아닌 답변으로 고개를 끄덕였다. 고맙다고 하는 아내한테 조건을 제시했다. 정상아로 되돌려 놓는 특수교육 비용은 내가 얼마든지 부담을 할 테니 한시라도 명민이 곁을 떠날 생각은 하지 말아 달라고.

적극적인 노력에 비해 결과는 소극적이다. 명민이는 하루도 거르지 않고 똑같은 짓을 되풀이하는 자폐증 범주를 벗어나지 못하고 있다. 차돌처럼 딱딱한 내 인내심은 밑바닥을 치려고 한다. 이런 마당에 아이를 다시 가질 수 있다면 삶의 대단한 활력소가 될 것이다. 감당하기 어려운 고뇌와 방황은 명민이 하나로 끝나야 한다고 하는 아내의 주장을 존중한다. 언제든지 나를 놔줄 수 있다면 떠날 의향은 있다. '자폐아를 부부애로 보살핀다'는 미명은 오색실을 요리조리 얽어서 곱게 다듬어진 매듭이다. 그 매듭을 억지로 풀어 버리는 독선을 부리면 나는 도마 위에 올려진 고기처럼 난도질을 당한다.

나뭇 가지에 앉아서 휴식을 취하던 새 한 마리가 벌레를 발견하고 날렵하게 날갯짓을 했다. 그러고 보니 잠자리 떼들이 온데간데 없이 사라졌다. 멀리서·개 짖는 소리가 들려도 해피는 꿈쩍도 하지 않는다. 웬만한 소리 정도는 민감하게 반응을 해야 할지 말아야 할지 구분할 줄 안다. 그리고 같이 자다가도 둘의 행동이 진지하다 싶으면 자리를 피해 주는 예의도 갖출 줄 안다. 안 그랬으면 온갖 체위를 구사하는 섹스는 불가능했다.

칠월인지 팔월인지 확실하게 구분이 안 된다. 해피를 데리고 일산 호수공원으로 바람을 쐬러 간 그 날은 무더위가 한물 가고 금방이라도 비가 쏟아져 내릴 것 같이 하늘은 먹구름으로 뒤덮였다. 해피는 꼬랑지를 연신 흔들어 대면서 앞서거니 뒤서거니 하면서 떨어지지 않으려고 했다. 그러면서도 혹시라도 걸음을 놓쳐 길을 잃을지 모른다는 불안감에 간간이 멍멍 짖으면서 자신의 위치를 알렸다. 뒤따라오던 얼굴에 병색이 완연한 중년 부인이 두 분께서 아주 다정스럽게 보인다고 눈웃음을 쳤다. 문득 혼자서 집을 지키고 있을 아내가 생각났다. 훨훨 날아갈 듯이 가벼워진 발걸음은 납덩어리를 매달은 것처럼 무거웠다. 출발한 곳으로 거의 다 다다를 즈음 갑작스레 천둥과 번개가 쳤다. 주르륵 내리는 비를 고스란히 맞으면서 주차장까지 걸어갔다.

물 속에 들어갔다가 나온 몰골로 핸들을 잡은 손은 마비가 오는 것처럼 따끔거리고 저렸다. 윈도우브러쉬가 좌우로 움직이는 틈새를 놓치지 않으려고 부릅뜬 눈으로 정면만 응시했다. 애자네 집 앞에 도착하는 즉시 무거워진 눈꺼풀을 손으로 비벼 뭉쳐진 근육을 풀었다.

"미안해. 급한 일이 생겼어."

그래 그러면 빨리 가 봐야지 하면서도 미련을 버리기 싫어하는 애자는 찌푸린 눈살을 풀지 않고 손을 흔들었다.

셋이 살기에는 넓어 보이는 집은 아내 혼자서 지키고 있었다. 폐렴에 걸려 병원에 입원한 명민이를 출장과 귀빈들 접대 핑계를 대고 들여다보지 않은 것이 미안하고 꺼림칙했다. 하지만 차도가 좀 있냐고 묻는 말에도 감정의 변화는 없었다. 완전하게 거동은 못하지만 열은 많이 내렸다고 고분고분 대답을 하고는 아내는 바늘에다 실을 꿰었다. 흰색 천 바탕에는 바구니에 푸짐하게 담긴 과일 형상을 한 밑바탕 그림이 그려졌다.

"명민이 책상에 깔아 주려고 십자수를 놓는 거예요."

홀끔 나를 쳐다 본 아내는 바늘을 꽂으려고 고개를 숙였다. 붉은 실이 숨소리조차 내는 것도 부담스러워진 분위기 속에서도 천 위에 점으로 박히다가 점점 더 복숭아의 형상에 가까워졌다.

"퇴원은 언제쯤 할 것 같아?"

"아직은 잘 몰라요."

"왜 폐렴이 걸렸을까?"

"지난번 비올 때 우산을 안 쓰고 집에 온 것이 화를 불렀어요."

둘 사이에 오고가는 대화는 굳이 꺼내지 않아도 정답을 알 수 있는 주제였다. 시간이 흐르면 좀 진솔한 대화를 나눌 수 있겠지 하는 생각은 밧줄 하나에 목숨을 걸고 사투를 벌이는 알피니스트처럼 지탱이 될 뿐이다.

애자가 없는 공백을 하루라도 빨리 메우기 위해 아내를 선택한 것은 나의 주관이었다. 그렇지만 아내의 태도는 무언가에 갇힌 듯이 거부감을 나타내다가도 아닌 것처럼 모호했다. 부담 없고 편안하게 대할 수 있었던 애자와 비교가 되면서 난기류를 만나 마구잡이로 흔들리는 비행기처럼 나는 불안정해졌다. 불안정은 나무 밑동에 기생하는 잡초처럼 끈질기게 붙어 다녔다. 안식처가 되어야 할 집은 거리감이 생겼다. 돌파구를 찾아야만 했다. 혼자서 남해안 일대를 순례하는 여행도 갔다오고, 암벽을 오르기도 해보고, 술집에 진열된 술을 죄다 마셔 보고 취해 보기도 하고, 인적이 드문 밤길을 걸어 보기도 했지만 효과는 없었다.

하지만 아내의 임신으로 인해 집에서 보내는 시간이 많아지자 책하고 가까워졌다. 성공한 기업가의 자전적 소설은 나의 흥미를

가장 많이 끌어 잡아당겼다. 책에 나온 대로만 하면 나도 굴지의
재벌이 된다는 확신이 섰다. 착각이라고 빈정거리는 주변 인물들
의 입을 봉쇄하고픈 오기도 생겼다.

　일중독자가 되기로 하고 한 시간 먼저 출근해서 자정 무렵까지
책상을 떠나지 않았다. 시험삼아 해본 짓이었지만 찰거머리처럼
달라붙어 떨어지지 않는 잡념이 말끔히 가셔졌다. 부수적으로 일
에 대한 집착이 생겼다. 피곤해서 좀 쉬어야겠다는 말은 나한테만
큼은 씨알도 안 먹혔다. 일거리를 하나라도 더 만들어 동분서주하
는 나를 바라보는 부하 직원들의 눈은 불만과 원망으로 뒤섞였다.
하지만 정상적인 것에서 벗어나도 건설적인 면이 뚜렷하면 달리
보는 눈은 따로 있게 마련이었다. 일욕심에 관한 소문은 그룹을
총괄하는 최고 경영자의 귀에까지 들어갔다. 그는 그룹의 이익을
절대적으로 대변해야 하는 자리에 나를 심어 놓았다. 기회주의자
라고 해도 선택의 여지는 없었다. 강자들 앞에서는 무조건 고개를
숙일지언정 약자들의 권리와 호소를 무참하게 짓밟았다. 겉과 속
을 달리해서 얻는 쾌감은 명민이에 대한 강박관념을 감추는 삶의
의욕으로 전환되었다. 대단하다, 훌륭하다, 존경한다, 당신 같은
사람을 본받아야 한다, 장애아 가족들의 등불이라는 등 각종 화려
한 수식어만으로도 나를 속이는 짓은 대성공이었다. 그런고로 나
를 흠집 내려는 자들로부터 자유로울 수 있었다.

하루살이들의 군무가 눈을 어지럽힌다. 애벌레로 수년간 물 속에 갇혀 있다가 세상 밖으로 나온 것을 자축하는 듯 하다. 혹평을 하자면 내일이 어떻게 되든지 간에 즐길 수 있는 데까지 즐겨 보자는 광란이다.

강에서 배를 타고 노를 젓던 사내가 일어나서 어깨에 걸쳤던 그물을 던졌다가 끄집어냈다. 그물에 걸려든 고기가 몇 마리에 불과했는지 사내는 다시 노를 저어 북상을 한다. 저공으로 날던 헬기가 지나가면서 일으킨 바람과 소음에 놀란 해피가 겨드랑이를 파고든다. 으스스 한기가 들려던 참이라 얼른 해피를 한 팔로 감았다. 하늘을 쳐다보다가 한 점이라도 부끄러움이 없었는지 하는 생각이 든다. 입가에 비웃음이 스쳤다. 냉철하게 판단한다면 길은 하나다. 하지만 나는 여러 갈래로 나뉘어진 길을 걷다가 중간에 서 있는 중이다.

내가 여기에 와 있다는 것은 애자와 나 이외는 아무도 모른다. 회장이 최종 마무리를 호텔에서 하도록 주선을 했지만 사양을 했다. 아내는 서울 외곽에서 상당히 떨어진 곳에 있는 산사에서 휴식을 취하는 줄 알고 있다. 이곳으로 오기 전에 최고 경영진에서 내려보내 준 쪽지와 인사기록 카드를 세밀히 검토하면서 고뇌하는 모습을 아내는 쭉 지켜봤다. 그러다가 안쓰러워 하는 얼굴을 해 가지고 내가 상당히 중요하고도 어려운 일을 하는 줄은 미처 몰랐다고 말꼬리를 흐렸다. 썰렁하기 그지 없었던 분위기가 모처럼 화기애애하게 돌아갔다.

"일도 중요하지만 건강도 생각하세요."

그렇게 말해 놓고는 아내는 보약이 담긴 사기대접을 내 옆에다 살며시 내려놓았다. 코끝이 찡했다. 어머니 몰래 시앗을 두고 왔다 갔다 하는 아버지에 대한 부정적 이미지가 뇌리에 깊이 박힌 아내다. 첫날 밤 행사를 치르기 전에 에로물 영화에 나오는 여배우의 표정은 아니더라도 한껏 최고의 절정기에 다다랐다는 감정의 표현은 나올 줄 알고 잔뜩 기대를 품었다. 그랬건만 아내는 죽은 듯이 눈을 감고 고개를 옆으로 돌렸다. 혹시 돌이킬 수 없는 실수를 한 것이 아닌가 하고 당혹스러웠다. 날이 뿌옇게 새어드는 빛이 커튼 틈새로 보일 때까지 뜬눈으로 밤을 지샜다. 이박 삼일의 여정은 수시로 뒤바뀌는 억측을 남겨 둔 채로 마무리를 지었다.

밀어낼 듯이 하다가 끌어안을 듯이 하는 애정이라는 두개의 저울판 한쪽에다 이혼을 올려놓고 다른 한쪽에다 나를 올려놓으면 이혼은 내려간다. 나 대신에 아내를 올려놓으면 이혼은 올라간다. 그와 같은 예견을 무시하고 내 뜻대로 하기 전에 나를 노리는 적들이 있다는 것을 인식한다. 그러기에 현실에 안주하는 것처럼 보이는 가식과 위선은 절대적으로 부여된 의무다.

붉은 빛으로 완전히 물들여진 서쪽 하늘은 흡사 세상사의 온갖 풍파를 다 겪고 나서 엄숙하게 죽음을 맞이하는 의식을 치르는 것 같다. 해피는 귀를 쫑긋 세우고 대문 쪽을 향해 잽싸게 몸을 일으켰다. 엊그제부터 이맘때면 나타나는 고양이가 대문 주위를 기웃거린다. 고양이는 해피가 자기를 노려보고 있다는 것을 알고는 순순히 물러났다. 잠시 멈췄던 바람이 다시 분다. 잠옷 틈새로 한기가 스며든다. 팔 다리가 움츠러든다. 바람결에 이리 저리 벼들이 율동을 하듯이 움직인다. 강변으로 연결되는 도로에는 대낮에 볼 수 없었던 차량들의 행렬이 이어지고 있다. 다들 갈곳을 향해 떠나는 것이다. 외로워지려고 한다. 해피는 손등을 핥는다. 배가 고프다는 의사 표현이다. 평상에서 일어났다. 자기한테 밥을 주려는 것을 눈치챈 해피는 꼬랑지를 흔들고 앞장을 선다.

커튼으로 외부의 빛을 차단한 집안이 을씨년스럽기는 불을 밝혀도 마찬가지다. 설거지를 미룬 채 싱크대에 아무렇게나 처박힌 그릇들을 바라보다가 한숨을 쉰다. 냉장고에 가득했던 인스턴트 식품이 절반이나 줄었다. 해피의 밥에 섞어 주는 고기는 먹기 좋게끔 얇게 썰어졌다. 소파와 같이 나란히 하고 있는 원목으로 만들어진 해피 집에서 먹이통을 꺼냈다. 해피는 엉덩이를 깔고 밥과 고기를 섞는 내 손놀림을 보고 있다. 머리에 입력된 식사시간이 초과하자 해피는 제 자리에서 펄떡펄떡 뛰면서 빨리 달라고 보챈다. 먹이통을 내려놓자 부리나케 달려들어 먹어 치운다.

해피가 밥 먹을 동안 애자와 알몸으로 껴안고 뒹굴었던 방 유리창을 통해 바깥을 본다. 내일을 기약하며 서쪽으로 넘어가고 있는 태양은 마지막 혼을 불어넣듯이 붉은 빛을 마구 토해내고 있다. 지구 반대편 나라 사람들은 아침을 맞이하려고 준비할 것이다. 이틀 후 근무를 마치고 이 시간에 들어올 애자가 문을 여는 순간 심란한 생각이 안 들도록 해야 한다.

청소를 하기 전에 설거지부터 먼저 하려고 행주에 세제를 묻혔다. 집안 일은 설거지뿐만 아니라 청소도 해본 적이 없다. 쓱쓱 행주로 그릇을 문지르자 말라붙은 밥풀때기와 양념 찌꺼기들이 거품에 휩쓸린다. 수도꼭지를 온수로 돌린다. 거품이 묻어 있는 그릇들이 온수를 뒤집어쓴다. 마른행주로 그릇에 남은 물기를 닦아 선반에 올려놓았다. 그릇은 점포 진열장에 전시된 그릇처럼 반질반질 윤이 난다. 혼자 감당하기 어렵게 보였던 일이 술술 풀린다. 이 감각을 그대로 유지하면 청소도 수월하게 끝낼 수 있을 것 같아 흥이 나고 어깨춤이 절로 난다.

시도 때도 없이 명민이가 해대는 발작 증세를 막으려다가 힘에 부친 아내는 혼절을 해 버렸다. 집안 여기 저기에는 명민이가 혼잣말을 하면서 손에 잡히는 대로 집어던진 물건들로 난장판이 되었다. 내가 애지중지하던 오디오는 날카롭고 둔탁한 물건에 긁히고 부딪힌 자국으로 산뜻하고 품위가 있어 보이는 제 모습을 잃었다. 베란다로 통하는 유리문 하나는 바닥에 벌렁 드러누웠다. 깨진 유리 파편을 아슬아슬하게 피하면서도 붙잡히지 않으려고 발버둥치는 명민이를 때릴 듯이 윽박지르기도 해보고 달래 보기도 하면서 겨우 진정시켰다. 텅 빈 주차장이 차들로 빽빽이 메워졌다. 그제서야 상당한 시간이 흘렀음을 알아차렸다. 정신을 가다듬은 아내는 내가 일으켜 세우려고 했지만 혼자서 일어나겠다고 손을 저었다. 내가 오기 전에 수습을 하려고 해도 명민이가 워낙 거세게 나와서 손쓸 겨를도 없었다고 했다. 미안한 기색을 감추지 못하면서도 아내는 차분하게 어질러진 집안을 치웠다. 나는 뒷짐만 지고 지켜보고만 있었다.

설거지를 다 끝내고 청소를 할 차례다. 어디서부터 시작해야 할지 몰라 잠시 우두커니 서 있는다. 구겨진 채로 침대 위에 나뒹굴었던 이불이 눈에 뜨였다. 단정하게 개어서 붙박이장에 반듯하게 포개 놓은 이불 위에 올려놓았다.

진공청소기 손잡이를 잡았다. 내가 무엇을 하는지 일거수 일투족을 살피던 해피는 소파 밑으로 기어들어가 몸을 숨겼다. 이참에 약을 올려 주려고 먼지를 빨아들이는 흡입력을 최고로 올려놓았다. 윙윙 모터 돌아가는 소리가 나오는 동시에 몇 겹의 층으로 쌓였던 먼지는 청소기 안에 내장된 봉투 속으로 빨려 들어간다. 손길이 자주 닿지 않는 곳에 눌어붙은 먼지도 청소기로 빨아들였다. 해피는 청소기를 피해 집안 곳곳을 돌아다니다가 내가 걸레를 들자 소파 위로 올라갔다. 걸레는 기름칠을 한 것처럼 쓱쓱 앞으로 잘 움직여진다. 설거지를 할 때처럼 일하는 기쁨이 생긴다. 가구와 가전제품 그리고 애자가 해외를 들락날락 하면서 수집한 장식물에 앉은 먼지도 닦아 냈다.

맨 마지막으로 청소를 해야 할 곳은 욕실이다. 물때로 찌들은 타일을 닦으려고 철수세미에다 세척제를 묻혀 마구잡이로 문지른다. 쓱쓱 거울과 욕조를 비롯하여 세면기와 변기에다 바닥 타일까지 찌들어 버린 물때가 닦여진다. 세척제 거품을 씻어 내려고 샤워기로 물을 뿌린다. 오물이 하수 구멍으로 쏙쏙 잘 빠져나가고 음습한 기운이 돌던 욕실이 한결 밝아졌다.

청소가 다 끝났다는 것을 알아차린 해피는 발뒤꿈치를 살살 물으며 장난을 건다. 창문을 열었다. 하늘에는 별빛이 안 보인다. 강 건너 광고탑을 밝혀 주는 불빛이 흡사 뱃길을 밝혀 주는 등대처럼 궁상맞고 현실감이 없다.

반면에 내일이 다가온다는 현실감이 생긴다. 내가 작성한 보고서는 극비리에 회장이 검토를 한다. 최종적으로 좋다는 회장의 결재가 떨어지면 정리해고 대상자들을 일대일로 대면하는 일은 내 몫으로 돌아온다. 그들이 어떻게 나올지 몰라 예상문제를 만들고 대비책을 세운다. 순순히 체념하면 고개를 숙여 사죄를 구하는 모양새를 하고, 이럴 수 없다면서 길길이 날뛰거나, 뭐가 뭔지 모르겠다, 억울하다면서 나를 궁지로 몰아넣으면 경영주 방침대로 했다면서 뻗대는 냉혈한이 되어야 한다.

내일로서 악역이 끝나기를 바라는 것은 요원한 얘기다. 족쇄는 풀릴 기미가 안 보인다. 머리가 띵해진다. 창턱에 팔꿈치를 올려놓고 턱받침을 한다. 강 쪽에서 불어닥치는 바람이 시퍼런 칼날을 세우며 달려드는 것처럼 얼굴을 바싹 조인다.

반짝거리면서 날아가는 불빛은 비행기다. 애자는 비행기에 탑승하기 전에 마음속으로 기도를 한다고 했다. 비행 도중 기체에 이상이 생겨 추락을 하면 깨끗이 죽을 수 있도록.

일본 우익 단체의 일원이었고 포르노 배우였던 그의 이름이 기억이 날듯 말듯 가물가물하다. 그는 세스나기를 직접 몰고 록히드 항공사 뇌물 사건에 연루된 고다마 국회의원 집 주변 상공을 선회하는 척 하다가 곤두박질했다. 집은 화염에 휩싸였고 그의 시신은 형체도 알아 볼 수도 없을 정도로 오그라들었다. 고다마는 간발의 차이로 화를 면했다.

정확한 사유는 아닐지라도 그는 세스나기 조종간을 잡기 전에 자신을 붙들어매고 있는 그물을 걷어 내고자 했을 것이다. 얽히고 설킨 그물은 실체도 없다. 그랬기에 붙들어 매고 마음대로 지지고

볶고 때리고 짓이겨 버리고 싶은 갈망에 사물을 구별하는 판단력
도 희미해졌을 자신을 알리고 싶었을 것이다.

　그런데 누가 나한테 그물을 던져 상처투성이로 만들었을까. 가
상의 공간에서 이 사람 저 사람을 붙들고 물어봐도 침묵으로 일관
한다. 상처는 아물기도 전에 덧나기만 해서 겹겹이 층을 이루었
다. 반짝거리는 불빛이 하나가 없어지면 다시 하나가 생긴다. 내
가 불빛이 되어 날아가고 싶다. 깍지를 끼고 있는 힘을 다해서 손
가락을 꺾는다. 우두둑 뼈마디가 꺾이는 소리가 난다. 손가락은
구십도 각도에서 더 이상 꺾이지 않는다. 〈끝〉

난파선

　아무래도 점심때 꽁보리밥에다 고추장을 비벼 먹은 것이 탈이 생긴 모양이다. 오후 근무가 시작될 때부터 화장실을 들락날락 한 것이 이번이 다섯 번째다. 다시 또 화장실 출입을 한다는 것이 쓰디쓴 한약을 먹는 것처럼 싫어진다. 입을 악 다물고 아랫배에 힘을 준다. 창자를 콕콕 찌르는 아픔이 가셔진다. 그래도 뱃속에 뭔가 남겨진 것 같은 찜찜한 구석은 지워지지 않는다. 항문으로 전달되는 반응을 떠보고자 다시 한 번 아랫배에 힘을 줘 본다. 푸시시 꼭지가 풀린 풍선이 공기가 빠지는 소리가 난다. 그 소리를 근거로 변이 다 빠져나온 걸로 단정을 한다. 세정 단추를 눌렀다. 바늘구멍보다 약간 큰 구멍에서 나오는 물줄기가 항문 주위에 늘어붙은 변 찌꺼기를 말끔히 씻어 내렸다. 화장지로 항문에 묻은 물기를 닦고 바지를 올려 허리띠를 채웠다. 밸브를 누른다. 변으로 뒤섞여져 더러워진 물은 소용돌이를 치다가 쪽 소리와 함께 구멍 속으로 빨려 들어갔다. 그리고 새 것이 헌 것을 밀어낸다는 속설을 보여주는 것처럼 좌변기 속은 맑은 물로 채워졌다.

화장실에서 생리 현상을 해결하는 동안 월급명세표가 들어 있
는 봉투가 책상 위에서 나를 기다리고 있었다. 첫 월급을 받은 윤
군은 떫은감을 씹은 것처럼 얼굴을 찡그리고 혀를 내밀었다. 한달
전 신입사원 면접 시험장에서 면접관들에게 월급이 얼마이든지
간에 열심히 일만 하겠다는 비장한 각오를 보여준 얼굴과는 영 딴
판이다. 월급쟁이 입장으로 볼 때는 지독한 불황에도 불구하고 제
날짜에 월급을 받는 것처럼 더 좋은 것이 없다. 그런데도 얼굴을
펴지 못하는 윤 군을 계속 바라보고 있자니 새삼스럽게 변소 들어
갈 때와 나올 때 얼굴이 다르다는 우스갯 소리가 언뜻 떠올려진
다.

봉투 속에서 월급명세표를 꺼냈다. 규격봉투보다 약간 작은 명
세표 우측 하단에 인쇄된 실수령액은 백팔십 삼만 오천 원이다.
세금을 포함해서 각종 공제액이 빠져나간 그 돈은 은행계좌로 입
금이 되었다. 머릿 속으로 당장에 지출할 돈을 계산해 본다. 십 년
만기로 가입한 상호부금 불입액 삼십만 원, 신용카드 결제대금 사
십 오만 원, 도합 칠십 오만 원이 자동이체로 통장에서 빠져나간
다. 그러면 한 달 동안 살림을 꾸려 나가야 할 돈은 통장에 남아
있는 오십만 원을 더해서 백육십 팔만 오천 원이다.

어떤 명목이든 지간에 통장의 잔고가 인출되면 꼭 누구한테 빼앗긴 기분이 든다. 그런 기분을 절반만이라도 줄이고 싶어 현금을 지불할 일이 생기면 신용카드를 긁는다. 어차피 한 달 후에는 통장에서 현금으로 빠져나가는 데도. 그래서 사람 마음이 참으로 묘하다는 말이 실감난다.

월급의 절반 가량이 은행 융자금으로 상환되는 공 대리는 월급 명세표를 누가 볼 새라 얼른 양복 안 주머니에다 넣었다.

현금으로 지급하던 월급이 은행통장으로 입금이 된 이후로 장사치들과 직원들 간에 외상값을 놓고 언성을 높이는 실랑이에다, 비상금을 챙기려고 하는 직원들이 가짜 월급봉투를 만드느라 호들갑을 떠는 진풍경을 볼 수 없게 되었다. 그것뿐만 아니라 마음이 통하는 직원들끼리 포장마차에 빙 둘러앉아 소주잔을 나누면서 한 달 동안에 치렀던 노고를 달래는 정겨운 맛도 없어졌다. 더군다나 신세대와 N세대로 구분되는 젊은 직원들과의 세대 차이는 점점 넓어지고 있는 추세다.

책상 서랍 맨 밑에 감춰 둔 월급이 입금되는 통장과 상호부금 통장을 꺼냈다. 오늘은 오 년 동안 제 날짜에 또박또박 상호부금 월정액을 불입한 특혜로 삼천만 원을 대출받는 날이다. 따라서 일찍이 노후 대책으로 점찍어 놓은 파주 적성면 일대의 땅을 살 수 있는 여력도 생겼다. 내가 그 지역 땅을 노리는 것은 남북 정상회

담 분위기를 타면서 한강 이북 미개발 지역 땅값이 오를 것이라는 소문이 무성하고, 그 소문을 뒷받침해 줄 그린벨트와 군사 보호구역을 단계적으로 해제할 것이라는 호재까지 겹쳤기 때문이다. 일단 대출을 받으면 땅을 계약할 때까지 은행금리보다 높은 제 2금융권 저축 상품에 가입해서 원금을 한 푼이라도 늘려 볼 심산이다. 그렇게 하면 일석이조의 효과를 낼 수 있다는 계산을 한 지는 이미 오래되었다. 통장과 도장을 호주머니에 집어넣었다.

"과장님 찾는 전화가 오면 뭐라고 할까요?"

삼 년 가까이 내 옆에서 일거일동을 지켜보았던 남 군은 내가 은행에 가는 것을 눈치채고 선수를 쳤다.

"부장님한테 결재받으러 갔다고 그래."

척하면 삼천리라고 그 동안 둘이서 뻔히 알면서도 속이고 속아 넘어가 주는 것이 다반사였기에 능청을 떤다는 생각이 들지 않는다.

누구든지 좋은 추억을 하나 남기고자 하는 마음은 다 가지고 있을 것이다. 내 생에 첫 월급을 받던 날에 바로 그런 마음이 경칩 날 동면을 하던 개구리가 땅속을 박차고 나오는 것처럼 생겼다. 나처럼 첫 직장에서 첫 월급을 받은 입사 동기들과 함께 어울려 술잔을 나누고 빨간 속내의를 사서 월급봉투와 함께 어머니 면전에 내밀었다. 내색은 하지 않았어도 은근히 기대를 했을 법한 어머니는 자궁암을 앓다가 쭈글쭈글해져 시들어 빠진 오이 같은 얼굴에 웃음꽃을 활짝 피웠다. 급변하는 시대에 맞춰 탄생하는 고액의 연봉을 받는 자들에게는 별 의미가 없겠지만, 얄팍한 월급봉투 하나가 석연치 못한 아버지의 죽음을 놓고 비비꼬인 명주실처럼 얽혔던 모자간의 갈등과 애증을 말끔히 풀어 주는 대단한 가치를 발휘했다.

아내는 결혼 후 첫 번째로 받은 월급명세표를 들여다보고 나서 방바닥에 내팽개쳤다.

"소문에 비해서 별거 아니네."

농담인지 비아냥거림인지 분간이 안 되는 마당에 고마워요, 수고했어요, 라는 말을 잔뜩 기대했던 나로서는 너무나 뜻밖이었다. 길을 걷다가 경적 소리에 놀라 허둥대는 노인네처럼 월급봉투를 황급히 주웠다. 그 꼴을 보고 아내는 우습다고 뒤돌아 서서 입을 가리고 웃었다.

흔히들 말하는, 부족함이 없는 편모슬하에서 자라난 개성이 강한 여자로 꼬리표를 달고 있는 아내는 보통 여자들에게 엿볼 수 있는 토장국 냄새가 나는 알뜰함은 없다. 아내의 단점이라고 할 수 있는 그런 점과 이기적인 면을 보지 못한 내게도 원인이 있다. 그 원인을 거슬러 올라가면 노총각 신세를 면하고자 중매로 섣불리 출발한 짧은 만남이었다. 아내 또한 내 단점을 놓고 말한다면 똑같은 입장이라고 냉정하게 잘랐다. 그와 같은 만남으로 이어진 결합은 이내가 월급봉투 하나로 나를 평가했다는 당혹스러움을 감추지 못하는 내 얼굴에 비굴함까지 던졌다.

하루에도 깨가 서너 말이나 쏟아진다는 신혼의 재미는 침묵으로 맞서는 척 하다가 어색한 눈맞춤과 대화를 병행했다. 그러다가 서로의 장점과 단점을 샅샅이 찾아내는 탐색전을 펼쳤다. 그 탐색전은 설마 당신이 집안 살림을 꾸리는 경제권을 쥐고 있으리라고는 상상도 못했어, 나한테 의지할 줄 알았어. 그렇게 아내가 실토를 하고 나서야 종지부를 찍었다. 하지만 경제권에 대한 미련이 남아 있는 아내는 다른 집들은 어떻게 하는지 보란 말이야. 남자가 가계부 정리를 하는 집은 이 집밖에 없어, 하고 우회적인 표현으로 경제권을 넘겨줄 것을 은근히 요구했었다. 그래도 그 방법이 먹혀들지 않자 어떤 때는 애교가 철철 넘치는 목소리로, 어떤 때는 싱겁다 할 정도로 무뚝뚝한 목소리로, 내게 옹졸한 면이 있었다는 것을 몰랐다느니, 자라온 환경의 영향을 받아서 그렇다느니, 하고 아픈 곳을 찌르는 방법으로 반응을 떠보려고 했다. 그럴 때마다 돌부처가 될 수 있었던 배짱은 어머니가 살아가면서 차곡차곡 쌓아 둔 불만을 한꺼번에 터트릴 때마다 묵묵히 듣고만 있던 아버지의 모습으로 탈바꿈을 했기 때문이었다.

가정을 앞세우는 안정보다는 조직 사회의 동료애로 똘똘 뭉쳐진 아버지는 남한테 베풀어주는 것을 의무와 미덕으로 삼았다. 그 이면에는 아버지의 월급봉투가 뒷받침이 되었다. 그러다 보니 아버지의 월급봉투는 얄팍하다 못해 경리과 직원이 만년필로 쓰면서 한숨을 쉬었거나 아니면 한바탕 웃었을 ±0이라는 글씨가 선명하게 보이는 빈봉투가 될 때도 있었다. 비록 빈봉투 때문에 상처를 받았을 지라도 월급봉투는 어머니가 아버지를 떠받치게 해주는 상징이었다.

어머니가 돌아가시고 반년이 지나고 나서야 유품을 정리할 수 있는 여유가 생겼다. 겉표지가 너덜너덜한 수첩 하나가 햇볕을 받아 빛나는 것이 유난히 내 눈길을 잡아끌었다. 왜 그럴까 하고, 골몰해지다가 뭉게구름 피어나듯이 방구석에 쪼그리고 앉아 수첩을 한 장 한 장 펼쳐보던 어머니의 잔상이 스치다가 사라졌다. 하던 일을 잠시 중단하고 수첩을 펼쳤다. 첫 장부터 맨 마지막 장까지 보험 가입자들의 이름과 생일날이 깨알같은 글씨로 빽빽이 적혀 있는 것이 아버지를 대신해서 가족의 생계를 떠맡은 어머니의 절박한 심정을 읽는 것 같아 숙연해지고 콧등이 찡해졌다.

어머니는 보험 가입자를 한 명이라도 더 확보하기 위해 지구 끄트머리까지 갈 수 있다는 열정으로 하루의 시간을 쪼개 썼다. 그와 달리 권력의 칼자루에 휘둘림을 당한 억울함과 분노를 삭이지 못한 아버지는 무력증에 빠졌다. 도서관에 죽치고 앉아 책을 벗삼으면서 무력증을 탈피하려고 했지만 사건과 현장을 쫓아다니며 취재기자로 활동한 미련이 걸림돌이었다. 하기 싫은 일을 억지로 하는 것처럼 하루에도 몇 번씩 도서관을 들락날락하던 아버지는 급기야 말 한 마디 없이 장기간 동안 집을 비우다가 오밤중에 아무렇지도 않게 불쑥 나타나는 신출귀몰한 행동으로 무력증을 호소하기에 이르렀다.

오늘은 아버지 기제사가 있는 날이다. 한 달 후에는 어머니 기제사가 돌아온다. 늘상 그랬듯이 아버지의 죽음에 밑바탕이 된 사연들이 순차적으로 스쳐 지나가고 제삿상 위에 나란히 놓여진 두 분의 영정 사진이 '나는 네 엄마 곁에 있고 싶지 않다.' '나도 네 아버지 곁에 있고 싶지 않다.' 하고 투덜대는 것처럼 보일 것이다. 어쩌면 그런 것들이 상상을 뛰어넘는 상념이 되어 내 의식 속에 자리를 차지한 텃새가 되었을 지도 모른다.

여섯 대의 현금자동지급기 앞에서 차례를 기다리는 고객들의 줄이 기다랗게 늘어졌다. 5번 창구 앞에는 나처럼 대출을 받으려고 하는 고객들로 의자가 채워졌다. 예금 입출금을 취급하는 2번 창구 디지털 판에는 붉은 빛으로 234로 표시가 되었다. 대기인원은 열 명으로 표시가 됐다. 어차피 대출을 받으려면 시간이 걸리기 때문에 비상금을 사용할 단돈 오만원을 찾기 위해 줄을 서고 싶지 않다. 245번 번호표를 누가 뽑을 새라 얼른 뽑았다. 5번 창구에서 대출신청을 한 다음 2번 창구에다 제출할 예금청구서를 작성했다.

2번 창구 여자 행원이 착용한 연푸른 빛깔의 유니폼은 여고생을 연상시킨다. 5번 창구의 남자 행원은 고객이 도장을 손쉽게 찍을 수 있도록 서류를 한 장 한 장 넘겨주고 있다. 디지털 숫자 판이 바뀌는 딩동 소리에 고개가 돌려졌다. 공과금 납부고지서에 도장을 찍는 남자 행원 옆에 앉아 있는 여자 행원에게 가라는 표시로 디지털 판에 ╱245 숫자가 표시되었다. 나보다 앞서 돈을 인출한 파마머리 아줌마는 식당에서 일을 한다는 티로 행주치마를 걸쳤다. 단발머리에 나비 모양 머리띠를 꽂은 그녀는 통장을 프린터기에 밀어 넣었다. 거래 내역을 찍는 찌지직 소리는 통장의 빈칸을 두 장이나 넘기고 나서야 멈췄다.

"잔고가 없어요."

설마 나한테 하는 말이 아니겠지 싶어 고개를 뒤로 돌렸지만 내 뒤에는 아무도 없다. 무슨 말을 하긴 해야 하는데 정신나간 사람처럼 입이 헤 벌어졌다. 내가 알아듣지 못한 줄 알고 그녀는 방금 전보다 약간 큰소리로 잔고가 없다는 말을 하고는 통장을 내 앞에 던져 놓았다. 그리고 다음 고객을 부르기 위해 누름단추를 눌렀다.

통장에 찍힌 잔고는 0이다. 0옆에 찍힌 숫자는 내가 알지도 못하고 처음 보는 계좌번호다. 0은 종종 뉴스나 신문을 통해 보도되는 금융 사고라는 생각으로 연결이 되었다. 행원은 기계로 세어지는 돈을 지켜보느라 고개를 외로 꼬았다. 언뜻 내가 조롱을 당한다는 생각이 든다.

"내 통장에 잔고가 없을 리가 없단 말이야."

삿대질에다 반말투인 내 목소리가 심상치 않게 보였는지 반백의 머리를 손으로 빗질하던 대리가 자리에서 일어났다.

"무슨 일이야?"

"잔고가 없는데 아니라고 하잖아요."

짧은 시간에 벌어졌던 자초지종을 설명하는 부하의 말에 귀를 기울이면서도 대리는 흘끔흘끔 내 얼굴을 쳐다봤다.

"전산상의 오류도 있을 수 있으니깐 조회를 다시 한 번 해봐."

그녀는 미심쩍다는 것과 바쁜데 귀찮게 군다는 불만이 반반씩 섞인 표정으로 통장을 집어들었다. 대리는 시간이 걸릴 테니 잠시 기다리라고 했다. 옆에서 계좌번호를 단말기에 입력하는 부하를 지켜보는 대리가 직위가 높은데다 남자라는 것이 믿음직스러워 마음이 놓였다.

뜻하지 않은 언쟁으로 인해 흥분된 마음을 가라앉히고자 소파에 앉았다. 대기번호가 바뀌는 딩동 소리에 내 옆에서 월간지를 보던 운동복 차림을 한 청년이 일어났다. 월간지는 그대로 펼쳐진 채로 소파 위에 놓여졌다. 화려한 색깔로 장식된 광고사진에 이끌려 월간지를 무릎 위에 올려놓았다. 선정성이 은근히 표현된 다이어트 광고사진에 당분간 눈을 떼지 못하다가 천천히 페이지를 넘기면서도 흘끔흘끔 창구를 쳐다봤다.

"이기영 고객님."

대리가 직접 내 이름을 부르자 이제는 돈을 찾을 수 있겠구나 하는 생각이 구렁이 담 넘어가듯이 꿈틀댄다. 월간지를 있던 자리에 도로 놓고 창구 앞으로 갔다.

"돈은 정상적으로 텔레뱅킹으로 오전에 인출되었습니다."

조금 전의 언쟁을 되풀이하지 않으려고 그녀 대신 대리가 공손하게 말했지만 켜켜이 쌓아 놓은 벽돌이 무너져 내려 머리에 떨어지려는 아찔함이 눈가에 스쳤다.

"통장 주인도 모르게 돈이 인출된다는 것이 말이 돼."

똑같은 소리를 두 번씩이나 듣는 억울함과 화가 섞인 내 목소리는 자제력을 잃었다.

"우리는 잘못이 없습니다. 본인이 다른 분에게 비밀번호를 알려 준 적이 있는지 생각해 보세요."

"그런 적 없어. 어서 빨리 내 돈을 인출을 한 자가 누구인지 알아봐서 통장의 잔고를 원래대로 되돌려 놔."

"이 통장이 손님거라는 것을 증명할 수 있는 주민등록증이 있으면 돈을 인출한 사람의 계좌 추적은 가능해요. 그 이외의 일은 손님이 알아서 해야 됩니다."

"주민등록증 없는 사람이 어디 있어."

나와 대리 사이에 주고받는 얘기를 가만히 듣고만 있던 그녀의 입놀림에 불끈 오기까지 생겨 목소리는 더 커졌다. 번호표를 들고 대기하는 사람들이 나를 노려보는 것 같아 뒤통수가 근질근질하고 얼굴이 붉게 달아오르는 열기를 느끼면서 수첩을 꺼냈다. 하지만 어찌된 일인지 수첩을 이리 저리 살펴봐도 주민등록증은 보이지 않는다. 주민등록증뿐만 아니라 내 신분을 밝혀 줄 것이라고는 죄다 없어졌다. 필히 지갑 속에 있어야 할 것이 없다는 것은 모순이다. 조금 전과 달리 아무 말도 하지 못하는 나를 쳐다보는 그들의 눈이 부담스러워 한 발짝 뒤로 물러났다. 그러자 대리는 제자리로 되돌아가고, 그녀는 공과금 납부 고지서에 도장을 찍으려고 고개를 숙였다.

5번 창구 대출담당 직원이 2번 창구에서 우두커니 서 있는 나에게 이름을 부르며 빨리 오라고 손짓을 했다. 그 손짓이 실랑이를 하느라 잠시 잊었던 삼천만 원의 대출이 다 됐다는 뜻으로 받아들여진다.

"서류 작성이 다 됐어요. 도장을 찍기 전에 본인 여부를 확인해야 합니다."

엊그제 지하철에서 장님이 출구를 찾지 못해 지팡이를 여기저기 찍어대며 허둥대는 모습이 상기되고 양쪽 뺨이 살살 떨린다.

"주민등록증이 없어졌어요."

"본인 확인이 어려우면 대출을 해줄 수 없어요."

사무적인 태도를 조금도 벗어나지 않으려는 말투에 조금 전과 같이 불끈 오기가 생기려고 한다. 천장을 올려다보고 호흡을 가다듬는다.

"분명히 지갑 속에 주민등록증이 있었단 말입니다."

착 가라앉은 목소리를 억지로 꾸며냈다.

"잘 생각해 보세요. 건망증이 아니라도 집에다 두고 온 것을 깜빡할 수도 있어요."

건망증에다 집까지 운운하는 바람에 혹시 그랬을 지도 몰라 휴대폰을 꺼내려고 호주머니에 손을 집어넣었다. 이것 또한 설상가상이라고 휴대폰이 아닌 백원 짜리 동전이 손에 잡혔다. 하는 일마다 비비꼬여 드는 낭패감에 분한 생각이 세차게 치밀어 오른다.

현금자동지급기 옆에 매달린 공중전화기에 동전을 있는 대로 집어넣었다. 흥분이 되면 숨이 거칠어지고 심장이 팔딱팔딱 뛰는 고질적인 증세까지 나왔다. 재봉틀 바늘이 움직이는 것 같은 빠른 손놀림으로 번호판을 눌렀다. 신호음은 계속 울리기만 한다. 혹시

다급한 김에 번호판을 잘못 눌렀나 싶어 재발신 단추를 누르고 번호판을 다시 누른다. 역시 마찬가지다. 재발신 단추를 다시 누르고 아내의 휴대폰 번호를 누른다. 신호음이 울리다가 지금 수신자가 전원을 꺼 놓았거나, 통화권밖에 있다는 것을 알려주는 맑고 또박또박한 목소리와 동전 떨어지는 소리에 손목에 힘이 빠진다.

디지털 판의 숫자는 연신 뒤바뀌고 있다. 행원은 기계로 돈이 세어지는 것을 지켜보고, 대리는 서류에 도장을 찍고, 대출담당자는 서류를 검토하고 있다. 그렇게 묵묵히 일하는 그들의 모습에서 내가 철저히 무시당한다는 생각이 들어 어서 빨리 주민등록증을 찾아 가지고 와야 한다는 조급증이 생겼다.

조급증이 앞서다보니 검은 유니폼에다 헬멧까지 착용한 채로 현금자루를 들고 출입구로 막 들어서려는 보안회사 직원과 부딪쳤다. 그는 반사적으로 곤봉을 잡고 내 앞을 가로막았다. 하지만 심각한 상황이 아니란 것을 알아차리고는 순순히 길을 비켜 주었다.

오늘따라 어찌된 일인지 도로에는 차들이 꼼짝달싹 못하고 있다. 움직인다 하더라도 거북이 걸음이다. 버스와 지나가는 택시를 잡아타려고 하는 사람들이 뒤섞인 정류장은 아수라장이다. 여기에서 버스를 타고 집으로 가면 여섯 정류장이다. 즐비하게 늘어선 차들을 보고 있자니 버스가 제 때에 도착한다는 판단이 서지 않는다. 몇 번 망설이다가 이것저것 따질 것 없이 빨리 뛰어라 하는 명령이 뇌로 전달된다.

발이 교대로 떨어질 때마다 눈에 보이는 것들이 속속들이 뒤로 젖혀진다. 주먹을 쥔 두 손은 아무런 제약도 없이 앞뒤로 움직이며 두 다리의 움직임을 원활하게 해준다.

아버지의 죽음을 어머니에게 알리기 위해서 그 겨울날에도 이렇게 뛰었다. 다만 오늘처럼 포근한 날씨가 아닌 걸레가 꽁꽁 어는 매서운 추위였다. 그 매서운 추위를 피해 미지근한 아랫목에 뱃가죽을 깔고 라디오 연속극을 듣는 재미에 흠뻑 빠졌다. 그러다가 방이 점점 식어만 가는 바람에 연탄불을 살피고자 부엌으로 들어갔다. 아궁이 위에 올려진 물솥을 들어올렸다. 연탄은 열 아홉 개의 구멍에서 절반이 불씨가 꺼졌고 나머지 절반도 파란 불꽃이 간들거리는 것이 애처로웠다.

한 번 꺼진 연탄불을 되살리는 것이 생각보다는 쉽지 않았다. 숯불을 피워도 소용이 없어 번개탄을 피웠지만 연탄 구멍으로 불길이 올라오다가 꺼지기 일쑤였다. 더 난감한 것은 연탄가스와 연기였다. 환기를 하려고 부엌문을 열었다. 바로 그때 대문을 기웃거리던 경찰이 마당 안으로 들어왔다. 경찰은 아버지 성함을 대고 나하고 무슨 관계냐고 묻고 나서 가죽장갑 낀 손으로 콧물을 닦았다.

"집에 어른들 안 계시나?"

"다들 바깥에 나가고 나 혼자밖에 없어요."

"그러면 할 수 없지. 너한테라도 알려줘야지."

경찰은 하기 싫은 말을 억지로 한다는 암시로 한숨을 쉬었다.

"네 아버지가 의암호에서 변사체로 발견됐어."

퉁명스럽게 뱉어내는 경찰의 말도 그렇지만 열 일곱 살이란 나이는 죽음이란 단어를 감당하기에는 너무 벅찼다. 어떻게 할 줄 몰라 고개를 숙일 때 가장 먼저 떠오른 얼굴은 역시 어머니였다.

길음동 언덕배기 집에서부터 골목길을 돌고 돌아 돈암동 영일빌딩을 향해 뛰었다. 낯선 자의 발자국 소리를 경계하는 개들은 쉴새없이 짖어댔다. 어떤 개는 사납게 짖어대며 내 옆을 졸졸 따라오다가 되돌아가는 헛수고를 자초했다.

턱까지 차 오른 숨을 헐떡거리며 후들후들 떨리는 다리를 간신히 세우고 1001호 사무실 문을 밀어젖혔다. 간식으로 순대와 떡볶이를 먹기 위해 빙 둘러앉은 직원들의 시선이 나한테로 몰려들었다. 그들의 시선 중에 입술 언저리에 고추장이 묻은 얼굴로 어설프게 웃는 어머니가 보였다. 집에서 입던 옷 그대로에다 울먹일 듯한 얼굴은 직감적으로 내가 심상치 않은 일로 왔다는 것을 이내 알아차리게 하기에는 부족함이 없었다.

"저기 앉아라."

화장지로 입술을 닦으면서 애써 침착함을 가장하는 어머니는 빈의자를 가리켰다.

"집에 무슨 일 있었니?"

"아버지가 돌아 가셨어요."

"울지마."

주위 사람들을 의식하는 어머니의 목소리는 쌀쌀맞았다. 그러나 눈물은 그치지 않고 턱 아래로 떨어졌다.

704호 타원형 아크릴 번호판 밑에 숯불구이 돼지갈비 광고 스티커를 뜯어냈다. 그런 종류의 불법 스티커는 날 보란 듯이 하루에도 서너 장씩 출입문에 부착이 된다. 땀에 절은 등허리에 속내의가 달라붙었다. 끈적끈적 거리는 얼굴을 닦은 손은 촉촉하게 젖었다. 바지 뒤 주머니에서 손수건을 꺼냈다. 손수건은 매번 갈아 치운다 하고서도 깜박 잊어버리는 바람에 한 달 동안 신주처럼 모셔졌던 것이라 냄새가 난다. 그래도 아쉬운 대로 써먹을 수밖에 없어 이마와 콧잔등에 맺혀 있는 땀방울을 분칠하듯이 콕콕 찍어냈다.

초인종을 눌렀다. 안에서 아무런 기척도 없다. 오늘은 강의가 없는 날이라 아내가 집안 일을 마치고 습관대로 낮잠에 빠졌을 지도 몰라 초인종을 다시 눌렀다. 하지만 기척이 없기는 여전하다. 혁대 고리에 매달린 출입문 열쇠를 열쇠 구멍에다 집어넣었다. 구멍에 손쉽게 들어 갈 때와는 달리 열쇠는 옆으로 움직이지 않는다. 깊은 산 속의 고요함에 짓눌려 공포에 떠는 조난자처럼 오도 가도 못하게 됐다는 생각이 들자 아내가 주희를 데리고 제물을 장만하려고 시장에 갔다는 생각으로 바꿔본다. 그러자 어차피 여섯 시 이전에 아내가 들어온다는 해답이 나와 출입문 앞에서 기다리는 것이 힘들고 지루하다는 선입견이 없어졌다.

우리 집안은 제사라곤 지내본 적이 없다는 핑계를 대면서까지 아내는 얼굴 한 번 보지도 못한 시부모 제사에 관심을 두지 않으려고 한다. 작년 아버지 기제사 때는 제삿상만 달랑 차려 놓고 아내는 고등학교 동창회에 참석한다고 집을 나섰다. 내가 말려도 아내는 본인이 없으면 동창회 진행이 안 된다며 막무가내였다. 어쩔 수 없이 죄송한 마음으로 나 혼자서 아버지 기제사를 지냈다. 그리고 칭얼거리는 주희를 달래고 재우느라 지쳐버려 깊은 잠에 빠지는 바람에 초인종 소리를 듣지 못했다. 2차에다 3차까지 걸치고 열쇠 수리공의 도움으로 출입문을 열고 들어 온 아내는 곤히 잠자는 나를 흔들어 깨웠다. 잠에서 덜 깬 눈이 아내의 입에서 술술 풍기는 술 냄새때문에 찡그려지고 폭포수처럼 쏟아지는 잠을 억제하지 못해 다시 잠을 재촉했다. 아내는 이불을 걷어치우고 내 손을 잡아 일으켰다.

"나하고 애기 좀 해."

"안돼."

"왜 안된다는 거야?"

"피곤해서 그래."

"피곤한 건 나도 마찬가지야."

막무가내로 말꼬투리에 꼬투리를 잡고 늘어지는 아내의 주사는 끝이 없어 보여도 참을 수 있었다. 순간적으로 아내가 미워진 것은 숙면에 취한 달콤한 맛이 깨졌기 때문이었다. 순간적으로 미워진 것처럼 순간적으로 아내의 얼굴을 향해 주먹을 날렸다. 어쩌면 그런 과격한 행동이 내가 숨겨 놓았던 본능이었을 지 모른다. 아내가 흘린 코피로 곳곳에 얼룩진 이불은 한 점의 추상화 작품이 되었다. 인간은 피를 보면 흥분을 한다. 아내는 집안 곳곳에 있는 물건을 손에 잡히는 대로 나를 향해 집어 던졌다. 주희의 울음소리에도 아랑곳없이 아내의 과격함은 말리면 말릴수록 담뱃불에 지져진 지렁이가 몸부림치는 것처럼 격렬해졌다. 한바탕 소란을 벌이고 아내는 제풀에 주저앉아 훌쩍거렸다.

"우리들 애정은 형식적인 서류에 도장을 찍은 것에 불과해. 당신은 이런 삶에 만족해? 나는 지금 절벽에 매달려 있어. 제발 나 좀 어떻게 해줘 봐."

그날 밤에 최초로 나온 아내의 절규는 소름끼치는 까마귀 울음
소리처럼 나의 방어벽을 무너트리려는 완력처럼 작용하다가 잠잠
해졌다.

아내는 변화를 하고 싶다고 호소했다. 그 호소를 대변하듯이 어
떤 때는 화려하게 외모를 치장하고 주희를 친정 집에 맡겨두고 백
화점 쇼핑을 하기 일쑤였다. 그렇게 하고도 이것이 아니다 싶으면
무척이나 아픈 얼굴을 한 채로 하루종일 드러누워 천장만 쳐다보
았다. 결국 그런 방법으로 내 마음을 돌려놓지 못한다고 판단을
한 아내는 자기 일을 찾겠다는 의지로 중단했던 공부를 다시 시작
했다. 리포트를 작성하느라 새벽녘까지 책을 붙드는 공부에 대한
집착의 결과로 집안 일에 점점 소홀해지는 것이 눈에 슬슬 보였
다. 어쩌다 그 점을 지적하면 아내는 얼른 말꼬리를 잘랐다. 그것
또한 일정한 시간이 경과하자 나를 압박하는 무기로 보여졌다. 그
압박에서 벗어나려고 하는 싸움은 한 쪽이 밀면 나머지 한 쪽이
밀리지 않으려고 잡아당기다가 팽팽해진 고무줄이 되었다. 그 고
무줄이 끊어지기를 원치 않으면 둘 중에 하나가 줄을 놓아야 한
다. 늦둥이 두 살 박이 주희가 하루가 다르게 달라지는 것이 아내
의 눈에 안 보일 리 없다. 둘 다 얄팍한 명분과 실리를 선택하는
갈림길에서 고무줄은 최대한 늘어나는 한계점에 다다르고 있다.
그 한계점에 다다르고 나면 이혼. 그러면 성격 차이로 이혼을 했

다는 변명이 혼자 산다고 수군수군대는 눈총을 받는 것보다 훨씬
편하게 느껴질 것이다.

　놀이터에서는 반장 할머니가 손자 손녀를 시소에 태우고 시소
를 올렸다 내렸다 한다. 시소가 한 번씩 오르락내리락 할 때마다
찰그랑찰그랑 소리가 칠 층까지 올라온다. 해는 너울너울 서산으
로 넘어가느라 붉은 빛을 토하면서 구름을 붉게 물들이고 있다.

　가마니로 덮은 아버지 시신은 빙어낚시를 하려고 뚫어 놓은 얼
음 구멍 옆에 방치되었다. 가마니 끄트머리에 삐죽이 빠져나온 검
은 장화는 붉은 햇살로 살짝 물들여졌다. 검사의 지시를 기다리던
경찰은 궤짝에 담긴 냉동생선을 보여주듯이 가마니를 걷어 치웠
다. 하늘로 향한 아버지 얼굴은 평온하게 잠자는 모습 그대로였
다. 어머니는 사무실에서 나를 대할 때처럼 얼굴빛 하나 변하지
않았다. 얼음판 위의 잔설이 획-획 소리를 내며 휘날리다가 어머
니 얼굴을 때렸다. 피할 새도 없이 구멍이란 구멍에는 다 파고 들
어간 잔설은 한동안 어머니가 눈을 뜨지 못하게 했다. 마치 하늘
이 눈물조차 흘려주지 않는 어머니를 나무라는 듯이.

　아버지의 낚시는 세월을 낚으면서 육체와 정신에 가하는 고문
보다 더 싫은 소외감을 이겨내기 위해서였지 고기를 낚으려고 했
던 것은 결코 아니었다. 어머니는 좋은 세월 허망하게 다 보내고

빈 껍데기만 남았다고 아버지를 빈정거렸다. 그 빈정거림 속에는 신문사 주필로 세인들에게 이름이 알려진 아버지 동기생이나 후배들을 비교하는 의도적인 뜻이 담겼다. 이유야 어쨌든 아버지는 그 점을 인정하지 않으려고 했지만 그들과의 격차는 엄연히 존재하는 냉혹한 현실이었다.

서쪽 저편에서 해가 보일락 말락 하는 것과 조화를 이뤄 밝음은 어둠에게 잡아먹히고 있다. 지금 시간으로 따지면 은행문은 닫혔다. 놀이터에 나와 있던 할머니와 아이들도 보이지 않는다. 오랫동안 서 있었더니 다리가 아프다. 우선 앉아서 쉬고 싶어졌다. 계단에 손수건을 깔고 엉덩이를 붙였다. 팔꿈치를 무릎에 대고 양손으로 턱을 괴었다. 입이 심심하다. 호주머니를 뒤져 담배와 일회용 라이터를 꺼냈다. 라이터는 오늘 날짜로 주인이 바뀐 식당에서 개업 인사로 받은 것이다. 끄트머리에 살짝 붙은 담뱃불을 살리고자 양쪽 볼이 쏙 들어가도록 필터를 빨았다. 기다리는 지루함을 달래려고 입안 가득히 채워진 연기로 링도너스를 만든다.

퇴근 후 여가 시간을 활용하지 않고 곧바로 집으로 오는 나를 빗대어 아내는 시계라고 했다. 아버지가 기자로 활동하던 시절의 귀가 시간은 공적이건 사적이건 간에 자정을 넘기는 것이 예사였다. 그래도 어머니는 그 다음 날 아침밥이 될지언정 저녁밥은 꼭 챙겨 주면서 한 남자의 아내로서 할 역할을 다하려고 애를 썼다.

여전히 사채업으로 부를 이룬 장인한테 도움을 받는 아내가 바람직하지는 않지만 월급봉투로 인해서 받은 상처를 내가 먼저 덮어두고 싶지는 않다. 아내도 자신의 상처를 먼저 덮어두고 싶지 않을 것이다.

어젯밤에는 아내가 과제물을 작성하다 말고 알몸으로 이불 속으로 기어들어와 잠옷을 하나 하나씩 벗겨 내어 알몸으로 만들어 놓았다. 그리고는 날름 날름 혀를 움직이며 내 몸 구석구석까지 핥아 주었다. 그렇게 아내의 애무로 시작한 섹스는 혀와 혀가 접촉되어 빙글빙글 돌아 갈 때마다 간지러움에 몸이 살짝 움츠러들고 사이사이 간드러지는 소리까지 삽입되었다. 애무를 끝내고 몸이 엉킨 채로 뒤집고 뒤집히기를 반복하다가 마침내 극과 극에 도달하고 막을 내린 섹스는 실로 오랜만에 맛보는 오르가즘에다 내일을 위해 잠을 자야 하는 진한 여운을 남겼다. 그 동안 우리 부부의 섹스는 나무토막처럼 가만히 드러누워 있다가 슬쩍 한번 건드려 보는 형식적인 절차에 불과했다. 만약에 밤이 끝나지 않는다는 확신만 있었다면 나한테도 다른 면모가 있다는 것을 보여주기 위해 남몰래 인터넷 포르노 사이트로 들어가 눈으로 익힌 체위로 아내를 만족시켜 주었을 것이다.

그리고 아내는 언제 터질지 모르는 불만이 가득 찬 얼굴이 아닌 웃는 얼굴로 나를 깨웠다. 스킨로션을 얼굴에 발라주고, 옷 입는 것을 도와주고, 덩달아 손가락에 구두약을 찍어 구두코에 광을 내주고, 승강기를 탈 때는 주희와 나란히 서서 잘 다녀오시라고 인사까지 하면서 상냥하게 굴던 아내가 무슨 일인지, 나를 기다리게 한다고 생각을 하니 속에서 벌컥 울화가 치밀어 오르려고 한다.

승강기가 올라오는 것을 알려주는 화살표에 불이 켜졌다. 엉덩이를 들어올렸다. 승강기는 육층까지 올라왔다가 다시 일층으로 내려갔다. 아내와 주희가 오고 있다는 기대감은 부풀려진 복어 배가 쪼그라드는 것처럼 되었다. 바로 위층에서는 아이들이 계단을 뛰어 다니는 소리가 요란을 떨다가 뚝 그쳤다. 그러다가 남자아이와 여자아이가 뒤섞여 깨득깨득 웃는 소리가 계단을 타고 내려오다가 이내 잠잠해졌다.

일층과 육층 사이에서 올라갔다 내려갔다 하던 승강기는 마침내 칠층에 멈췄다. 스르르 미끄러지듯이 문이 양쪽으로 열렸다. 똥색 가죽 반코트에다 개똥 모자를 눈썹 가까이 눌러쓴 남자가 승강기 안에서 나왔다. 살짝 올려졌던 엉덩이는 내려갔다. 남자는 703호 초인종을 눌렀다. 안에서 인터폰으로 누구인지 확인을 했는지 곧바로 출입문이 열리면서 안면이 익은 여자 얼굴이 살짝 보였다. 지금껏 703호에 남자가 출입한다는 사실을 몰랐다.

한참 동안 계단에 쪼그리고 앉았다는 징표로 졸음이 닥치려고 눈꺼풀이 무거워진다. 하품이 나오는 것으로 방안에 드러눕고 싶은 갈망을 억누르는 인내심도 바닥을 쳤다. 덧붙여서 혹시 아내와 주희가 교통사고를 당하지 않았을까 하는 불길한 생각이 든다. 그러다가 예금통장 사고가 아내와 관련된 게 아닌가 하는 의심으로 번진다.

일단 출입문을 열고 안으로 들어가 판단을 해보기로 하고 기대와 우려가 반반 섞인 채로 출입문 열쇠를 꺼냈다. 다시 열쇠 구멍에 꽂힌 열쇠는 꿈쩍도 하지 않는 데다 쥐구멍 속으로 들어가 몸을 사린 쥐처럼 빠져나올 기미도 안 보인다. 열쇠와 실랑이를 벌이다가 뜻대로 안 되자 애꿎은 출입문에다 발길질과 주먹질을 한다. 쿵쾅쿵쾅 소리가 계단실 천장을 울렸다. 그 소리를 듣다못해 703호 남자와 여자가 출입문에 몸을 가리고 얼굴을 삐죽이 내밀었다. 내가 굳이 설명을 하지 않아도 남자는 알겠다는 뜻으로 내게 눈길을 준다.

"내가 한 번 해볼게요."

남자는 구두를 꺾어 신은 채로 출입문을 밀치고 나왔다. 남자도 내가 했던 것처럼 열쇠를 이리 저리 비틀어 보고 잡아당겨 본다. 그 사이에 승강기는 칠층을 그대로 통과하면서 십 오층까지 올라갔다가 다시 일층으로 내려갔다.

"사람을 부르세요."

남자는 고개를 살래살래 흔들고는 여자와 같이 미안한 웃음기를 보여주고는 출입문을 닫았다. 철커덕거리는 소리가 의식의 한 구석에서 잠자는 측은함을 일깨웠다.

　누가 잘못 눌렀는지 일층에서 올라오던 승강기가 문을 열어 놓고 내가 타기만을 기다리고 있다. 주저할 것도 없이 승강기 안으로 뛰어들자 문이 닫히고 죽죽 일층까지 내려간다.

　경비실 창문을 두드리자 나이가 얼마인 지도 모를 늙수그레한 경비는 돋보기를 콧등에 걸치고 신문을 보다가 눈을 치켜올렸다.

　"문이 열리지 않아요."

　"몇 동 몇 호지요?"

　"501동 704호입니다."

　경비는 어딘가에 전화를 해서 빨리 오라는 말을 두 번이나 반복을 하고는 신문을 다시 펼쳐 들었다. 열쇠 수리공이 도착할 때까지 아내가 온다는 기대감을 저버릴 수 없어 경비실 앞을 떠나지 못한다. 아파트 단지로 들어오는 승용차 안에 아내가 있을지 몰라 유심히 살피려고 하지만 뜻대로 안 된다. 그러기를 오 분 여나 지났을까. 윗도리와 아랫도리가 연결된 작업복을 입은 열쇠 수리공이 스쿠터를 몰고 내 앞에서 멈췄다.

　"이 분을 따라가면 돼."

신문을 보고 있던 경비는 창문을 열고 소리를 질렀다. 그래도 그는 내가 501동 704호 주인이라는 것을 몇 번 다짐을 받아 놓는 절차를 밟았다. 구멍에 박혀 꼼짝 않던 열쇠는 그의 손목이 몇 번 비틀리자 몽둥이에 맞아 죽은 쥐처럼 조용히 빠져나왔다. 곧장 그가 혼자 알고 있는 비법으로 만능열쇠를 열쇠 구멍에다 집어넣고 우는 어린애 달래듯이 살살 몇 번 돌리더니 출입문이 열렸다. 이렇게 손쉽게 열릴 줄 알았으면 진작에 열쇠 수리공을 부를걸 하는 싱거운 생각에다 허탈한 웃음까지 나왔다.

문을 열고 들어서자 집안은 다른 날보다 정리 정돈이 잘 된 것으로 보여진다. 오래 전부터 아내가 이 핑계 저 핑계를 대면서 차일피일 미루던 기름때에 절은 주방 가구는 말끔하다 못해 윤이 번쩍번쩍하게 빛난다. 거실에 차려진 채로 신문지에 덮인 제삿상에 눈길이 멈춰졌다. 신문지를 걷었다. 제물은 홍동백서 격식에 맞춰 좌우 열이 잘 맞춰졌다. 향로 옆에는 영수증이 놓여졌다. 어느 물건을 사도 영수증을 챙기지 않는 습관이 있어 나한테 잔소리를 듣곤 했던 아내다. 여기 저기 흩어져 있던 눈에 익숙한 아내와 주희의 흔적이 보이지 않는 것 같은 궁금증이 시냇물 줄기로 흐르다가 강물에 섞여 증폭이 되었다.

흔적을 찾아 안방을 살피다가 장롱 문이 살짝 열려진 것이 보였다. 무심코 장롱 문을 열다가 몸이 얼어붙는 듯 굳어졌다. 계절별로 형형색색으로 나뉘어져 옷 걸이에 걸려 있던 아내의 옷은 죄다 없어졌다. 그것뿐만 아니라 화장대 위에 크기별로 짜임새 있게 놓여졌던 화장품까지도 깨끗이 치워져 버렸다. 약품 냄새가 욕실 문 틈 사이로 빠져나와 문을 열었다. 타일과 타일 사이 줄눈에 덕지덕지 끼여 있어 눈엣가시처럼 보였던 곰팡이는 흔적도 없이 제거되었다.

중간 방에서 최고급 제품의 자태를 뽐내면서 아내의 과제물 작성을 도와주던 노트북도 치워졌다. 남아 있는 것은 책상과 의자뿐이다. 작은 방에는 주희가 가지고 놀던 작은 인형 몇 개가 구석진 곳에 마주보고 앉아 있다. 마치 그것들이 소곤소곤 얘기를 나누는 것처럼 보여 얼른 뒤돌아 섰다.

"이게 아니었어."

아버지는 정신을 잃은 어머니를 내려다 보다가 무릎을 꿇었다.

다른 달보다 보험계약 실적이 좋아 월급을 많이 받은 것에 고무된 나머지 어머니는 기분을 낸답시고 술을 마셨다. 우연하게 시리 그날따라 아버지와 나는 어머니 없이 저녁 식사를 한다는 것을 부담스러워 했다. 둘이서 별일이 없기를 바라면서 기다리다가 배고픈 고비를 넘기지 못해 라면을 끓여 먹고 있었다. 그제서야 어머니는 비틀거리는 걸음으로 집으로 들어와 신발도 제대로 벗지 못한 발로 문턱을 넘다가 넘어졌다. 방바닥에 두 손을 짚고 일어난 어머니는 핸드백을 열고 월급봉투를 꺼냈다.

"내가 없었으면 다들 굶어 죽었어."

우두커니 바라보는 아버지와 나를 향해 어머니는 월급봉투를 던지고 일갈을 했다. 때마침 텔레비전 화면에 마감 뉴스를 시작한다는 땡 소리가 끝났다.

"그래서 나더러 어쩌란 말이야."

아버지는 전화기를 텔레비전 화면을 향해 집어 던졌다. 전화기는 텔레비전 귀퉁이를 맞고 퉁겨져 나와 몸통과 수화기가 분리되었다. 술기운에다 불처럼 끓어오르는 속을 달래느라 어머니는 주전자를 입에 댄 채로 찬물을 벌컥벌컥 삼켰다. 아버지는 부엌으로 들어가 칼을 들고 나왔다. 여간해서 보기 어려운 아버지의 돌출 행동에 혈색 좋은 어머니 얼굴은 백지장으로 변했다. 그 얼굴빛 그대로 새파래진 입술을 덜덜 떨며 실눈을 뜬 채로 언제든지 찌를 기세로 목을 향해 칼을 겨누는 아버지를 노려보는 것을 멈추지 않았다. 둘이서 그렇게 살벌한 장면을 연출하다가 아버지가 먼저 이성을 차리고 칼을 거두자 어머니는 그 자리에서 거품을 물고 뒤로 넘어졌다. 그 순간 최소한의 악담으로 말해서 당신들 중에 한 분이라도 극단적인 행동을 취했다면 인간의 얼굴에 감춰진 사악함이 어떻다는 것을 증명해 주는 본보기가 되었을 것이다.

그 다음 날부터 어머니는 아버지와 잠자리를 같이 하지 않았다. 한 지붕 밑에서 벌어지는 별거가 민망스런 아버지는 낚시 도구를 챙겼다.

"이 나이에 이혼을 한다면 나나 너나 마음 편하게 발붙일 곳은 없어."

당분간 집을 떠나야겠다는 아버지는 세상의 미운 것에 대하여 복수를 하고 싶다는 말을 남겼다.

의암호에 어둠이 완전히 깔리고 나서야 검사의 부검 지시가 떨어졌다. 시신은 경찰이 지정한 병원 영안실로 옮겨졌다. 부검 결과 아버지의 죽음은 돌연사로 밝혀졌다. 그러나 아버지가 자살을 했다는 추측은 도마뱀 꼬리가 잘라지면 다시 나오듯이 잊을만 하면 다시 이어졌다가 마침내 그림자가 되고 말았다. 그림자는 시도 때도 없이 어머니를 무서운 존재로 탈바꿈시켰다가 원래의 모습으로 되돌려 놓았다.

거실을 이리 저리 둘러보던 눈길은 주희를 가운데 두고 아내와 함께 찍은 사진에 머문다. 액자로 치장된 사진 속의 얼굴은 빙긋이 웃는 얼굴이다. 사진을 찍은 날은 내 생일날이었다. 이 순간부터 사진 속의 얼굴로 되돌아 갈 수 없다는 외로움이 소나기처럼 쏟아진다. 그 외로움은 반주로 한 잔씩 마시는 장식장 속에 들어 있는 백포도주 빛깔보다 더 엷은 하얀 빛깔의 찬 기운으로 손에 스며들었다. 한갓 장식품에 불과한 액자 앞에서 초라해지는 내가 싫어진다. 평소에 내가 애지중지하던 난 화분을 액자에다 던졌다. 유리 파편은 가운데를 중심으로 해서 여섯 갈래로 날카로운 비수가 되었다. 그 비수 중에 하나를 오른 손으로 집었다. 왼손을 도마에 올려놓고 비수를 쥔 오른 손을 머리 위로 올리고 힘껏 내리찍었다. 살갗과 비수의 틈새를 뚫고 나온 아픔이 혼미해지려고 하는 정신을 가까스로 진정시켰다. 손등을 타고 흘러내리는 피는 도마를 적시고 싱크대로 떨어지고 있다. 비수를 뺐다. 일직선으로 찢어진 상처에서 검붉은 피가 샘물이 솟아오르듯이 올라온다. 〈끝〉

떠도는 가면

　횡단보도를 건너자마자 깜박거리던 신호등에 빨간 불빛이 켜졌다. 멈췄던 차들이 움직인다. '테헤란로' 이정표가 보인다. 쭉 뻗은 인도를 따라 걷는다. 내 뒤를 따라오는 사람들은 나를 평범한 직장 여성으로 생각할 것이다. 이왕이면 커리어 우먼으로 봐줬으면 한다. 포장마차가 심야영업을 한 흔적이 있는 질퍽질퍽한 곳을 지나친다. 세련된 자태를 잃지 않으려고 구두와 옷을 살피며 조심조심 걷는다. 먹이를 쪼아먹는 비둘기를 피해 보도와 차도를 구분해주는 경계석으로 황급히 발걸음을 이동한다. 이것 또한 그들이 나의 세련된 모습으로 봐줬으면 한다. 역삼동 쪽으로 걸어가다가 산부인과 네온사인이 걸려 있는 동남 빌딩 앞에서 발걸음을 멈춘다. 행인들 중에 나를 알아보는 자들이 있을까 싶어 사방을 휘둘러보다가 냉큼 빌딩 안으로 들어갔다. 밤색 알루미늄 경비실 안에는 아무도 없다. 지하로 내려가는 계단을 밟는 발걸음이 날아갈 듯이 가벼워진다.

주간에는 경양식, 야간에는 술을 파는 호프집 맞은편에는 적색과 청색이 사선으로 그어진 이발소 사인보드가 빙글빙글 돌아간다. 호프집 앞에서는 남녀 한 쌍이 애기를 나누고 있다. 그들의 앞을 자연스레 스쳐 지나간다.

반대편 출입구를 통해 바깥으로 나가는 척 하다가 벽에 몸을 숨기고 그들의 움직임을 살핀다. 남자는 여자에게 명함을 건네줬다. 다시 한 번 생각을 해보시고 연락을 주세요. 가능한 쪽으로 생각을 해보겠어요. 똑같이 머리를 숙이고 남자는 출입구로 여자는 호프집으로 들어갔다. 이때다 싶어 이발소 젖빛유리 문을 밀었다.

머리 염색약 냄새와 방향제 냄새가 뒤섞인 냄새가 콧속으로 무한정 들어온다. 그 냄새는 나도 모르게 면역이 되어 잊어 버리게 된다. 미스 현이 커튼 틈새로 손님 팔뚝을 주물러 주는 것이 보인다. 기미를 감추느라 화장을 진하게 한 미스 정이 손님 귀를 후벼 주고 있다. 여 사장의 능숙한 가위질에 잘려져 바닥으로 떨어진 머리카락이 밤송이처럼 보인다. 백열등 불빛 아래로 보이는 미니 스커트와 조화를 이룬 그녀의 각선미와 가느다란 허리 곡선이 요염하게 보인다. 프로가 되어야 돼. 누구는 엄마 뱃속에서 면도 기술을 배워 가지고 나오나. 남편이 일을 못해 내가 가위를 들을 때만 해도 이 짓을 오래 할 수 있을까 하고 의문을 가졌어. 쉬지 않고 하다 보니깐 이력이 붙었어. 가끔 일이 힘들어하는 기색이 보이면 그녀는 잔소리를 하면서 한 눈을 팔지 못하게 했다. 사장이 시청 구내 이발소에서 일을 하던 남편이 신부전증을 앓다가 식물인간이 되기 전에는 여느 가정주부들과 다를 바 없었다. 살아 있는 남편의 목숨을 죽도록 내버려 둘 수도 없는 데다 가족의 생계를 책임지기 위해 살던 집을 팔아 월세로 전환하고 이 업소 사장이 된 그녀는 학교에 가기 싫어하는 딸을 마음대로 다루지 못하는 속상함도 겹쳤다.

이발소 유니폼인 검은 색 미니 스커트와 짧은 소매 꽃무늬 흰색 티셔츠로 갈아입으려고 빈 의자 공간에 커튼을 친다. 침침한 조명 아래 손님들에게 맨살을 돋보이게 해주는 시각적 효과와 피부 접촉을 자주 해주면서 최대한으로 만족할 수 있는 서비스를 해주려고 스타킹도 벗는다. 신발은 각선미가 돋보이게 해주는 굽 높은 샌들로 바꿔 신는다.

마수걸이를 해주는 손님은 삼십대 초반으로 보인다. 사장은 가위질을 끝냈다. 이발기계는 이발소의 전시물이나 다름없다. 손님이 원하지 않으면 가위 하나로 귀와 눈썹을 가린 머리카락을 자르고 뒷머리는 적당히 커트를 해주면 그만이다. 머리카락이 몸 속으로 들어가지 않도록 목에 두른 수건과 앞장을 걷어냈다. 손님 어깨에다 수건을 옆으로 걸치고 머리카락이 잘려 나간 뒷머리 선을 따라 면도크림을 바른다. 면도하는 것을 배우던 초창기에는 붓으로 비누 거품을 만들어 면도크림 대용으로 썼다. 뒷머리 면도를 끝내고 면도칼에 묻은 크림 찌꺼기를 수건으로 닦아낸다. 손잡이를 왼쪽으로 돌려 의자를 뒤로 젖혔다. 손님 몸이 약간 비틀어졌다. 양쪽 겨드랑이에 손을 집어넣어 손님 몸을 앞으로 잡아당긴다. 비틀어진 몸은 일직선이 되었다. 전자레인지에서 찜질팩을 꺼냈다. 수건으로 찜질팩을 싸고 손님 어깨와 팔 다리를 꼭꼭 눌러준다. 팔뚝이 탐스럽게 익은 복숭아 빛깔이 되었다. 이대로 찜질을 계속하다가는 화상을 입힐 지도 모른다는 노파심이 일어난다. 하던 동작을 멈추고 얼굴만 남기고 큰수건으로 몸을 덮었다.

얼굴에 면도크림을 바르기 전에 거칠어진 피부를 부드럽게 해줘야 한다. 뜨거운 물을 적셔 물기를 짜낸 수건을 얼굴에다 덮었다. 발을 씻겨 주려고 양말을 벗겼다. 발바닥이 유난히 더럽고 냄새가 난다. 집에 들어가지 않고 간밤에 외박을 했다는 심증이 든다. 이런 손님은 오늘 대중 사우나가 정기휴일이 아니었으면 아예 여기에 오지 않았다. 내일은 이발소가 정기휴일이다. 사장은 남편을 데리고 병원으로 갈 것이다. 나는 무엇을 해야 할지 아직 결정을 하지 않았다. 아무래도 저번 주처럼 오전에는 영화를, 오후에는 대학로 소극장에서 연극을 보는 것이 무난할 것 같다.

손님 발에서 검정 때가 나온다. 속이 메스꺼워지는 불쾌감이 느껴진다. 양말을 빨아 물기를 빼려고 손에다 힘을 준다. 손님 구두에다 솔질을 하는 사장에게 손짓을 한다. 사장은 발소리를 죽이며 다가왔다. 젖은 양말을 드라이어로 말려 달라고 내밀자 사장은 군소리 없이 가져간다. 수건을 벗겨 내고 물기를 닦는다. 피부가 한결 부드러워졌다. 면도크림을 얼굴에 바른다. 엄지손가락이 베이지 않을 만큼 슬쩍 칼날에 대고 살펴본다. 뭉툭한 촉감이 느껴지지 않는다. 면도칼을 아래턱에다 갖다댄다. 꺼칠꺼칠한 턱수염이 단 한번의 손놀림에 의해 벼이삭 베어지듯이 잘려 나간다. 간혹 손끝 감각이 무딘 초보가 얼굴에 소소한 상처를 입히는 실수를 할 때도 있다. 그러면 사장은 손님에게 요금을 받지 않는다. 요금은 팔만원에서 십만 원 사이다. 그것을 사장과 종업원이 삼칠제로 나눠 갖는다. 스케이트장 빙판 위에 고여 있는 물을 나무 삽으로 밀어내는 것처럼 면도크림이 쭉쭉 면도칼에 잘 밀리고 있다. 얼굴 구석구석에 난 솜털을 제거하려고 코끝 부분을 엄지와 검지 손가락으로 쥐고 이리저리 비튼다. 귀는 가장 연약한 피부라서 빙판 위를 살금살금 걸어가는 심정으로 손을 움직인다. 성감대가 귀라는 것을 짐작케 하는 표시로 손님이 발가락을 꼼지락거린다. 이마에 발라진 면도크림을 쓱쓱 밀어내는 것으로 면도는 끝났다. 물수건으로 면도를 한 흔적으로 남은 끈적끈적한 티를 닦아 냈다.

쌔근쌔근 잠자는 것처럼 보이는 얼굴에다 콜드크림을 살짝 찍어 바른다. 열 손가락 끝으로 콜드크림이 얼굴에 골고루 퍼지도록 문지른다. 손가락 끝으로 글씨를 써도 될 정도로 콜드크림은 두껍게 발리졌다. 온수꼭지를 살짝 틀어 뜨거운 물을 수건에 적셔 콜드크림을 닦아낸다. 면도를 하기 전보다 얼굴 피부가 보들보들 해졌다. 팩을 얼굴에다 몇 방울 떨어트려 콜드크림을 바를 때와 같이 문지른다. 크리넥스로 눈을 가린다. 크리넥스는 팩을 흡수하며 눈까풀에 달라붙었다. 수건으로 눈을 가린다. 귓구멍 청소를 하려고 프라스틱 원형 의자에 앉았다. 찻숟가락으로 삶은 밤을 파먹듯이 귀이개를 오른쪽 귓구멍 속에 넣고 후빈다. 삶은 밤 쪼가리 같은 귀지가 귀이개에 의해 끌려 나온다. 왼쪽 귀를 후빌 수 있도록 의자를 들고 반대편 쪽으로 이동했다. 약간 통증이 있는지 손님은 광대뼈를 실룩거린다. 귀지는 남아 있지만 귓구멍 후비는 것을 그만 둔다. 양쪽 귓구멍을 손바닥으로 막고 빙글빙글 돌린다. 미스 현이 안마를 끝내고 의자를 똑바로 세우는 소리가 들린다. 식당일을 하는 것보다 면도사 일이 편하고 수입이 좋다는 미스 현은 오피스텔을 분양받아 혼자 사는 꿈을 가지고 있다. 하지만 일 끝나면 찜질방에서 화투짝 만지는 맛에 푹 빠져 있어 그 꿈을 실현하기에는 어려워 보인다.

손톱이 길지는 않지만 잘라주고 다듬어 줘야 한다. 두툼한 손톱이 손톱깎이에 눌려 똑똑 잘라진다. 그리고 손톱이 잘려 나간 부위를 부드러운 곡선이 되게끔 손질을 해준다. 손톱이 한결 보기 좋게 되었다. 마지막 손질로 손등에 콜드크림을 발라주고 마사지를 해준다.

커튼 위 틈새로 손님 등을 밟아주는 미스 정 머리가 좌우로 기우뚱거리는 것이 보인다. 이제 본격적으로 손님과 나 사이에 거래를 트는 안마를 할 차례다. 오른쪽 팔부터 안마를 시작한다. 가슴에 손을 대본다. 심장이 팔딱팔딱 뛰는 촉감이 손바닥으로 전해진다. 팔과 어깨를 천천히 오르락내리락 한다. 그렇게 오십 번 정도 반복을 했다고 생각이 든다. 손님은 방금 안마를 끝낸 팔로 내 허리를 감싸안았다. 나는 손님 가슴에 손을 집어넣는다. 콩알만한 젖꼭지가 손가락 끝에 닿았다. 습관적으로 젖꼭지를 비빈다. 손님은 발가락을 꼼지락거리며 허리에 두른 팔에다 힘을 준다. 내 의식 속에서 얌전하게 때를 기다리던 욕정이 피어오른다. 항상 그런 것은 아니지만 이럴 때는 나 자신을 조절하기가 어렵다. 일단 피어오른 욕정을 터트리고 본다. 손님을 섹스 파트너로 간주한다. 상반신을 구부려 가슴과 가슴을 밀착하고 살며시 입술과 입술을 붙였다 떼였다 하다가 입술을 밀어 넣는다. 어서 오세요. 손님을 맞이하는 사장의 목소리에 놀란 나머지 나쁜 짓을 하다가 들킨 것처럼 상반신을 벌떡 일으켰다.

왼쪽 팔도 오른 쪽 팔에 했던 것과 똑같이 한 다음 손가락 끝을 붙잡고 하나 하나씩 잡아당겨 주고 손바닥에다 입김을 불어 준다.

그리고 양쪽 손을 배에다 살며시 포개 놓는다. 이 짓을 한창 배울 때는 안마 한 번 해주고 나면 팔뚝과 다리통에 알이 배겨 움직일 때마다 통증에 시달렸다. 의자에서 일어나 말안장에 앉는 것처럼 허벅지 위로 올라간다. 가슴 부위를 주물러 주자 손님은 양손으로 내 허리를 껴안았다. 다시 욕정이 피어오른다. 건성으로 하는 것이 아닌 섹스 파트너였던 민석이에게 해주었던 것처럼 허리를 껴안긴 채로 젖꼭지를 입으로 빨아 주고 귓밥을 살살 물어준다. 미스 현이 손님 머리를 감아 주는 소리가 들린다. 가슴에서 오른쪽 허벅지를 주무를 때는 발기된 페니스를 슬쩍 건드린다. 손님은 전기에 감전된 듯이 팔과 무릎을 들썩였다. 허벅지와 발목 사이를 수 차례 왔다 갔다 한끝에 발바닥을 주먹으로 서너 차례 때려 주고 발가락 끝을 하나 하나씩 손톱으로 눌러 준다. 몸을 앞으로 수 그리고 손님 귀에다 입을 바싹 갖다댄다. 마사지 해 드릴까요? 손님은 좋다고 고개를 끄덕였다. 사타구니 속으로 손님 손이 들어왔다. 차마 거기까지는 손을 대지 못하고 허벅지만 쓰다듬는다. 허리띠를 풀고 바지를 무릎까지 내렸다. 처음으로 남자 허리띠를 풀 때는 손이 달달 떨리고 무서워 발기된 페니스를 땅에 꽂은 막대기처럼 보라는 언니들 말을 떠올렸다.

　백화점 점원 수입으로는 기하급수적으로 늘어나는 오빠 입원비와 간병인 인건비를 감당하기에는 힘에 겨웠다. 카드 빚은 매달

결제 일이 다가오기 전에 서너 개의 카드로 돌려치기를 했다. 언제 신용 불량자가 될지 모르는 불안에 떨다가 단골로 이용하던 퀸 미장원 왕언니에게 머리 손질을 받으며 신세타령을 했다. 하루는 왕언니가 나를 보자고 했다. 기분도 내고 돈도 벌 수 있는 일자리가 있는데 어때. 그 일이 술집에서 일하는 것으로 알고 얼굴을 붉혔다. 빙긋이 웃는 얼굴에다 눈을 흘겼다. 그런 곳이 아니란 말이야, 하고 그녀는 내 귀를 잡아 당겼다. 바보야. 너만 잘 하면 한 달에 삼백만 원 벌기는 식은 죽 먹기야. 삼백만 원이라고 힘을 주는 그녀의 말에 그곳이 무엇을 하는 곳이에요, 하는 말을 하고 말았다. 이발소라는 말을 듣고는 마음이 썩 내키지는 않았지만 술집이 아니라서 한 번 해볼만 하다고 생각을 했었다. 내가 이 일을 하지 않았으면 오빠는 병원에 입원해 있는 대신 방안에서 천장만 쳐다보고만 있었을 것이다.

사장이 성인 용품점에서 샀다는 코오베를 서랍에서 꺼낸다. 스커트를 올리고 팬티를 내렸다. 일본 포르노 배우의 음부를 본 따 만들었다는 코오베를 질에 집어넣고 손님 페니스에다 삽입을 하고 상하로 움직인다. 손님은 내 허리를 껴안았다. 아마도 손님은 코오베를 진짜 음부로 생각할 지도 모른다. 그것이 가짜라는 것을 알고 있는 손님은 실제로 하자고 요구할 때도 있다. 그러면 요금은 기존 팁에다 오만 원이 추가된다. 이 업소에서는 없지만 침대와 샤워 시설을 갖춘 비밀 룸이 있는 곳도 있다. 대략 열 번에서 열 다섯 번 정도에서 사정을 하는데, 이 손님은 스물 다섯 번 정도가 되어서야 엉덩이를 들어올리고 내 허리를 꼭 껴안으며 사정을 한다. 질 속에 들어 있는 코오베를 빼냈다. 밤꽃 냄새가 난다. 물수건으로 페니스를 닦아주고 바지를 허리춤으로 올리고 허리띠를 채웠다. 손버릇이 고약한 손님을 상대했을 경우 옷이 거의 벗겨지다시피 한다. 마수걸이로 얌전한 손님을 상대한 것이 오늘 하루의 일과가 기분 좋게 끝날 것 같은 조짐이 보인다.

어제 맞선 본 남자도 얌전하게 보였다. 월세를 한 번도 밀리지 않고 집도 깨끗이 사용하는 것이 성실하게 보였는지 주인 집 여자가 중매를 서겠다고 나섰다. 당혹스러움과 반가움이 반반 섞인 얼굴을 억지로 감추며 싫다고 하자, 여자는 구취때문에 먹는 박하사탕을 깨물며 나이를 생각하라고 했다. 임대 계약서에 명시된 주민등록번호 때문에 내 나이가 꺾인 반달인 만 29세라는 것이 여자에게 노출되었다. 사장이나 미스 정 또는 미스 현도 내 실제 나이를 모른다. 면도와 안마하는 기술이 있고 얼굴과 몸매가 손님을 상대하기에 적당하면 언제 어디서든 이곳 말고 전국 어느 곳에 있는 이발소에 취업할 수 있다. 면도사 생활 팔년 동안 업소를 옮긴 것이 대략 스무 번 정도는 된다. 맞선을 보기 전 그녀는 이틀에 한 번 꼴로 내게 전화를 했다. 전화는 보라색과 연두색이 있다. 연두

색은 손님 전용이고 보라색은 종업원 전용이다. 보라색 전화를 받을 때는 뉴욕 이발소가 아니라 나이스 통상이다. 여상 다닐 때 익힌 무역 전문용어를 들먹거리며 외국 바이어들과 상담한다고 남자를 속였다. 유치원생인 미스 정 아들은 엄마가 나이스 통상 사장 비서라고 알고 있다. 미스 현은 나이스 통상 직영 판매점 외근 사원으로 아르바이트한다고 언니와 형부를 속여 전화 연락이 오는 것을 차단시켰다. 말바우에서 이름모를 병마와 싸우면서 질긴 목숨을 이어가는 오빠도 내 직업을 모른다. 형제가 아니었더라면 애물단지로 전락할 오빠였다. 그 오빠를 버린 올케가 차일피일 혼인신고를 미룬 게 잘한 짓으로 여겨진다. 사장 남편의 소원은 신장이식 수술을 받아 보는 것이고, 오빠의 소원은 죽기 전에 내 손을 잡고 결혼식장으로 들어가는 것이다.

임신한 올케가 부엌에서 한약을 들이마시다가 의식을 잃었을 때는 개기월식으로 사위가 어둠에 갇힌 날이었다. 정신이 반쯤 나간 오빠는 올케를 부엌에서 끌어내 리어카에 태우고 병원으로 부리나케 달려갔다. 오랜 세월 동안 발바닥으로 다져진 부엌 흙바닥에 쏟아진 한약과 하혈한 흔적이 촛불에 비칠 때 오슬오슬 몸이 움츠러들었다. 의사는 당장 수술하지 않으면 생명이 위험하다고 했다. 오빠는 제발 올케를 살려 달라고 의사 바지 가랑이를 붙잡고 늘어졌다. 수술을 했어도 의식을 회복하지 못한 올케는 하혈이 멈추지 않아 오랜 가뭄에 시달리다가 갈라진 논바닥처럼 오빠의 이마 한 가운데에 깊은 주름이 패였다. 이틀히고도 반나절 동안 수혈을 한끝에 하혈은 멈췄다.

왼쪽 다리마저 안마를 끝내고, 양쪽 발목을 붙잡고 머리끝까지 굽혔다 폈다 서너 차례 반복을 해주면서 허리를 부드럽게 해준다. 그리고 몸을 뒤집었다. 발에 힘을 뺀 다음 손님 엉덩이 위에 올라 섰다. 허리와 종아리를 살살 밟아준다. 미스 정이 안마를 하다가 나와 눈이 마주치자 빨리 하고 내려가라고 손짓을 한다. 종아리를 발바닥으로 눌러 주고 내려와 몸을 원래대로 뒤집었다. 얼굴에 달 라붙은 팩을 뜯어내고 손잡이를 오른쪽으로 돌려 의자를 똑바로 세웠다.

머리를 감기기 위해 목에다 수건을 두르고 비닐앞장을 둘렀다. 샴푸를 머리 위에 떨어뜨린다. 샴푸를 머리에 골고루 퍼지게 하는 버석버석 긁는 소리와 함께 사장과 미스 현 발자국 소리가 교차가 된다.

병원에서 퇴원한 후로 올케는 아프다는 핑계로 방에 드러눕는 날이 자주 많았다. 오빠가 병원에 가자고 해도 싫다고 고집을 피 웠다. 답답하고 울화통이 터진 오빠는 올케가 집에 올 때 신고 왔 던 뾰족구두를 마당 구석으로 집어 던졌다. 올케는 의사보다 침쟁 이를 신뢰했다. 그는 말바우 사람들 중에서 병원비가 무서워 병원에 가는 것을 꺼리는 분들을 상대로 침을 놔줬다. 올케 몸에 침이 꽂히기 전에 나는 그가 건네준 쪽지를 들고 약국에 가야만 했었다. 집에서 약국까지는 버스를 타고 삼십 분이나 걸리는 거리였다. 하지만 한 시간 간격으로 말바우로 들어오는 버스 시간을 맞추는 것은 쉬운 일이 아니었다. 매번 침쟁이가 사 가지고 오라는 약은 흔한 약이 아니었다. 어렵게 약을 사 가지고 집에 왔을 때는 걸음도 제대로 못 걷겠다고 하던 올케는 얼굴에 화색이 돌았고, 침쟁이는 말바우를 떠나고 난 뒤였다.

유일한 수입원이었던 담배 농사와 자질구레한 밭작물을 가꾸느라 피곤에 절은 오빠가 곯아 떨어지곤 했다. 그런 날에는 '아악' 하는 가느다란 비명과 '헉헉' 거리는 숨넘어가는 소리를 잠결에 들을 수 없었다. 모처럼 오빠가 쉬는 날이었다. 문살에 발라진 창호지가 오래되다보니 원래 색깔을 잃었다. 올케는 그것을 뜯어내 창호지를 새로 발랐다. 집안 구석구석 묻어 있는 먼지는 찢어진 내복으로 걸레를 만들어 닦았다. 우물가에서 걸레를 헹구고 나서 머리를 감으려고 올케가 쪼그려 앉아 허리를 굽힐 때였다. 안방에 있던 오빠가 입술을 오므리고 뛰쳐나와 맨발로 마당을 가로질렀다. 찌그러진 양은 세숫대야가 뒤집어지고 올케는 오빠 손에 머리꼬덩이를 잡힌 채로 엉덩방아를 찧었다.

요 한 가운데 누런 코를 흘린 것처럼 보이는 자국을 레이온 공장에서 실을 뽑던 숙련공으로 일할 때 써먹은 남달리 좋은 시각으로 유심히 살피기 전에, 오빠는 나를 붙들고 그 동안 집에 누가 왔었냐고 꼬치꼬치 캐물어 침쟁이가 다녀갔다는 것을 알아냈다. 오빠는 올케 머리끄덩이를 잡은 손을 올렸다 내렸다 했다. 한꺼번에 눈 안으로 들어오는 수치심으로 일그러진 올케 얼굴과 관자놀이에 핏줄이 곤두선 오빠 얼굴, 꾸역꾸역 몰려드는 구경꾼들 얼굴, 나 또한 수치심으로 뭉쳐진 발바닥 끝의 화기가 머리 위로 올라왔다.

머리가 빠개질 듯한 자괴지심이 손톱 끄트머리로 머리를 빡빡 긁게 만들었다. 손님은 아프다고 살살 긁으라고 한다. 손톱 끄트머리가 아닌 손가락 끄트머리로 느릿느릿 손을 움직인다. 눈송이처럼 머리에 피어난 거품이 샤워꼭지에서 쏟아져 나오는 물줄기에 매가리없이 세면대로 떨어진다. 수건으로 물기를 털어 낸다. 다시 의자를 뒤로 젖히고 얼굴에다 스킨로션을 발라준다. 의자를 똑바로 세웠다. 드라이어 플러그를 콘센트에 꽂자 윙윙 소리가 난다. 사장이 드라이어로 손님 머리를 말려 주면서 빗질을 하는 동안 나는 양말을 신겨 주었다. 가르마를 해주는 것으로 오늘 나의 첫 손님 서비스를 마쳤다. 사장이 야쿠르트 병에다 빨대를 꽂았다. 재빨리 출입구로 가서 구두 주걱을 손에 쥐었다. 손님이 슬리퍼를 끌고 내 앞으로 온다. 구두 주걱을 건네주고 양손을 가지런히 모았다. 손님은 구두를 다 신고 나서 양복 윗저고리에서 지갑을 꺼낸다. 만원 권 열 장이 내 손에 쥐어 줬다. 고마움의 표시로 허리를 구십 도로 구부려 절을 하고 출입문을 열어 줬다. 안녕히 가세요. 손님 뒤꽁무니에다 다시 한 번 허리를 구부리고 출입문을 닫았다. 사장은 서랍 속에다 돈을 집어넣는다.

의기양양하게 돈을 따 가지고 오겠다고 장롱 서랍 구석에 올케가 숨겨 둔 돈을 가지고 간 오빠가 회상된다. 긴 겨울밤에 군불을 땐 방구들이 뜨뜻해지면 말바우는 판돈을 걸고 화투판이 벌어졌다. 오빠는 노름방에서 나올 줄 몰랐다. 올케 심부름으로 노름방으로 가면 오빠는 조금 있다 갈 테니 집에 가 있으라고 윽박질렀다. 하지만 오빠는 집에 들어오지 않았다. 내가 못 살아 못 살아. 오빠를 기다리다 날을 꼬박 새우다시피 한 올케의 목소리는 독기가 서렸다. 바람 좀 쐬고 올게요. 오빠가 생일 선물로 사준 무스탕 코트에다 부츠를 신고서는 말바우를 떠나는 올케를 멀거니 쳐다볼 수밖에 없었다. 그 모습을 회상하려다가 전화벨 소리에 쏙 들어갔다.

"나이스 통상입니다. 네, 잠깐만 기다리세요."

미스 정이 내 얼굴을 쳐다본다.

"전화 바꿨습니다."

"미스 최 나야."

박하사탕이 입안에서 으깨지는 소리가 전화선을 타고 명쾌하게 들렸다.

"생각 좀 해봤어?"

"마음에 썩 든다는 생각이 안 들어요."

"처음부터 마음에 드는 법은 없어. 자주 만나 데이트하면 마음에 드는 거야. 자꾸 살살 빼지 말고 오늘 다시 한 번 만나 봐. 남자가 미스 최를 잘 봤단 말이야. 그런 남자 만나는 것도 쉽지 않아."

속사포처럼 내뱉는 그녀의 조잘거림에 압도당한 나머지 끝까지 나를 신뢰하는 그녀의 믿음을 저버리기가 미안한 마음이 든다. 그만 '네' 라는 대답이 나오고 말았다.

"잘 생각했어."

반가움이 넘칠대는 목소리로 말하고는 여자는 전화를 끊었다.

남자는 자기 소개를 하기 전에 입시학원 서무과장 명함을 내밀었다. 외아들에다 어머니를 모시고 있다는 이유 하나로 혼기를 놓쳤어요. 그 이유를 남자는 조금도 억울해 하지는 않았다. 그리고 평촌 신도시에서 부동산 임대업을 한다는 어머니 경제력을 과시하는 것인지, 아니면 나를 안심시키기 위해서인지, 결혼을 하면 어머니가 따로 살림을 차려 줄 것이라는 말도 서슴없이 꺼냈다. 그 말을 듣는 순간 대둔산 정상의 봉우리와 봉우리 사이에 걸쳐진 쇠줄 구름다리를 건널 때처럼 현기증이 나려고 해 양손으로 커피

잔을 잡았다. 절반쯤 식은 커피를 홀짝홀짝 마시면서 남자가 주절
주절 내뱉는 말을 건성으로 듣다가 커피 잔을 비웠다. 남자는 좀
처럼 입을 다물 줄 몰랐다. 어떻게 대답을 할 줄 몰라 웃는 얼굴로
'네, 그래요. 그렇지요'라는 대답만 했다. 직장도 든든하고 인물
도 좋은데 왜 여태까지 혼자서 살았습니까. 아픈 곳이 찔렸다. 하
지만 자세를 꼿꼿이 한 채로 남자 얼굴을 똑바로 쳐다봤다. 하고
있는 일이 좋아서 일찍 결혼할 생각이 없었어요. 그렇게 흐트러짐
없이 의사 표현을 한 것이 단순한 업무를 하는 단순한 여자가 아
닌 능력을 마음껏 발휘하는 커리어 우먼으로 보여졌는지 남자는
미안한 듯이 멋쩍게 웃었다. 그래서 심적인 부담감을 느낀 남자는
집주인 여자에게 나를 연결해 달라고 부탁을 할 때까지 한참 동안
망설였을 것이다.

　출입문이 열렸다. 건너편 호프집으로 손님들이 무더기로 들어
가는 게 살짝 보였다. 시계를 보니 열 두 시가 넘었다. 방금 들어
온 손님은 심심하다 싶으면 면도를 하러 오는 압구정동 포토아트
스튜디오 장 사장이다. 반갑다며 장 사장은 나를 가볍게 포옹을
한다. 나한테만 이러는 게 아니다. 미스 정, 미스 현에게도 한다.
동종업자들에게 골고루 혜택을 주기 위해 머리는 사우나에서 깎
는다는 장 사장이 의자에 앉자마자 거울을 통해 눈웃음을 친다.
의자를 뒤로 젖혔다. 점심을 먹고 바로 왔는지 배가 볼록하게 튀

어나왔다. 한 시간 후에 깨워 달라는 장 사장 눈을 수건으로 가리고 불을 껐다. 구렛나루 때문에 조금 전보다 얼굴이 더 어두컴컴하게 보이는 장 사장은 코를 킁킁거린다. 주먹으로 이마를 한 대 때려 주고 싶은 충동이 생긴다. 안마를 받을 때마다 허벅지와 엉덩이를 밀가루 반죽을 하듯이 주물럭대는 장 사장이 누드 모델을 할 의향이 없냐고 물었을 때, 혹시 변태가 아닐까 하는 의구심이 생겨 번갯불 스치듯이 정신이 번쩍 들었다. 실제로 한 면도사가 산 속에서 누드 사진 촬영을 하다가 감기 예방약이라고 속인 청산가리를 먹고 살해당한 사건이 있었다. 변태성욕자에다 편집증 환자로 밝혀진 범인은 죽기 직전 고통에 몸부림치느라 일그러지는 면도사 얼굴 장면을 하나도 놓치지 않고 세세한 부분까지 렌즈를 통해 필름에 담았다. 범인은 낙엽으로 시신을 덮고 완전범죄를 노렸다. 하지만 필름에 담긴 그 장면이 사건 해결에 열쇠가 되었다. 하마터면 증거 부족으로 미궁 속에 빠질 뻔한 사건이었다. 장 사장은 십만원 권 자기 앞 수표 열 장을 보여줬다. 비싼 모델료를 줄 필요도 없이 나를 알몸으로 만들어 갖가지 포즈를 취한 사진을 찍고 나서 재미도 보자는 것이 장 사장의 속셈이다. 돈을 생각하고 알몸으로 몇 시간 동안 그가 요구하는 대로 자세만 취하면 못 할 일도 아니었다. 그러나 내 목표인 양품점 사장이 될 때까지 나를 노출시키는 짓은 하지 말아야 하는 것이 철칙이다. 일언지하에 수표를 거절했다. 세상에 돈 싫다고 하는 사람은 처음 봤어. 장 사장은 너털웃음을 쳤다.

단지 왕언니 소개로 퀸 미장원 견습생으로 일하는 일곱 살 연하 민석이를 사귄 것은 이성의 그리움을 해소하기 위한 방편이었다. 일찍이 부모를 잃고 자기 자식만 돌볼 줄 아는 이기적인 백부모님 밑에서 눈치를 보면서 자란 후유증으로 민석이는 자기 표현을 하지 못한 소외감에 시달리고 있었다. 그 소외감을 달래려고 민석이는 나에게 의지를 하려고 했다. 왕언니는 내 의중을 떠보려고 민석이가 나를 잊지 못해 자기를 졸라댄다면서 어떻게 했으면 좋겠냐고 물었다. 마냥 순진하게 보이는 민석이에게 상처를 주기는 싫었다. 여의도에서 이곳으로 온 후 왕언니와 연락을 끊은 지가 일 년이 다 되어간다.

도시락이 배달되었다. 오늘 반찬은 오이소박이에다 멸치 볶음이다. 그 옆에는 절반으로 잘린 삶은 달걀 하나가 노른자를 보란 듯이 드러누웠다. 그것을 보고도 입맛이 당기지 않는다. 하지만 먹기 싫어도 배를 채워야 오후 일을 하는데 지장이 없다. 비닐 봉지에 담겨진 김치를 핸드백 속에다 넣었다. 그렇게 김치를 한 두 개 모으다 보니 기어코 중간 크기 반찬 통 하나를 채우고 말았다. 도시락 한 쪽 구석에다 나무젓가락을 갖다댔다. 사우나가 쉬는 날이라 점심 시간이 끝나면 손님들이 들어 닥칠지도 몰라 사장과 미스 정은 황급히 젓가락질을 한다. 호프집 출입문이 연신 열리고 닫히는 소리가 들린다. 얼굴이 알려질까 봐 이 건물 안에 있는 식당을 이용한 적은 한 번도 없다. 어쩌다 간식을 해야 할 경우에는 외출복으로 갈아입고 밖으로 나가서 해결을 한다. 간혹 저녁 식사나 같이 하자고 하는 손님도 있다. 하지만 섣불리 응할 수는 없다. 미스 현이나 미스 정이 일 끝나고 손님과 따로 만나는 것을 알고는 있지만 모르는 척 하고 있을 뿐이다. 직사각형 도시락의 밥은 사분지 일이 남았다. 사장과 미스 정은 도시락을 다 비웠다. 도시락 뚜껑을 덮었다. 밥을 먹고 남은 찌꺼기를 쓰레기 봉투에 집어넣는다. 미스 정이 쓰레기를 버리려고 출입문을 열자 찬바람이 들어왔다. 출입구에서 맴맴 돌던 반찬 냄새가 일순간에 사라졌다.

입안에 남은 점심 먹은 흔적을 지우려고 칫솔에다 치약을 묻혔다. 미스 현이 가래를 끓어 올리고 입가심하는 소리가 난다. 올케가 우물가에서 입가심하느라 퉤퉤 하는 소리가 유리 깨지듯이 가을밤의 적적함을 깨트렸었다. 창호지에 뚫린 구멍으로 오빠가 피는 담뱃 불이 올라갔다 내려갔다 하는 것이 보였다. 미스 현이 물수건을 만드는 소리가 들린다. 알고는 있지만 한 번 보고 싶다. 칫솔을 입에 문 채 의자 위에 올라섰다. 방금 물수건으로 사타구니를 닦아줬는지 김이 모락모락 난다. 손님 페니스가 좀 특이하다 싶으면 살짝 불러 보여주곤 했던 미스 현은 조용히 하라고 손짓을 했다. 발등에 치약이 섞인 새하얀 침이 떨어졌다. 얼른 의자에서 내려와 입을 헹군다.

얼추 한 시간이 다 되간다. 장 사장은 곤히 잠들은 채로 깨어날 줄 모른다. 눈을 가린 수건을 걷어냈다. 마사지하는 것처럼 얼굴을 살살 비볐다. 장 사장은 잠이 깼다는 표시로 손을 꿈틀거린다. 구부린 다리를 펴 주려고 하자 스커트 밑으로 장 사장 손이 파고 들어온다. 잠자는 오빠를 깨우려고 이른 아침에 안방 문을 열면 오빠는 황급히 사타구니 속으로 들어간 손을 빼냈다.

인연은 만들면 된다는 말을 내 머릿 속에 주입하려고 주인 집 여자는 수시로 내게 전화를 했다. 어쨌든 오빠와 올케는 일맥상통했던 인연으로 치부하고 싶다. 오빠를 처음 봤을 때부터 마음이 쏠렸어. 연초에 손님이 준 초대권으로 미스 정과 영화를 보고 나서 그냥 집으로 들어가기에는 약간 허전한 생각이 들었다. 미스 정도 그렇다고 했다. 간단하게 술 한 잔 하자고 들어 간 곳이 충무로 보나쁘띠 카페였다. 올케는 그 카페 마담으로 신분이 전환되었다. 나하고 얘기를 하면서도 올케는 벌어진 어깨에다 검은 양복을 걸친 사내의 눈치를 보는 것을 애써 감추려고 했다. 곡예사였던 친정 어머니를 따라 전국을 떠돌아다니다가 레이온 공장 근로자 위문공연을 하다가 오빠와 눈이 맞았을 때는 올케가 열 아홉이었다. 떠돌이 생활이 지겨워 한없이 마음씨가 좋아 보이는 오빠에게 올케는 적극적으로 매달렸다. 올케는 자신의 잘못도 있기는 하지만 오빠의 승세가 점점 심해졌다고 했다. 궁색한 변명으로 들리지 않았다. 올케를 용서해 준 오빠는 어딘가 모르게 억울한 구석이 남아 있었다. 밤마다 오빠는 올케에게 침쟁이가 어떻게 해줬냐고 변태적인 자세를 요구했다. 부모도 없고 형제라고는 나 하나 밖에 없는 오빠는 내가 여상을 졸업하고 은행원이 되는 것이 소원이라고 했다. 그 소원의 절반의 절반인 중학교에 진학하자 오빠는 교복 입은 내 모습이 보고 싶다고 했다. 레이온 공장 앞 분식집에서 오빠를 기다렸다. 통근버스가 공장을 빠져나가고 얼마 되지 않아 작업복 차림으로 오빠가 분식집 여닫이문을 열고 얼굴을 내밀었다. 철지난 모직 반코트에다 짧은 머리를 감추기 위해 회색 베레모에다 청바지를 입은 여자가 오빠 뒤를 따라 들어왔다. 인사해라. 앞으로 네 언니 될 분이야. 올케와 첫 대면은 분식집 테이블을 가운데에 두고 나눈 인사였다. 밀가루 반죽이 덕지덕지 말라붙은 손을 행주치마에다 닦는 분식집 아저씨 표정이 재미있다는 것인지 호기심인지 모를 이상야릇했었다. 그는 나와 눈이 마주치자 시선을 다른 데로 돌렸다. 단칸방 동거생활은 오빠가 하는 일이 자동화 시설로 대체되자 끝장이 났다. 오빠는 몇 푼의 퇴직금을 가지고 올케와 함께 말바우로 돌아왔다.

"한약을 왜 마셨나요?"

"그건……."

곤혹스러운 표정으로 뒷말을 이으려는 올케를 뒤로 하고 카페를 나왔다. 뱃속의 아기는 침쟁이 씌었다는 말이 듣기 싫었다.

오빠는 방금 무슨 말을 하고서도 곧장 잊어 버렸다. 수족은 하루가 다르게 마비 증세가 심했다. 말도 더듬더듬 발음이 분명하지 않았다. 하루에도 몇 번씩 입을 헤벌리고 천장을 쳐다보다가 내가 건드리면 제 정신이 돌아오곤 했었다. 보건 소장 소개로 직업병을 전문적으로 치료하는 병원에 입원을 했었다. 그 병원에서 할 수 있는 검사란 검사는 다 해 봤지만 오빠의 병이 무엇이 원인인 지를 정확히 밝혀내지 못했다. 의사는 현대 의학으로도 완치가 어려운 유독성 물질에 오염된 증세로 추측 될 뿐이라고 말을 빙빙 돌렸다.

면도질을 하는데도 장 사장은 다리를 구부렸다 폈다 한다. 사타구니는 팽팽해졌다. 미스 정이 커튼을 살짝 제치고 얼굴을 내밀고 전화 받는 시늉을 한다. 미스 정에게 면도칼을 넘긴다. 오빠 부음을 알리는 전화일 지도 몰라 가슴이 막히려고 한다. 여보세요, 라는 말이 조심스럽게 나왔다. 나야, 하는 주인 집 여자 목소리가 막혔던 세면기 구멍에서 물이 빠져나가는 것처럼 가슴을 시원하게 해준다.

"난 또 누구인가 했어요."

"바쁠 테니깐 긴 얘기는 하지 않겠어. 오늘 저녁 일곱 시 신사동 사거리 비너스 레스토링이야. 집에서 가까우니깐 약속 시간 꼭 맞춰. 나 국수 좀 먹게 해줘. 전화 끊는다."

어차피 내가 해결할 일이라 일방적으로 말하고 딸까닥 끊어지는 소리도 아무렇지도 않다. 미스 현이 만화책을 보고 있는 사장에게 다가와 손님 머리를 말려 달라고 한다. 사장은 빗을 들고 미스 현을 따라간다. 예상외로 손님은 밀어닥치지 않는다. 몸이 노곤해진다. 커튼을 제치고 미스 정에게 나 좀 보자고 손짓을 한다. 미스 정이 커튼 밖으로 목을 뺀다. 장 사장을 끝까지 맡아 달라고 속삭인다. 역시 속삭이듯이 알았다고 대답을 한 미스 정의 목은 원상태로 되돌아갔다.

구석에 자리를 잡고 벽에 몸을 기댄다. 손에 깎지를 끼고 손가락을 꺾었다. '뚜두둑' 소리가 난다. 몸이 나른해지고 졸음이 온다. 오빠는 밥을 먹다가도 졸린 눈이 되었다. 새벽녘에 사타구니로 손이 들어간 것도 볼 수 없었다. 얼굴이 늙은 호박처럼 변해 가는 오빠는 몸에 마비 증세가 오면 울부짖는 목소리로 나를 흔들어 깨웠다. 그럴 때마다 내 몸은 세찬 바람에 휘날리는 나뭇가지가 되었다. 내 몸이 흔들린다. 소스라치게 놀란다. 누가 보쌈을 해 가도 모르겠다는 비꼬는 투로 말하는 사장의 어깨 너머로 깔깔거리는 미스 현 얼굴이 앙증맞게 보인다. 단잠이 들려다가 깨지고 나니 피곤함이 더 해지는 것 같다. 조퇴를 하고 싶다.

"오늘은 몸이 안 좋은 날이에요."

"저런! 집에 들어가서 푹 쉬어."

사장은 내가 달거리를 하는 걸로 짐작을 했다. 오늘 벌은 하루 일당을 소중히 핸드백 속에다 넣고 옷을 갈아입는다.

사람이 있나 없나 확인을 하려고 젖빛 유리문을 살짝 열었다. 서너 명의 여자가 재잘거리면서 호프집 문을 막 열려던 참이었다. 얼른 문을 닫았다가 그들이 완전히 사라지고 나서야 문을 살며시 열고 이발소를 빠져 나왔다.

오층까지 올라갔던 엘리베이터는 일층으로 내려왔다. 왁스칠을 한 바닥이 미끌미끌해서 넘어질 듯 말 듯 발뒤꿈치가 삐걱거렸다. 빌딩 경비원에게 보험 대리점에 근무하는 것으로 위장하기 위해 우편함을 기웃거리다가 회전문을 밀었다. 아침에는 솜털처럼 하얗던 구름이 구정물을 뒤집어썼는지 먹구름이 되었다. 이럴 때는 사우나 실에서 땀을 쭉 빼고 기분 전환을 하고 싶어진다. 연중무휴로 영업하는 사우나가 어디 있는가 생각을 하다가 길 건너편 용일탕이 생각난다. 그곳을 가기 위해 길을 건너는 것이 귀찮게 생각된다. 택시 정류장에 우두커니 서 있자 일차로로 주행을 하던 빈택시 한 대가 삼차로로 핸들을 급히 꺾어 가까스로 내 앞에 정차했다. 운전사는 내가 가고자 하는 거리가 가까워서 그런지 코웃음을 쳤다. 택시는 강남역 사거리에서 유턴을 해서 골목길로 들어가 용일탕 앞에 멈췄다.

청색 입욕권을 거머쥐고 여탕이 있는 지하 일층으로 내려갔다. 남탕은 지상 이층과 삼층에 있다. 가운을 걸친 때밀이 여자에게 입욕권을 내밀고 탈의실 키를 받았다. 옷을 벗고 체중계에 올랐다. 디지털 숫자 판에 0이 나왔다. 때밀이 여자는 체중계가 고장이 났다며 미안하다는 말을 연거푸 했다.

유리문을 열자마자 천장에서 물이 떨어지는 것이 보인다. 바가지로 탕 안에 차 있는 물을 퍼서 몸을 적신다. 온탕에 발을 집어넣는다. 델 듯이 물이 뜨거워 발을 빼려다가 그만 두고 무릎을 굽혔다. 가슴 부위로 물이 올라왔다. 조금 더 아래로 내려가자 턱까지 물이 올라왔다. 뻑뻑해진 목이 풀리고 뜨거워도 참을만 해지자 다른 여자들을 무심하게 쳐다볼 수 있는 여유가 생겼다. 개중에는 복강경 수술을 한 자국이 있는 여자도 보였다. 왼쪽 손 다섯 손가락마다 은반지를 낀 여자는 몸에다 물을 끼얹고 한약 사우나실로 들어갔다. 노랑머리에다 비키니 수영복을 입은 때밀이 여자는 때밀이용 침대에다 물을 뿌린다.

물기에 젖어 원래 색깔을 잃은 한약 사우나의 나무문을 열자 쑥 냄새에 코를 찔렸고 혹하고 뜨거운 열기에 얼굴이 뜨거웠다. 벽에 주렁주렁 걸린 수증기에 젖은 쑥이 말바우집 시래기를 연상시킨다. 은반지는 제자리 뛰기를 하다가 나하고 눈이 마주친다. 만에 하나 은반지가 나에게 인사를 한다 해도 알쏭달쏭한 태도로 고개를 숙이면 그만이다. 모래시계의 모래가 아래쪽으로 다 떨어졌다. 은반지는 허리를 뒤로 한 번 젖히고 나서 나무문을 열었다. 시원한 바람이 들어오다가 뚝 그쳤다. 모래시계를 뒤집었다. 설탕처럼 하얗게 염색된 모래가 밑으로 떨어진다. 땀인지 물방울인지 구별이 안 되는 것이 눈으로 들어간다. 모래는 쉴새없이 아래쪽으로 떨어진다. 유리에 묻은 증기를 닦아냈다. 은반지 여자가 탕 안에서 목을 내밀고 있는 게 보인다. 각종 유흥업소가 밀집한 지역이라 이 시간대에 사우나를 이용하는 여자들이 심상치 않게 보인다. 나무문을 밀쳤다. 때밀이 침대에 드러누웠다. 노랑머리는 발목에 걸린 번호표를 벗겨낸다. 안마하고 마사지만 해 달라고 하자 노랑머리는 젖은 발로 내 등허리를 꾹꾹 밟는다. 기분이 좋은 신음이 나오려고 해 입술을 꽉 깨문다. 이번에는 목뒤의 경혈을 엄지손가락으로 꼭꼭 눌러 준다. 꽉 깨물었던 입술을 풀고 입안에 고인 침을 뱉는다. 안마를 해주던 입장에서 안마를 받으니 여왕이 된 기분이다. 이 순간만큼은 노랑머리는 나의 시녀다. 노랑머리는 오일을 등허리에 떨어뜨린다. 오일은 노랑머리 손놀림에 의해 목덜미에서 발뒤꿈치까지 골고루 퍼진다. 몸통이 뒤집어진다. 유방 한가운데로 오일이 떨어진다. 이마에서 발끝까지 오일이 퍼지는 끈적끈적함이 나를 구속시킨다. 노랑머리가 다 됐다고 할 때까지 꼼짝할 수 없다. 한 여자가 머리에 수건을 두른 채로 노랑머리에게 다가왔다. 노랑머리는 기다리는 사람 없다며 조금만 기다리라고 한다. 뜨거운 물을 몸에 살살 뿌리면서 손바닥으로 문지른다. 온몸이 갈기갈기 찢어지면서 녹아 나는 기분이다. 노랑머리는 손에 수건을 감고 비누를 바른다. 때벗기는 순서대로 비누가 온몸에 칠해진다. 머리도 감아 달라고 했다. 열 개의 손가락이 두피를 문지를 때는 눈에 샴푸 거품이 들어가 눈을 감았다. 노랑머리는 인정사정없이 뜨거운 물을 뿌려댄다. 거품은 말끔히 씻겨졌다. 노랑머리는 번호표를 발목에 채우고 다 됐다고 한다. 머리에 수건을 두른 여자는 때밀이 침대에 드러눕는다.

유리문을 열었다. 평상에 앉아 젖가슴을 늘어트리고 음료수를 마시는 파마머리 무리가 보인다. 그 무리들 옆에서 조금 떨어진 은반지 여자가 구운계란을 절반으로 토막낸다. 머리를 말리는데 선풍기 바람이 시원치 않다. 줄을 잡아당겼다. 머리카락이 휘날린다. 손으로 물기를 떨어뜨리면서 머리를 말린다. 축축한 물기는 여전히 남아 뻗친 머릿결이 일직선으로 펴지도록 드라이어 열기로 말리면서 빗질을 한다.

주섬주섬 옷을 입는다. 핸드백을 어깨에 걸쳤다. 들어 올 때 못 보던 얼굴이 카운터로 다가왔다. 만 원입니다. 오늘 받은 일당에서 만원 권이 떨어져 나왔다. 여자는 내가 이발소에서 했던 것처럼 등뒤에다 대고 안녕히 가시라고 인사를 한다.

요란하게 빛을 발산하는 네온사인이 한낮에 있었던 번잡함과 시끄러움을 연장시키고 있다. 그 와중에 용일탕 앞에서 서성거린다. 약속 장소까지 걸어가려면 가까운 거리는 아니다. 남자보다 먼저 약속 장소에 가서 기다리고 싶지 않아 걸어가기로 한다. 남자는 어머니가 서른 살에 혼자가 됐다고 했다. 그 어머니가 보통 어머니들하고는 다르다는 점이 있다고 할 때는 무슨 얘기인가 싶어서 호기심에 찬 표정으로 되물었다. 군대를 가지 않아도 되는데 나는 갔어요. 어머니는 나를 강하게 키우려고 했어요. 남들은 자식을 군대에 안 보내려고 돈까지 썼는데 어머니는 반대로 자식을 군대에 보내려고 돈을 썼어요. 남자는 그렇게 말 해 놓고도 실수를 하지 않았나 하는 반응을 떠보려고 내 얼굴을 유심히 쳐다봤다. 웃음이 사라진 얼굴에서 웃음이 도로 나오자 안심이 됐는지 남자는 손바닥으로 무릎을 탁 치면서 활짝 웃었다. 주인집 여자도 활짝 웃으면서 다짜고짜 남자의 어느 점이 마음에 들었냐고 물었다. 아니라고 해도 여자는 믿으려고 하지 않았다. 내가 계속 아니라고 하면 할수록 여자는 그게 아니라고 했다. 서로 그게 아니다 그것이 아니다 하고 입씨름을 하는 것이 병의 원인을 놓고 의사와 변호사가 법정에서 입씨름을 하는 꼴이었다.

피고측에서 내세운 변호사는 의사의 의견서가 첨부된 변론문으로 유전적인 결함이라고 조리 있게 변론을 했다. 반면에 국내에서 자료가 전무하다시피 한 오빠의 증세를 원고측 변호사가 직업병이라고 변론을 하기에는 벽이 높았다. 그래도 성의 있는 변론을 하고자 변호사는 회사의 열악한 작업환경을 들춰내며 변론을 했다. 판사는 이름만 대도 알만한 유명 의사의 자문을 받은 변호사의 손을 들어줬다. 질질 시간만 끌던 재판은 단 몇 시간만에 패자를 허탈하게 하고, 밀린 병원비를 청산할 수 있다는 희망도 빼앗아 갔다.

어릴 적 징징 울어대는 나를 달래고자 맛있는 거 많이 사 가지고 오겠다며 봄나들이를 떠난 아버지 엄마는 찌그러진 관광버스 안에서 영영 일어날 줄 몰랐다. 죽은 것이 아니라고 오빠는 아버지 엄마를 흔들었지만 헛수고에 그쳤다.

환자들이 먹다 남은 밥을 먹고 오빠는 잠이 들었다. 원무과 직원이 오빠를 깨우려고 흔들었다. 오빠는 꼼짝도 하지 않았다. 죽은 것이 아닌가 하고 울먹이는 목소리로 나는 오빠를 흔들었다. 그러자 오빠는 내 손을 잡고 활짝 웃으려다가 힘에 부친 지 그만 두었다. 귀신같이 끔찍한 몰골로 멀거니 나를 올려다보고 있는 남자가 어째서 내 오빠여야만 한다는 말이냐고, 그렇게 마구 화를 내면서 고래고래 소리라도 지르고 싶을 때처럼, 일방적으로 남자

말만 듣고 내 마음을 흔들어 놓으려고 하는 여자에게 소리라도 지르고 싶었다.

레스토랑 입간판이 보인다. 계단을 하나하나 밟는 것이 끝나고 고전적인 풍으로 치장한 나무문에 다다랐다. 문 앞에서 기웃거리자 종업원이 문을 열었다. 손님이 자리를 거의 다 차지했어도 분위기가 고요하다는 느낌이 든다. 그래도 낯설게 하는 무엇이 따라다닌다는 생각을 떨쳐 버릴 수 없다. 남자는 나를 알아보고는 손을 들었다. 한 살이라도 젊게 보이려고 했는지 남자는 밝은 색 콤비 차림이다.

"오래 기다리셨어요?"

"아닙니다."

예의상 물었을 뿐이다.

남자는 메뉴판을 펼쳤다. 이 집 스테이크 요리는 일품입니다. 꼭 먹고 싶다는 생각은 없다. 하지만 좋은 인상을 남기려면 남자가 하자는 대로 따라 하는 것이 정답이다. 남자가 무엇인가 우스갯소리를 했는데 귀에 하나도 안 들어온다. 실없이 웃기만 하자 자기가 하는 말이 진짜 우스워서 웃는 줄 알고 남자는 실밥이 풀리는 것처럼 입에서 재잘거림이 술술 나온다. 무슨 일을 하고 싶으세요. 남자의 얼굴이 내가 좋다고 하면 얼마든지 도와줄 수 있다는 자신감이 철철 넘치게 보인다. 한술 더 떠서 어려워하지 말고 하고 싶은 게 있다면 얼마든지 얘기하라는 재촉으로 엄지손가락을 입술에다 비비기까지 했다. 손을 턱에 받치고 골몰히 생각하는 척 한다.

식사가 나왔다. 내가 먼저 나이프와 포크를 들기 전까지 남자는 가만히 보고만 있다. 남자는 내 잔에 와인을 따른다. 그 답례로 나도 남자 잔에 와인을 따른다. 오랜만에 하는 칼질이다. 칼날이 무디게 보여도 스테이크는 잘게 썰어진다. 나를 의식하는 남자는 시댁 어른 앞에서 식사하는 새댁처럼 얌전하게 입을 오물거린다. 비웃음이 나오려고 해 무릎을 오므렸다. 와인을 한 모금 마신다. 접시는 거의 비워져 간다. 남자는 와인을 한 모금 마시고 혀를 내밀어 입술을 닦는다. 어머니가 차려 준 밥을 먹기가 이제는 거북하네요. 남자는 민망한지 고개를 약간 숙였다. 이 대목에서도 웃음으로 대답을 대신한다. 군대에서 비행기와 낙하산을 이 년이나 넘게 탔어요. 남자가 육체적으로 이상이 없다는 것을 우회적으로 표현한 기분이 든다. 하늘에서 떨어지는 그 기분은 직접 해보지 않고는 몰라요. 남자는 낙하 훈련을 받았던 추억이 되살아나는지 목소리는 흥분으로 가득 찼다. 병 속의 와인은 비워졌다. 내 잔에 남은 와인은 절반이다. 내가 알지도 못하는 군대 용어를 섞어 가며 입을 놀리는 것을 끝낸 남자는 자신의 와인을 내 잔에 남은 것과 똑같이 맞췄다. 스테이크는 다 먹어 치웠다. 나이프와 포크를 내려놨다. 남자도 나를 따라 한다. 똑같이 와인 잔을 비운다. 빈 그릇이 치워질 동안 남자는 담배를 꺼내려다가 그만 둔다. 첫날 담배를 피워도 되냐고 물었을 때 싫어한다고 했기 때문이다. 남자가 앉은 뒤쪽에서 담배 연기가 천장으로 올라가다가 없어진다. 직장에서 어려운 일이 없으세요? 이럴 때는 귀담아 들었던 얘기를 털어놓는다.

"성희롱을 하려고 하는 직원때문에 말못할 고민을 한 적이 있었어요."

남자의 눈은 놀란 토끼 눈이 된 것도 모자라 할 말을 잃은 듯이 입이 벌어졌다가 다물어졌다.

"그런 놈을 가만히 내버려두었어요?"

"고발을 하려고 했는데 그 놈이 불쌍하다는 생각이들어서 용서를 해줬어요."

"그래도 그런 놈은 혼을 내줬어야 하는 건데."

주먹까지 쥐어 보이면서 자신의 감정을 표현하는 남자에게 슬쩍 미소를 흘린다. 남자도 덩달아 미소를 흘린다. 앰프에서 나오는 타악기 두드리는 소리가 멈추고 바이올린 소리가 맑은 물 흐르는 소리처럼 들린다.

"저 소리가 참 좋지요."

"저는 음악에 대해 아는 게 없어요."

괜한 질문을 했다는 듯이 남자는 소리내어 웃고 나서 내가 무슨 얘기를 꺼내는 것을 기다리는 것 같다. 처음 만날 때보다 경직된 얼굴은 아니다. 하지만 괜한 얘기를 꺼냈다가는 쓸데없이 시간만 길어질 것 같다.

"집에 들어가서 할 일이 있어서 오늘은 이만……."

"괜히 내가 시간을 빼앗은 것은 아니지요?"

"그건 절대로 아니에요."

남자는 조금만 더 얘기를 나누었으면 하는 아쉬움을 억지로 감추느라 넥타이 매듭을 만지면서 카운터로 간다. 그 뒤를 내가 따라나선다. 계산을 끝내고 남자는 내 뒤를 따라 나왔다. 계단을 밟을 때도 남자는 내 발걸음과 똑같이 한다.

남자는 나를 집에까지 바래다주고 싶다고 한다. 전에 민석이가 집까지 바래다준다고 해도 거절했었다. 이 남자가 언제쯤 내 손을 잡을까 하는 조바심이 생긴다. 그와 동시에 만약에 남자에게 손이 잡히면 어떻게 할까 하는 고민도 생긴다. 자장면 배달하는 철가방 오토바이가 우리 사이를 갈라놓는다. 남자는 고개를 돌려 달아나는 오토바이 뒤꽁무니에다 대고 버르장머리 없는 놈이라고, 한다. 철가방은 아랑곳 없다는 식으로 오토바이 뒤꽁무니에 휘발유 냄새를 풍기며 달아난다. 남자와 나는 달아나는 철가방을 바라보다가 다시 나란히 되었다.

집으로 들어가는 샛길로 꺾어진다. 드문드문 전봇대 불빛이 길을 밝혀주고 있다. 걸어가는 사람은 우리 둘뿐이다. 부리나케 남자는 내 손을 잡는다. 뿌리치고 싶은 생각은 조금도 없다. 전봇대 불빛을 벗어난 주택가 한 가운데 길은 침침하다 못해 으슥하다. 지루하다는 것을 넘어서 싱겁다 할 정도로 말없이 걷다가 남자 손이 오른쪽 어깨에 걸쳐진다. 내 손가락 굵기에 비해 반 배가 굵은 손가락이 어깻죽지를 살짝 누르는 것이 간지러워 웃음이 나오려고 해 고개를 숙였다. 내가 부끄러움을 타는 줄 알고 남자는 손에다 힘을 주려다가 멈춘다. 인기척에 놀란 도둑고양이 두 마리가 쏜살같이 달아난다. 불법 주차한 차들이 꼬리에 꼬리를 물고 즐비하게 늘어선 골목길에 깔린 어둠의 무게를 지고 그림자를 끌면서 집 앞에 당도했다. 남자는 아쉬운 표정이 가득한 얼굴로 입가에 미소를 짓는 척 하다가 입술을 덮쳤다. 남자 혀가 입 속으로 무작정 들어온다. 나도 혀를 남자 입 속으로 밀어 넣는다. 발바닥이 간지러워 한 쪽 발뒤꿈치가 살짝 올라간다. 입술을 떼지 않으려고 남자는 나를 꼭 껴안는다. 억센 손 눌림에 등이 아프다. 주차공간을 찾으려는 승용차가 밝히는 전조등 불빛에 둘의 모습이 노출된다. 전조등이 금방 꺼진다. 남자는 포옹을 풀었다. 기쁨에 들뜬 얼굴로 손을 흔들고 뒤돌아서는 남자의 어깨에는 내가 자기를 바라보는 시선을 의식하는 설렘이 얹혀 있는 것처럼 보인다. 남자는 걸음을 멈추고 몸을 살짝 비틀어 다시 한 번 손을 흔든다. 나도 손을 흔든다. 이내 남자 모습이 뒤따라가던 그림자와 함께 사라진다.

단숨에 이층까지 올라왔다. 보조키 구멍에다 키를 꽂고 돌린다. '철커덕' 소리가 난다. 문을 열었다. 센서등이 켜졌다가 구두를 벗기도 전에 쌀쌀맞게 꺼지는 깍쟁이 짓을 한다. 벽을 더듬어 스위치를 올린다. 형광등이 깜박거림 없이 켜진다. 며칠째 청소를 안 했어도 지저분하게 보이지 않는다. 옷장 서랍에 있는 계약서를 꺼냈다. 가방을 열었다. 손에 잡히는 대로 붙박이장에 들어 있는 옷을 끄집어내어 가방 속에 구겨 넣는다. 스스로 밥을 해먹는 것보다 외식을 하는 생활을 했기 때문에 살림살이는 별로 없다. 이곳으로 이사 올 때 가지고 온 라면 박스에다 주방 용품과 식기를 넣고 열리지 않도록 테이프로 봉하고 손에 들기 좋게 노끈으로 묶었다. 집주인 여자는 내일 이발소에 전화해서 내가 없는 것을 알면 이 쪽으로 전화를 할거다. 자동 응답기에다 울먹이는 목소리로 집주인 여자에게 할 말을 녹음한다.

"아주머니 오빠가 사망했다고 연락이 왔어요. 이제 가면 영영 오지 못할 것 같아 회사에 사표까지 냈어요. 앞으로 무엇을 할 것인가는 차차 생각해 보기로 했어요. 보증금은 이번 달 월세와 공과금을 제하고 온라인으로 입금해 주세요. 계좌번호는 계약서에 기재해 놓았어요. 힘들겠지만 사정이 급해서 그러니 가급적 방이 빠지기 전에 입금해 주시기를 부탁드립니다."

출입문 열쇠와 계약서를 주방 선반 위에다 올려놓는다. 스위치를 내리고 출입문을 열었다.

올라올 때와 마찬가지로 단숨에 일층 현관까지 내려왔다. 집주인 여자와 마주칠까봐 걸음걸이를 빨리 한다. 남자가 가던 방향과는 정반대다. 저만치 보이는 약국 간판이 길 잃은 자를 위한 이정표로 보여진다. 약국을 지나쳐 택시만 타면 된다. 속도를 높이라는 소리 없는 명령이 전달되면서 발걸음이 빨라진다. 마침내 약국 앞을 지나쳤다. 차바퀴 굴러가는 소리가 바람이 찢어지는 소리처럼 귓속으로 급하게 들어온다. 일반택시들은 양손에 든 짐을 보고는 그냥 지나친다. 뉴욕 이발소처럼 지하에 있는 곳에 일자리를 얻을 때까지 이 삼일 여관 신세를 지면 된다. 두 번 다시 주인 집 여자 같은 이들의 관심을 끄는 것을 차단하기 위해서 보증금이 입금되면 저축한 돈을 합쳐서 소형 아파트를 구입할 것이다. 모범택시가 오는 것이 보인다. 양손에 든 짐을 내려놓고 손을 흔들었다. 모범택시는 내 앞으로 오고 있다. 〈끝〉

갈등

정확하게도 버스는 내 앞에 멈췄다. 곧이어 버스 문이 열렸다. 운전사와 나는 눈이 마주쳤다. 나를 보는 운전사의 작은 눈이 네가 타지 않으면 어쩔래 하는 시선을 보내는 것처럼 느껴진다. 순간적으로 자존심이 상하면서 미간이 찡그러졌다. 고개를 돌려 뒤돌아봤다. 내 뒤에는 손에 물병을 든 아주머니와 아기를 업은 젊은 애 엄마가 버스를 타려고 줄을 섰다. 더 이상 망설일 필요도 없이 버스를 타야만 한다. 한가한 시간이라 빈자리는 많았다. 앞좌석보다 뒷좌석을 선호하는 나는, 좌석에 앉기도 전에 버스가 정류장을 급히 출발하느라 몸의 중심이 흐트러졌다. 하마터면 엉덩방아를 찧을 뻔했다. 가까스로 손잡이를 잡아 위기를 넘겼지만 승객들은 나한테는 관심도 없다는 표정이다. 만약에 애 엄마가 이랬다면 승객들 표정은 어땠을까 하는 생각이 떠오른다. 다행히도 애 엄마는 버스가 출발하기 전 앞좌석에 앉았기 때문에 나 같은 꼴을 당하지 않았다. 때로 얼룩진 좌석은 엉덩이 부분만큼은 반질반질하게 윤기가 있어 보인다.

사건이 확대되는 것이 두려워서 백 과장은 절박한 심정이 담긴 목소리로 호소를 했다. 미스터 박한테 미리 알려주는데 오늘 내일쯤 경찰에서 연락을 할거야. 케케묵은 감정을 앞세워서 좋을 거 없잖아. 어차피 회사를 떠난 마당에 장 부장한테 꼭 그렇게 할 필요는 없잖아. 좋은 게 좋은 거니까 경찰에 출두하면 적당하게 진술해.

또다시 불쾌한 감정에 휩싸인다. 육 개월 전 자리를 박차고 회사를 떠나는 날 한낮의 햇살은 탄광에 매몰되어 천신만고 끝에 갱도를 빠져나온 광부들 눈을 제대로 못 뜨게 하듯이 내 눈도 제대로 못 뜨게 했다. 뒤돌아 보고 싶지 않았다.

인간이 어떤 집단에 소속이 되면 누구든지 지배받는 자보다 지배자가 되려고 한다. 하지만 지배자가 되지 못했을 경우 지배자 바로 밑에서 이 인자 노릇을 하려고 하는 인간이 있다. 그런 자는 지배자의 간섭에서 조금이나마 벗어나려고 발버둥치면서 대리 지배자 노릇으로 간접 만족을 한다. 나머지 지배받는 자들은 그것이 순리라고 하면서 별 저항도 없이 순종을 한다. 아마도 나는 그것을 두려워했는 지도 모른다.

거대한 대기업의 골격을 유지하는 조직이 집합된 이십 층 고층 빌딩 오층에 배정된 삼십 평 규모인 총무부 사무실은 장 부장이 군주나 다름없는 작은 공화국이었다. 그는 지금 뇌물수수 죄목으로 경찰서 유치장에 수감되어 있다. 내가 이해하기 어려울 정도로 그는 선택된 자였다. 부장 자리를 염두에 두고 매일 새벽마다 상사들 집에 약수 물을 떠다 주면서 얼굴도장을 찍기도 했다. 내가 신입사원 시절에는 일년 동안 커피 심부름과 상사들 책상도 닦았어. 그는 항상 술자리에서 그 점을 강조했다. 조직에서 탈락되지 않으려면 자기한테 잘 보이라는 암시인지 아니면 우스갯소리로 하는 건지 애매 모호하기만 했다. 하지만 듣는 자의 입장에서는 일종의 협박처럼 부담스럽게 받아들여졌다. 이유야 어떻든 조직에서 탈락이 되면 무능한 자로 낙인이 찍힌다. 그런 자들의 모습은 프레스 기계로 압축이 되어서 고물상 한 구석에 차곡차곡 포개진 채로 방치된 고철더미와 같은 신세가 된다. 그 신세를 면하고자 장 부장 앞에서 무조건 순종을 하는 자들은 이구동성으로 권좌를 노리는 오른팔처럼 때를 기다린다는 변명으로 비굴함을 감췄다. 장 부장이 부하 직원들을 그렇게 순종을 하도록 길들이는 것은 인사고과 평정이었다. 그것은 장 부장이 손에 쥐었던 눈에 보이지 않는 칼자루나 다름없었다. 특히 조직에서 살아 남으려고 젊은 청춘을 허비한 백 과장은 필사적으로 장 부장한테 매달렸다. 그는 장 부장 앞에서는 비굴한 웃음으로 굴욕을 참았지만 뒤돌아서면 성난 얼굴로 직원들에게 분풀이를 하는 이중 인격자의 얼굴이 되었다. 미스터 박, 나는 집에서 나올 때 쓸개를 떼어놨다가 집에 들어 갈 때는 도로 붙이고 들어가지. 자네도 결혼하고 처자식 부양하는 가장이 되면 이런 말을 하는 내 입장을 이해가 될 거야. 체념이라고 하기에는 얄팍한 자존심이 허락하지 않았는지 백 과장은 그런 식으로 자신의 나약함을 합리화시켰다.

한가한 도로를 제한속도까지 위반하면서 질주하던 버스는 신호대기를 하느라 멈췄다. 내가 이 버스를 탄 이상 내 목숨은 운전사의 손에 맡겨져 있는 거다. 어쩌면 이 작은 버스 속은 운전사가 군주인 작은 공화국일 지도 모른다는 생각이 떠올라 욕지기가 나올 것만 같다.

남들의 부러운 시선을 받으며 일년 매출액 수 천억 원 중에서 이익금을 수 백억 원이나 내는 거대한 조직의 일원이 되었을 때 나라는 자아는 완전히 상실이 됐다. 단지 나는 거대한 조직을 떠받쳐 주는 작은 조직에서 수 백억 원의 이익을 만들어 내기 위한 작은 기계 부속품에 불과했다. 그것을 조립하고, 분해하고, 기름칠을 하는 중간 기술자 역할은 장 부장이 했다. 나 같은 작은 기계 부속품들은 장 부장 손에 의해서 분해가 되어 폐기처분 될까봐 하루하루 초조한 날을 보냈다. 나는 그들과 함께 어울리는 가운데 소외감을 느껴야 했다. 미스터 박; 다른 직원들처럼 일을 추진력

있게 해봐. 이런 식으로 하다가는 자네때문에 우리 부서가 근무
평정에서 꼴찌를 하겠어. 이것도 기안이라고 했어. 모르면 다른
직원들이 한 것을 봐 어떻게 했는지. 장 부장은 내가 보는 앞에서
서류를 집어 던졌다. 그런 수모를 당하면서 장 부장이 상황에 따
라 아니면 개인적 필요에 따라 타인의 감정을 조종할 수 있는 비
상한 재주를 소유한 인간이라는 것을 실감하기도 했다. 회사 출입
문을 빠져 나오면 장 부장은 완전히 다른 세상을 만들었다. 미스
터 박 오늘 나 때문에 기분이 안 좋았을 거야. 내가 따라 준 술 한
잔 마시고 다 잊어 버려. 남자가 그 따위 일 가지고 좋지 않은 감
정을 품으면 안 되는 거야. 나도 미스터 박과 같은 시절에 일 배우
느라 혼 많이 났어. 미스터 박, 다 그렇게 혼나면서 익숙해지는 거
야. 용병술의 귀재인 정치 구단의 냄새를 풍기는 장 부장의 직원
달래기 술수에 백 과장이 맞장구를 쳐주면 걸려들지 않을 수 없었
다. 그러면 꽉 죄어졌던 내 마음이 언제 그랬을까 할 정도로 금방
풀어지면서 술잔을 돌리기에 바빴다. 그러나 방에 드러누워 나를
생각하면 장 부장과 백 과장한테 놀림을 받았다는 생각을 지울 수
없었다.

　오로지 예스맨을 선호하는 장 부장에게는 능력은 둘째였다. 그
래서 다른 직원들처럼 비위를 못 맞추는 내가 장 부장 눈에는 곱
게 보여 질 리가 없었다. 장 부장은 기존 사원과 나 사이에 장벽을

교묘하게 만들어 놓고 내가 얼마나 버티는지 시험대에 올려놨다. 예스맨들이 하는 일은 능력이 있는 자들이 하는 것처럼 인정을 받을 수 있도록 표시가 나게 해줬다. 하지만 내가 하는 일에는 사사건건 트집을 잡아 흠집을 만들어 내려고 말 한마디도 이리저리 돌려서 판단력을 흐리게 했다. 그럴 때마다 내 귓가를 때리면서 발목을 꽉 붙들어매는 것이 있었다. 아버지가 어떤 말씀을 하시더라도 대꾸하지 말고 고개 푹 숙이고 따르는 게 자식된 도리야. 다른 어른들한테도 아버지처럼 대해줘야 하는 거야. 아버지 없이 자라서 버릇없는 애들처럼 하면 안 되는 거야.

시골 면장 노릇하면서 양반 가문의 체통을 지키느라 카리스마적인 용모를 풍기는 아버지는 철저하게 남존여비를 실천하는 자였다. 늦동이로 사십 줄에 나를 낳은 어머니는 아버지에게 항상 억눌리면서 어느 것 하나 어머니 뜻대로 해본 적이 없었다. 조상대대로 이어져 온 그런 가부장 제도는 좋든 싫든 아버지가 하자는 대로 무조건 따라야만 하는 것이 불문율이었다. 할아버지로부터 물려받은 마당 넓은 집은 아버지의 고함소리로 그 날 하루가 시작되고 끝났다. 그 소리에 나는 꿀맛 같은 새벽 단잠에서 깨어났다. 아버지가 지켜보는 가운데 형들은 마당에서 빗자루 질을 했고 누나들은 어머니 일을 도와주러 부엌으로 들어갔다. 아침 일과가 끝나고 식사를 할 때면 따로 차려진 밥상에서 아버지가 수저를 먼저 들고 밥 한 숟가락이 입에 들어가고 나서야 나머지 식구들이 수저를 들었다.

사기 밥그릇에 담긴 밥이 절반 정도 남았을 때 아버지 입에서 우두둑하는 돌이 씹히는 소리가 들렸다. 아버지의 돌출 행동이 두려워 형들과 나는 밥이 들어간 입이 굳어진 채 서로 얼굴만 쳐다보고 있었다. 곧 이어서 집안이 떠나 갈 듯한 아버지 고함소리와 함께 밥상이 뒤집어지는 소리가 방안 전체를 진동시켰다. 정신을 어디에다 두고 다니는 거야. 이 집에 들어온 지 몇 년이 됐는데 아직 밥도 하나 제대로 못해. 아버지 잔소리에 만성이 된 어머니는 무표정으로 가만히 듣고만 있었다. 어머니의 그런 자세가 아버지를 자극하여 잔소리는 언제 끝날지 몰랐다. 보다 못한 누나가 아버지에게 짜증 섞인 목소리로 잔소리 좀 그만 하라고 했다. 이 년이 학교에서 뭘 배우는 지는 몰라도 겨우 한다는 소리가 아버지에게 대들어. 고함소리와 함께 아버지의 억센 손이 누나의 뺨을 스쳤다. 누나는 부엌바닥에 주저앉아 울음을 터트렸다.

그날 아침에 그런 난리를 치르고 난 뒤에도 어머니는 혼자서 아버지가 집어던진 밥상 때문에 난장판이 된 방안을 깨끗이 치웠다. 그리고 아버지가 다음 날 입고 갈 와이셔츠를 다림질하고 형과 누나들 빨래감을 정리하느라 쉴 틈도 없었다. 그런 어머니를 동네 어른들이 심성이 곱고 착한 여자라고 했다. 네가 그러면 아버지를 욕되게 하는 거야. 어머니는 항상 아버지를 염두에 둔 그 한 마디로 나에게 순종과 양보의 미덕을 강조했다. 그것이 무의식 속에서 나오는 행동을 짓눌렀다. 그래서 나는 동네 애들과 어쩌다 싸움을 할 때는 주먹 한 번 제대로 날리지 못하고 몇 대 맞아주는 것으로 양보를 했다. 그런 결과 내 의사와는 관계없이 나라는 존재는 무조건 양보만 하는 순둥이로 인식이 되었다. 사춘기에 접어들어서도 그렇게 인식이 되어서 나라는 존재는 없었다. 그것이 억울하고 답답한 나머지 나는 가출을 했다. 집을 떠나서 미지의 세계로 가는 도중 나 때문에 아버지에게 시달림 받을 어머니 모습이 자꾸만 떠올랐다. 나는 발걸음을 집으로 되돌리지 않을 수 없었다. 가출 몇 시간만에 나도 형들과 누나처럼 발목에 가족이라는 조직의 사슬이 묶여져 있다는 것을 알게 되었다. 내가 그것을 스스로 끊기에는 때가 너무 늦어 버렸다. 가족이라는 사슬에 묶인 채 순종과 양보라는 쓴술이 담긴 잔을 비우는 세월을 견뎌 내면서 나만의 공간을 차지할 날이 오기를 기다렸다. 하지만 그것은 벌판을 휩쓸고 간 바람이나 마찬가지였다. 나는 또 다시 바람이 지나가기를 기다리는 벌판에 우뚝 선 나무와 같은 신세가 되었다.

장 부장은 매서운 눈총으로 나를 노려봤다. 무슨 소리를 하는 거야. 자네가 지금 나한테 설교를 하는 건가. 뭔가 착각하고 있는 것 같은데 자네는 내가 하는 일에 보조해 주는 역할에 불과해. 여기서 일어나는 모든 일은 다 내가 하는 거야. 그러니 자네는 내가 하자는 대로 따라 오기만 하면 되는 거야. 장 부장이 내린 지시가 부당하다는 내 의견은 번번이 묵살이 되었다. 장 부장 눈치를 보느라 내 의견에 일리가 있다는 것을 알고 있으면서도 동조하는 직원들은 없었다. 그들은 목구멍이 포도청이라고 하면서 미안함을 감추지 못했다. 그런 직원들 모습에 과거의 어머니 모습이 반사되었다. 이 여편네가 갑자기 실성을 했나. 남자가 밖에서 일을 하다 보면 그럴 수도 있는 거지. 그렇다고 내가 딴 살림을 차린 것도 아닌데 자식들 보는 앞에서 이게 무슨 짓이야. 아버지가 면사무소 앞 장미다방 마담하고 내연의 관계를 맺는다는 소문은 꼬리에 꼬리를 물고 다녔다. 그 소문은 어머니 귀에 들어가기 전 면에서 가장 큰 일식 요리 집 미도리에서 아버지가 장미다방 마담과 같이 나오는 것을 우연히 목격을 해서 알게 되었다. 식구들하고 짜장면 한 그릇 사 먹는 외식도 하지 않는 아버지가 장미다방 마담과 미도리에서 정답게 식사를 하는 모습을 상상해 보니 약이 오르기도 했었다. 그러나 아버지의 카리스마에 포위된 나는 그 사실을 어머니에게 알려 줄 수도 없었다.

금방 완력을 행사할 것 같은 아버지 으름장에 어머니는 입이 굳은 채 어떤 대꾸도 하지 못했다. 사내 대장부로 태어나서 딴 여자와 바람을 피울 수도 있는 거야. 옛날이나 지금도 유명한 분들 중에서 딴 여자와 바람도 피고 첩을 두지 않은 분은 없었어. 그래도 본처들은 어필종부 하는 심정으로 남편을 죽을 때까지 섬겼지. 이 머니는 혹시 자식들이 당신 때문에 아버지에게 해가 될 일을 해서 나쁜 소문이 나돌까 봐 두려워했다. 그래서 흐트러지지 않는 자세로 외면상 속상함을 감추면서 심성이 곱고 착한 여자라는 이미지를 지키느라 애쓰는 모습이 내 눈에는 역력하게 보였다. 나는 그런 어머니 모습이 불쌍하고 가여워 안타까움만 내 마음 속 깊이 누적이 됐다. 나중에는 그것이 답답함으로 답답함이 미움으로 변해서 어머니가 하시는 말 한마디에도 짜증이 나서 어머니한테 신경질을 부리기도 했다.

장 부장의 독선을 꺾지 못하는 좌절감과 분노가 하나 둘 씩 누적되면서 굴욕감으로 변질되었다. 진작에 그렇게 했으면 장 부장한테 찍히지는 않았지. 백 과장은 굴욕감으로 얼룩진 내 마음을 헤아리지 못한 채 거 봐라 너도 별수 없지 않느냐 하는 식으로 유들유들하게 웃었다. 일년에 한 번씩 평가하는 내 인사고과는 치욕이나 다름없는 인사상 불이익을 당할 수 있을 정도로 엉망으로 나왔다. 조직생활을 하는 월급쟁이로서는 사망선고나 다름없었다. 장 부장 조직에 소속된 이상 방법이 없었다. 본의 아니게 인사 상 불이익을 당하고 싶지는 않았다. 자존심이 상했지만 어머니가 아버지에게 무조건 복종을 하듯이 장 부장이 하자는 대로 무조건 따르기로 했다. 침묵으로 내 의견을 접어 두고 장 부장이 지적한 대로 글자 하나 틀리지 않게 인간 복사기가 되었다. 때때로 미소를 머금는 장 부장 얼굴이 벽에 걸린 거울을 통해 돌변한 내 자세에 그럴 줄 알았다는 조롱 섞인 얼굴로 보이기도 했었다.

그 다음 순서로 장 부장은 미리 머릿속으로 써 놓은 각본을 끄집어 내 연출을 했다. 미스터 박 하루하루가 다르게 발전을 하고 있어. 머지않아 우리 부서에서 가장 뛰어난 직원이 될 수 있겠어. 나도 부장님처럼 생각하고 있었습니다. 맨 처음에는 미스터 박이 언제 다른 직원들처럼 일을 하나 하고 걱정도 많이 했습니다. 장 부장 말이 끝나자마자 요때다 하고 백 과장이 끼어 들었다. 그것이 입에 설탕 발린 말에 불과했지만 요상하게도 꾸중만 듣다가 오래간만에 칭찬을 들으니 기분이 우쭐해지기도 했다.

일년이나 넘게 장 부장은 나를 자기 잣대로 이리저리 재보고 나서야 자기 사람이 됐다고 확신을 했다. 그 반응으로 나는 부서에서 노른자 자리로 불리는 계약업무를 맡게 되었다. 처음 뵙겠습니다. 장 부장님한테 말씀 많이 들었습니다. 소위 장 부장 물주라고 하는 납품업자들이 순번을 정해 하루걸러 나한테 인사를 왔다. 그들은 퇴근길에 장 부장과 나를 룸살롱에 데려가 술과 여자를 대접했다. 나는 그들과 어울리면서 분명한 선을 긋기로 했지만 다음 날 호텔 방에서 눈을 뜨면 첫 번째로 보이는 것은 무너진 내 모습과 탁자 위에 놓여진 흰 봉투였다. 간밤에 마신 폭탄주 찌꺼기는 입안이 마르는 갈증과 속쓰림을 남겨 두고 화장실 변기 속으로 떨어졌다. 여지없이 나는 그들이 던진 낚싯줄에 걸린 물고기 신세로 전락이 되면서 장 부장이 짠 각본대로 움직여 주는 하수인이 되고 말았다. 장 부장은 당연한 듯이 나한테 지시를 내렸다. 이번에는 우일상사 정 사장이 성사되도록 해줘. 회사에서 수주한 공사현장에 공급할 자재를 납품하는 계약은 경쟁자가 하나 둘이 아니었다. 그들은 이익을 남기기 위해서 아니면 기득권을 확보하기 위해서 수단과 방법을 가리지 않고 장 부장에게 접근을 했다. 나는 인사고과 평정을 잘 받기 위해서 장 부장 지시대로 정 사장과 머리를 맞대고 각본을 짜야만 했다. 각본대로 계약은 정 사장한테로 돌아갔다. 이어서 계약금액의 일부분이 리베이트로 장 부장 주머니로 들어갔고, 그 일부분 중에서 장 부장이 나한테 용돈으로 주었다. 그런 내막을 잘 알고 있는 백 과장이 가만히 있을 리 없었다. 미스터 박도 능구렁이가 다됐어. 말 안 해도 다 안다는 식으로 백 과장은 나를 보고 눈웃음을 치기도 했다.

아버지가 처음으로 자식들 보는 앞에서 웃었다. 너희 어머니도 알고 있지. 어머니와 자식들을 억누르며 장미다방 마담과 관계를 계속했던 아버지는 또다시 늦둥이 아들을 보게 되었다. 원치 않았던 동생이 하나 생긴 것은 둘째로 치고 우선 아버지가 자식들 보는 앞에서 웃었다는 것이 대단한 사건이었다. 아버지 웃음은 자식들 보기가 민망해서인지 아니면 늦은 나이에 아들 하나 더 얻어 좋아서 웃는 것인지 제대로 구별이 안 됐다. 그 웃음에 압도되어 형들과 누나들은 이렇다 할 얘기도 꺼내지 못한 채 벙어리 냉가슴 앓듯이 했다. 이복동생이 아버지 손에 의해서 호적에 올라간 것과 동시에 장미다방 마담은 작은어머니로 불리게 되었다. 그리고 작은어머니는 어머니를 형님이라 부르게 되었다. 어머니는 친동생 돌봐 주듯이 작은어머니 산후조리를 해줬다. 아버지가 뿌린 씨앗 내가 직접 거둬야지 누가 그것을 해주겠어. 증조모님도 첩년한테 얻은 자식을 잘 돌봐 줬어. 그래서 지금 우리 집안에는 친척간에 불화가 없는 거야. 어머니는 이런 식으로 이복동생 때문에 가슴앓이를 하는 나를 달래 줬지만 나는 고개를 흔들었다. 어머니와 같은 삶을 사는 여자는 두 눈을 씻고 봐도 이 세상에 없을 거라고. 그리고 작은어머니는 큰 형님 결혼식이 끝나고 폐백을 올릴 때 정식으로 큰 형님 내외로부터 절까지 받았다.

백 과장은 집요하게 나한테 추근거렸다. 미스터 박 오늘 나한테 술 한잔 사야 되지 않겠어. 그렇게 말하면서 계속되는 백 과장의 눈웃음이 내 머리를 세차게 때리면서 보이는 번갯불에 내 얼굴이 보였다.

내 얼굴은 변해 있었다. 거울 속에 나타난 내 얼굴은 장 부장의 신임으로 덮어진 위선과 오만으로 가득 찬 얼굴 그대로였다. 나는 오른손으로 왼쪽 뺨을 잡아 당겼다. 하지만 얼굴의 가죽은 벗겨지지 않았다. 벽에 걸린 거울을 향해 주먹을 날렸다. 거울이 깨지면서 거미 줄 같은 모양이 되었다. 그 거울 속으로 내 얼굴이 보였지만 예전의 그 얼굴은 아니었다. 장 부장 곁을 떠나 잃어 버린 내 얼굴을 찾고 싶었다. 하지만 특별한 재주가 없는 한 회사를 떠나서 월급쟁이 외에는 할 일이 없다는 생각이 미치자 막상 용기가 나지 않았다.

어머니의 인내심도 한계점에 도달했지만 그 나이에 아버지와 이혼을 하더라도 돌아갈 친정도 없었다. 하다못해 식모살이를 해서라도 혼자서 살아 갈 수는 있지만 자식들 때문에 결단을 내릴 수 없다고 했다. 어머니가 말은 그렇게 했지만 어머니도 혼자가 된다는 것이 두려웠다.

영원불멸할 것 같았던 아버지의 권위가 땅에 떨어지는 순간이었다. 법원 집달리들이 집안에 있는 값나가는 살림살이 하나 하나에 빨간딱지를 붙이고 있었다. 집도 곧 경매에 넘어간다고 했다. 아버지는 빚쟁이를 피해 집에 안 들어온 지가 한 달이나 되었다. 아버지가 수제화 만드는 공장을 하는 작은어머니 남동생 채무보증을 섰다가 졸지에 당한 일이었다. 아버지 월급은 압류가 되어서 당장 집에서 쓸 돈도 모자랐다. 아버지 없이 가산을 정리하고 도

망가다시피 공장이 밀집된 구로동에 있는 큰 형님 집으로 가는
날, 어머니 모습은 다른 날보다 더 초라하게 보였다.

천방지축 검은 돈 챙기기에 급급했던 장 부장에 대해서도 여기
저기 불만의 소리가 내 귀에 들어왔다. 장 부장 배경을 업은 업자
들이 납품 과정에서 현장근무 직원들과 종종 마찰을 일으켰다. 슬
슬 검은 그림자가 장 부장 앞으로 다가오고 있었다. 그것을 감지
했는지 장 부장은 문제가 커졌을 경우 빠져나갈 궁리를 하느라 나
를 역이용하려고 시도를 했다. 백 과장은 나와 장 부장 사이를 왔
다갔다하면서 눈치를 살피느라 천진난만하게 웃는 여유를 부렸
다.

"미스터 박 이번 조 사장 납품 건은 왜 이렇게 됐지?"

장 부장 지시대로 조 사장이 낙찰이 되게 했지만 경쟁자들이 낙
찰가격에 의혹이 있다고 제소를 했다. 그 책임을 나한테 떠넘기려
는 장 부장이 속셈을 드러냈다.

"부장님이 그대로 하라고 하지 않았습니까?"

"무슨 소리를 하는 건지 모르겠네."

"가격조사는 미스터 박이 하는 게 아닌가. 나는 미스터 박이 조
사한 대로 그대로 했을 뿐이야."

"……."

아버지가 어머니를 무조건 깎아 내리는 것처럼 장 부장이 부리

는 능청에 나는 어떻게 대항할 도리가 없었다. 백 과장도 대세를 판단하고 장 부장 비위를 맞추느라 모든 책임을 나한테 넘기는 연출을 자진해서 떠맡았다.

아버지가 없는 집안은 어머니 혼자서 통솔하기에는 힘이 부족했다. 조심을 한다고는 했지만 형수님이 어머니를 대하는 태도는 아버지가 계실 때보다 달라졌다. 형수님은 한술 더 떠 그 동안 품었던 아버지에 대한 불만을 터트리곤 했지만 큰 형님은 그냥 모른 체 했다. 그래도 명색이 지 시아버지인데 여기 안 계신다고 말을 함부로 하는가. 어머니는 돌변한 형수님에 대해서 무척이나 서운해 하셨다.

아버지는 더 이상 면장 노릇을 할 수 없게 되었다. 항상 대접만 받았던 아버지는 어디 가서 남 밑에서 일을 할 수 있는 능력은 없었다. 그런 아버지를 대신해 작은어머니는 예전의 일자리로 복귀를 했고 집안 청소와 이복동생 수완이를 돌봐 주는 일은 아버지가 하게 되었다. 그리고 용돈이 궁하면 친구 분이 하시는 사법 대서소에 나가서 간단한 서류나 작성해 주고 푼돈이나 챙겼다. 그런 생활이 지루하지 않을 수 없었다. 그러면 아버지는 서울 집으로 와서 가장 노릇을 했다. 아버지가 계시는 동안에는 공장 기숙사 생활을 하는 작은형과 누나도 집에서 지내야만 했다. 그리고 가볍게만 보여졌던 형수님 태도도 무거워졌다. 집안 분위기는 당장에 무엇이 터질 것만 같았다. 그래서 어머니는 아버지가 오시는 것을 내심으로 무척이나 반겼다. 아버지는 비록 작은어머니에게 업혀 산다고 하지만, 나는 아직도 건재하다는 기세로 아버지로서 권위를 나타냈다. 내가 보기에도 정말 신기할 정도로 식구들은 아버지의 권위에 압도당했다. 하지만 아버지가 서울 집에 오기만 하면 작은어머니 등쌀에 일주일 이상 머무를 수 없었다. 작은어머니는 혹시나 어머니가 아버지를 붙잡아 두고 독차지를 하지 않을까 하는 의심을 해서 하루에 한 번 꼴로 전화로 아버지를 닦달했다. 그러나 아버지는 체면상 자식들 보는 앞에서 작은어머니한테 쥐어 산다는 선입견을 보여주기 싫은지 유유자적 한 척 하면서 일주일을 채웠다. 아버지가 밀양으로 떠나는 날에는 아버지 배경으로 잠시나마 형수님에 대한 서운한 감정에서 벗어났던 어머니는 아쉬웠던지 연거푸 한 숨을 쉬는 표정과 좋아서 어쩔 줄 몰라 하는 형수님 표정이 내 눈에 번갈아 보였다.

백 과장은 장 부장을 배경으로 적극적인 자세로 일거수 일투족 나를 관찰하면서 내 입을 열지 못하게 했었다. 미스터 박 세상을 살면서 그러면 안돼는 거야. 자네는 실무자야 윗사람은 실무자가 어떻게 하는가에 따라서 명암이 갈리는 거야. 악역을 자처한 백 과장이 보기 싫어서 더 이상 버티고 싶지 않았다. 그렇다고 그냥 물러나기에는 억울하다는 감정이 앞섰다. 직원들이 퇴근하고 텅 빈 사무실에 나 혼자 남았다. 나는 사무실 문을 잠그고 컴퓨터를 켰다. 내 머릿속에 있던 장 부장의 비리를 하나하나 끄집어내어 컴퓨터에 입력을 하고 디스켓에 저장을 했다. 나는 그것을 입찰할 때마다 일등으로 탈락해서 고배를 마시는 성진기업 유 사장에게 넘겨줬다. 그리고 저격수가 적을 향해 방아쇠를 당길 때까지 총을 겨누면서 기다리는 것처럼 장 부장을 내 손으로 직접 곤경에 빠트리는 날이 오기를 기다렸다.

어머니는 형수님을 괘씸하게 여기면서도 두려워했다. 나한테 형수님에 대한 넋두리를 하려고 하면 어머니는 방문을 열고 형수님이 있나 없나 확인을 하는 나약한 면모까지 보여주었다. 내가 며느리한테 시집살이를 산다. 지 부모한테는 나처럼 대하지는 않을 거다. 내가 아무래도 네 아버지를 잘 돌봐 주지 못한 거 같다. 그렇지 않고서야 네 아버지한테 그런 일이 닥칠 수 있었겠느냐. 내가 조금만 더 네 아버지를 잘 보살펴 줬으면 내가 며느리한테 무시는 당하지 않았을 거다. 어머니는 아버지가 곁에 있어 주면 아버지한테 당하는 서러움은 있었지만, 며느리한테 당하는 서러움은 없었을 거라고 하면서 어머니 자신을 탓하기도 했었다.

백 과장은 장 부장 없이 혼자서 부서 직원들을 다루기에는 내가 꺼림칙해서 장 부장이 자리를 비우면 병아리가 어미 닭을 따라다니듯이 덩달아 같이 자리를 비웠다. 어쩌다 사석에서 단 둘이 마주치면 백 과장은 인간적인 고뇌를 하면서도 장 부장 감싸주기에 급급했다. 나도 장 부장처럼 손바닥을 잘 비볐다면 이 지경이 안 되었을 거야. 장 부장이 미스터 박한테 너무 심하게 대한다는 것을 나도 알고 있어. 내가 무능해서 그런지는 몰라도 과장 자리에서 제자리걸음만 하는 내가 어떻게 해야 되겠어. 미스터 박 내가 무슨 말을 하는지 알겠지. 어차피 이번 일은 미스터 박이 책임을 질 수밖에 없을 거 같아. 그냥 가벼운 징계 하나 받는거야. 그래도 장 부장이 자네 인사고과는 잘 나오도록 조치를 했어. 그러면 됐지 뭘 더 바라겠어. 그냥 미친개한테 물렸다고 생각하고 장 부장 붙잡고 늘어지지마. 무엇보다 백 과장은 내 신상보다는 장 부장 신상에 문제가 생기면 그 동안 진급을 하느라 쌓았던 공든 탑이 하루아침에 무너지는 것과 동시에 든든한 후원자 하나를 잃게 되는 셈이다. 그러면 백 과장은 더 이상 과장 자리에 앉아 있을 수 없게 될 것이 분명했다.

버스는 시내에 진입을 하자 느릿느릿 앞차를 따라가면서 아까운 시간을 잡아먹고 있는 중이다. 예상은 했지만 오늘 하루 일과를 장 부장 비리를 확인시켜 주는 참고인 진술을 하는데 소비를 한다고 생각을 하니 평소보다 장 부장이 더 괘씸해졌다. 주먹을 쥔 손이 부들부들 떨렸다. 두 번 다시 장 부장과 얼굴 마주치는 일이 없을

줄 알았는데, 오늘 얼굴이 마주치면 어떻게 해야 되는지 하면서 이
리저리 머리를 굴렸지만 별 뾰족한 생각은 떠오르지 않는다.

작은어머니와 전화 통화를 끝낸 어머니 얼굴은 사색이 되었다.
어머니는 떨리는 목소리로 아버지가 고혈압으로 쓰러져 반신불수
가 되었다면서 자리에서 일어나 앉았다 하면서 나를 불안하게 만
들었다. 어머니는 아버지 병구완하러 그날 즉시 밀양으로 내려갔
다. 아버지 대소변을 받아 내면서 병원에서 살다시피 한 어머니는
자식들이 한번만이라도 병 문안 오기를 바랬지만, 나를 비롯한 자
식들은 냉담한 반응을 보였다. 가족들 나 몰라라 내버려둔 채 평
생을 첩년한테 시달림 받고 병들은 주제에 자식들한테 대접을 받
으려고 해. 내가 말을 안 해서 그렇지 아버지가 죽어서 관속에 들
어가는 날까지 얼굴 안 보기로 마음먹었는데 내가 왜 아버지한테
가. 형과 누나들은 오래 전부터 아버지가 그렇게 되기를 벼르고
있었다. 보다 못한 밀양 어른들이 나서서 형과 누나들을 설득하려
고 했지만 소용이 없었다. 심지어는 직업상 몸치장을 해야만 하는
작은어머니가 주인 집 마나님이고 병구완하느라 정신이 없는 어
머니는 하녀 같다는 소문도 들려 오기도 했다.

소실을 두고 그 집에서 눌러 산다는 것이 꺼림칙해서 누구와 마
음놓고 아버지에 대해서 말도 못하는 자식들은 하루빨리 아버지
가 돌아가시는 것을 원했다. 특히 혼기를 놓친 작은형과 누나는

그렇게 되기를 절실히 바랬다. 처음에는 아버지 치료비를 작은어 머니가 부담했다. 하지만 아버지 병환이 완치가 될 기미가 보이지 않자 액수도 점점 줄어들더니 손을 들고 말았다. 아버지 병세는 점점 더 심해져 기억력까지 상실하는 치매 현상도 나타났다. 어머 니는 작은어머니와 자식들을 대신해서 파출부 노릇까지 하면서 아버지 병구완을 했다. 아버지는 어머니의 그런 노력과 정성을 비 웃듯이 밀린 병원비와 약값만 남겨 놓은 채 돌아가시고 말았다. 수의를 입고 관속에서 잠자는 것처럼 보이는 아버지 모습이 마지 막이라고 생각이 들었는지 울지 않겠다고 했던 형들과 누나들도 서운한 감정을 접어 둔 채 눈물을 흘렸다.

장례식이 끝나자 계획했던 대로 큰 형님은 서울 집을 처분한다 고 했다. 처음에는 어머니가 반대를 했지만, 아버지 배경이 없는 어머니는 종이호랑이에 불과했다. 부동산 투기 붐을 타고 집은 비 싼 값에 팔렸다. 큰 형님은 집을 팔아서 마련한 돈으로 작은 형님 과 누나들에게는 결혼 비용으로 일부분 줬고 나한테는 전세방 하 나를 마련해 주었다. 나머지는 파주에서 어머니를 모시면서 비닐 하우스 영농을 하겠다고 큰 형님이 차지했다. 큰 형님 내외를 따 라 파주로 가는 어머니는 내 손을 잡고 울음을 터트렸다. 다른 놈 들은 다 몰라도 너만큼은 안 그럴 줄 알았다. 그래도 네가 누구 때 문에 태어났느냐. 살아 계실 적에 그냥 얼굴 한 번 보라고 했는데 그게 그렇게도 하기 싫었느냐. 너는 네 형과 누나들하고는 다르다고 생각했었다. 그 동안 아버지가 있었기에 네가 이렇게 자랄 수 있었어 이 자식아. 너도 장가가서 아들 딸 낳고 아버지 노릇해 봐라 그게 쉬운 일인지. 너도 나를 배신했다. 어머니는 형과 며느리 누나한테 품고 있었던 서운한 감정을 나한테 발산을 했다. 어머니가 나한테 그렇게 한 것은 다른 이유도 있었다. 나는 그것을 사촌한테 들어서 알고는 있었다. 병석에 드러누워 제대로 기동도 못하는 아버지를 단 한 번도 병 문안 오지 않는 자식들 때문에 어머니는 집안 어른들한테 자식 교육을 어떻게 시켰냐고 호된 질책을 받았다. 그것은 밀양 박씨 집안에서 어머니가 역할을 제대로 못했다는 평가나 다름없었기에 어머니 가슴앓이는 어느 때보다 더 했을지도 몰랐다. 하여튼 아버지의 죽음이 나로서는 발목에 채워진 가족이라는 사슬이 끊어지게 되었다. 큰 형님이 마련해 준 전세방 한 가운데에서 큰 대자로 드러누워 오랫동안 누리지 못했던 혼자가 된 자유를 만끽했다. 그리고 내 인생을 개척하기 위한 준비를 하나하나 점검하면서 했다.

장 부장은 내가 마음먹었던 것을 행동으로 실천하는 기회를 만들어 줬다. 내가 넘겨준 자료를 근거로 성진기업 유 사장한테 심리적 압박을 받은 장 부장은 견디다 못해 전에 없던 차분하지 못한 모습을 보여주었다.

"미스터 박. 비겁하게 나한테 그럴 수가 있어?"

분노로 가득 찬 얼굴 표정으로 장 부장은 나를 윽박질렀다. 그렇다고 내가 순순히 물러날 수는 없었다. 장 부장이 나한테 한 것처럼 능청을 떨었다.

"지금 저한테 무슨 말씀하시는 겁니까?"

얼굴 표정 하나 안 바뀌는 나의 반문에 장 부장의 입술과 손은 떨리고 있었다.

"자네가 아니고는 그런 짓을 할 사람이 없어. 어떻게 해서 유 사장이 그동안 있었던 일을 속속들이 알고 있는 거지."

장 부장은 가소롭다는 듯이 나를 째려보고 있었다.

"그래서 나를 의심하는 겁니까?"

나는 목소리를 높였다. 백 과장을 비롯한 사무실 전 직원이 나와 장 부장한테 시선을 보내는 게 한 눈에 들어왔다. 더 이상 지체할 수는 없었다. 나는 재떨이를 들어 장 부장을 향해 던졌다. 장 부장은 그것을 피하려고 옆으로 몸을 돌렸다. 재떨이는 아슬아슬하게 장 부장을 옆을 스치고 벽에 부닥쳤다. 바닥에 떨어진 재떨이는 요동을 쳤다. 갑작스런 나의 행동에 장 부장은 얼이 빠졌는지 입이 벌어진 채로 나를 쳐다보고만 있었다. 나는 그런 장 부장을 향해 삿대질을 하면서 알아들을 수 있도록 또박또박 말했다.

"장 부장 지금부터 내가 하는 말 잘 들어둬. 당신의 그 잘난 처

세술과 용병술로 밑에 부하직원들을 떡 주무르듯이 하면서 사리
사욕을 채우는 짓은 영원하지 못하지. 꼬리가 길면 언젠가는 밟히
게 되어 있는거야. 불행하게도 내가 당신 꼬리를 밟았어. 나는 당신
이 생각했던 것처럼 예스맨이 아니야. 내가 그냥 물러나기에는 너
무 억울해서 그랬어…."

내 말에 수긍을 한다는 표시로 몇몇 직원이 헛기침을 했다. 나
는 책상서랍에 넣어 둔 사직서를 꺼내 장 부장 책상 위에 놓았다.
그리고 아무 일도 없었던 것처럼 회사건물을 빠져 나왔다.

버스는 내가 내려야 할 곳에 멈췄다. 내리는 사람은 나 하나였
다. 경찰서로 향하는 내 발걸음이 무겁기만 할뿐이다. 운동화를
신은 발이 한 발 한 발 움직일 때마다 지척에 있는 경찰서 건물이
뒤로 물러나는 것만 같았다. 하지만 시간을 속일 수는 없었다. 평
소보다 천천히 움직이는 내 발걸음 속도에 비례해 내 몸은 경찰서
정문에 다다랐다.

주민등록증을 맡기고 건네 받은 방문증을 옷에 달고 현관에 들
어서는 순간 중년의 두 여자가 내 앞을 가로막았다.

"안녕하세요. 전에 한 번 우리 집에서 뵌 적이 있었지요?"

집들이 할 때 뵈었던 백 과장 부인이 먼저 말을 걸었다.

"아! 네, 기억이 납니다. 그런데 여기는 무슨 일로…."

"잠깐 저기서 얘기 좀 할까요."

백 과장 부인은 현관 왼편에 있는 휴게실을 손으로 가리켰다.

난처한 입장에 처했다는 표정으로 백 과장 부인은 장 부장 부인을 소개해 주었다. 수수한 옷차림의 장 부장 부인은 남편때문에 신경을 써서 그런지 얼굴에는 핏기가 없어 보인다.

"송구스러운 부탁이지만 불쌍한 사람 한 번 살려주는 셈치고 진술 좀 잘해 주세요. 내 남편이 선생님한테 잘 했다고 생각하지는 않지만…."

눈물을 흘리는 장 부장 부인을 대신해서 백 과장 부인이 나섰다.

장 부장은 유 사장과 조 사장한테 협공을 당했다. 유 사장은 내가 전달해 준 자료를 근거로 조 사장이 확보한 기득권을 가로채려고 했다. 조 사장은 그것을 뺏기지 않으려고 장 부장한테 유 사장이 써먹은 방법으로 심리적 압박감을 가했다. 진퇴양난에 빠진 장 부장은 두 사람 사이를 왔다갔다하면서 해결의 실마리를 찾으려고 했지만 소용이 없었다. 유 사장이 먼저 경찰에 고발을 하면 조 사장은 최악의 경우를 피할 수 없었다. 그래서 조 사장이 유 사장보다 먼저 선수를 쳐서 장 부장의 강요에 의해서 뇌물을 줬다고 경찰에 고소를 했다. 장 부장이 혐의 사실을 완강히 부인하자 경찰은 장 부장 집까지 가택수사를 해서 예금통장을 압수했다. 예금

조회 결과 출처도 모르는 입금된 돈이 무더기로 나왔다. 그래도 장 부상은 그것이 뇌물이 아니라고 우기고 있다고 했다. 경찰은 참고인 진술을 포함해서 구속영장을 신청한다고 했다.

　장 부장 부인 눈에 고인 눈물에서 한 동안 잊고 있었던 어머니 모습이 반사되었다. 부부 사이라는 게 뭔지는 몰라도 단단하게 연결해 주는 끈이 있는 것 같다. 그리고 장 부장 부인의 울음 섞인 목소리가 어머니 목소리가 되면서 귓전을 때렸다. 네가 어른들한테 잘못하면 아버지를 욕 먹이게 하는 거야. 너는 그래도 형들과 누나처럼 하지는 않을 거라고 생각했었다. 너도 나를 배신했다. 장 부장 부인과 어머니 얼굴이 겹쳐지면서 내 눈 주위에 아른거리고 있다. 어차피 네가 참고인 진술을 잘 해준다고 해도 장 부장이 빠져 나오지는 못하게 되어 있어. 그럴 바에는 개인적인 감정을 앞세워 네가 알고 있는 장 부장 비리를 죄다 불어버려. 바보야 그러면 안 되는 거야. 그냥 모른다고 해야 돼. 누가 누구한테 하는지도 모르는 말이 내 귓전을 자꾸만 때렸다. 나는 또 자아를 상실했는지 누구 말을 들어야 하나 말아야 하는 이런 갈등의 폭이 계단을 하나하나 밟고 올라 갈 때마다 좁아졌다 넓어졌다 하면서 내 머리와 시야를 어지럽게 만들고 있다. 〈끝〉

여름날의 광염 소나타

여름 날씨를 사람으로 치자면 변덕을 잘 부리는 심술쟁이다. 심술쟁이는 철모를 쓰고 K1 자동소총을 등허리에 둘러메고 진지 보수 작업을 하는 병사들에게 뜨거운 햇볕을 인정 사정없이 내리쬐게 하다가, 순식간에 소나기를 퍼부어 대기도 한다. 그러다가 한밤중에는 닭살이 돋아나게 하는 찬바람도 불어 주는 선심을 쓰기도 한다.

병사들은 한낮에 진지 보수 작업을 하느라 피곤에 지친 나머지 잠에 곯아 떨어졌다. 그리고 햇볕을 쬐어 벌겋게 달구어진 피부가 쓰라리는 아픔을 조금이라도 덜어 보고자 찬바람을 맞고 있는 나를 보는 측은한 눈동자가 있다. 그는 시간과 장소와 계절에 따라서, 특히 여름에는 멀쩡한 사람을 광기 어리게 만들기도 한다. 어떻게 보면 그와의 한밤중 상면은 우습기도 하다. 이제 그의 정체를 밝혀 보겠다.

군대는 병사들이 사기를 먹고사는 집단이다. 그 사기의 본바탕은 병사들을 잘 먹여 주고, 잘 재워줘야 하는 것에서 나온다. 일 개 사단의 군부대 식당에서 병사들이 먹는 음식 양은 엄청나다. 그 양에 비례해 잔반이 생기는 양도 만만치 않다. 각종 영양분이 골고루 섞였고 칼로리가 높은 잔반은 가축 사료나 비료로 재활용이 된다. 그리고 부대 내에서 사육하는 개 먹이로도 쓰인다. 잔반을 먹는 개는 토실토실하게 살이 찐다. 개들은 군부대 연예인 위문단과 별도로 병사들을 즐겁게 해주는 눈요기 감이다. 나와 눈을 마주치고 있는 누렁이는 발정기가 되어 냄새를 풍기는 발발이 잡종을 찾으러 부대 내로 들어 왔다가 포로 신세가 된 수캐다. 내일이면 병사들 손에 의해 숨통이 끊어질 지도 모르는 누렁이는 고개를 치켜올리고 밤하늘을 쳐다보고 있다. 나도 누렁이를 따라 고개를 치켜올렸다. 밤하늘의 별들은 초롱초롱 빛나고 있다. 치매에 걸린 창석이 할아버지가 개고기를 먹고 탈이 난 한밤중에도 별들은 저렇게 빛났다.

도덕과 윤리를 떠나 사회 통념상 긍정적으로 굳어진 속설은 치매에 걸린 부모님한테는 효자 효부가 없다는 것이다. 그 속설을 증명이라도 하듯이 창석이 부모님은 노인네가 빨리 뒈져 버렸으면 좋겠다는 말을 수시로 뱉어냈다. 설상가상으로 노인은 걸신까지 들려 먹을 것이 눈에 보였다 하면 무조건 입 속으로 들어갔다. 먹고 나서 뒤탈도 많이 생겨 골머리를 앓았던 식구들이 먹을 것을 감추면 할아버지는 그것이 섭섭해서 집안 전체가 떠나갈 듯한 고함을 질러야 직성이 풀렸다. 정신이 오락가락 하는 가운데도 할아버지는 복날에 이웃집에서 개고기 삶는 냄새를 맡았다. 그 냄새는 할아버지가 개고기를 빨리 내 놓으라고 억지를 부리는데 한 몫을 기여했었다. 뒤탈을 두려워하는 창석이 부모님이 할아버지의 요구를 순순히 들어 줄 리가 없었다. 창석이 아범아, 어멈아 너희들이 내 자식이냐? 며느리냐? 아비가 살면 얼마나 더 산다고 이러냐? 아비가 개고기가 먹고 싶다고 했으면 당연히 개고기를 먹게끔 해주는 게 자식된 도리가 아니냐? 너희들이 나한테 이럴 수가 있냐? 불효 막심한 놈들아 내가 너희들을 잘못 다뤘어 아이고! 내 팔자야!……. 내가 등교길에 창석이 네 집을 기웃거릴 때 할아버지는 마당 한가운데 주저앉아 어린애가 떼를 쓰는 것처럼 몸을 흔들어 대면서 개고기 타령을 하고 있었다. 창석이는 나 보기가 민망했는지 얼른 마당에서 빠져나와 대문을 닫았다. 그러고는 아무일도 없었던 것처럼 태연함을 가장하며 빨리 학교에 가자고 발길을 재촉했었다.

골머리를 썩이는 일의 발단은 그 다음에 있었다. 인정이 많은 이웃집 할머니가 창석이네 식구들이 일 나가고 없는 틈을 타 할아버지한테 개고기를 먹여 주었다. 그것을 먹고 할아버지가 탈이 안 생겼으면 창석이네 집안은 그런 대로 평안함을 유지했을 것이다.

오래간만에 맛있는 고기를 먹었다 싶은 할아버지는 포만감에 젖어 늘어지게 낮잠 속으로 빠져들었다. 때가 되면 일어나겠지 하고, 식구들은 할아버지가 낮잠을 자는 것에 대해서 관심을 두지 않았다. 그러나 저녁 시간이 다 되어 가는데도 할아버지는 일어나지 않았다. 창석이 어머니가 할아버지 방으로 들어가자마자 비명을 질렀다. 할아버지는 배를 움켜쥐고 숨을 헐떡이고 있었다. 영양실조에 걸린 빈약한 몸에 고단백질인 개고기가 들어가자 위장이 견뎌내지 못하고 탈을 부리고 말았다. 다급한 김에 창석이와 나는 할아버지를 번갈아 업고 가면서 읍내 병원까지 달음박질치는 안쓰러운 광경을 연출했었다. 할아버지의 몸이 가벼울 줄 알았는데 막상 업고 보니 그렇게 무거울 수가 없었다. 등허리는 땀으로 축축하게 젖었다. 응급실에 드러누운 할아버지가 급한 고비를 넘겼다는 의사의 말을 듣고 나서야 어깨뼈가 빠지는 것 같은 아픔을 느꼈다. 그 아픔을 참지 못해 병원에서 집으로 돌아 갈 때까지 어깨를 만지작거려야만 했었다. 그래도 아픔이 가시지 않아 수건에다 찬물을 적셔 어깨 찜질을 하다가 깜빡 잠이 들고 말았다.

그대로 잠이 들었다가 팽팽해진 오줌보 때문에 비몽사몽간이 되었다가 잠자리에서 일어났다. 여전히 잠에서 덜 깬 눈으로 마당 한 구석에 있는 변소간으로 가다가 미현이 누나 방에서 신음 소리가 들려 발걸음을 멈췄다. 빨간 전등 불빛까지 보였다. '혹시! 강

도가… 그렇다면.' 무서웠지만 본능적으로 누나를 보호해야 한다는 생각에 눈을 비비고 밥 찌꺼기처럼 남아 있는 잠을 쫓았다. 지게 작대기를 들고 발자국 소리를 죽이며 누나 방에 다가가 미닫이 문을 살살 열었다. 새끼손가락이 겨우 들어갈락만한 문틈 사이로 슬쩍 보이는 장면에 입이 벌어질 수밖에 없었다. 그 장면은 누구한테 들킬까 봐 문을 꼭 잠그고 몰래보던 음란 사진 그대로였다. 벌거벗은 남자의 뒷모습은 나이에 어울리지 않게 대머리가 시원하게 까져서 문어대가리라고 놀림을 받는 집배원 아저씨였다. 그는 미현이 누나를 마음대로 가지고 놀다가 기운이 빠졌는지 큰 대자로 뻗었다. 그런데 미현이 누나가 문어대가리 사타구니를 주물럭주물럭 거리면서 가만히 내버려두지 않았다. 문어대가리는 몸을 이리저리 뒤척이다가 누나를 껴안았다. 둘이 꼭 껴안고 방안을 이리 저리 뒹구는 그 장면은 차마 눈뜨고는 보지 못할 장면이라 뒷걸음을 쳤다.

아닌 밤중에 홍두깨라고 뜻밖의 장면을 목격한 충격으로 소변을 보는 것도 잊어버리고 내방으로 들어왔다. 소변은 고물장사가 오면 엿 바꿔 먹으려고 모아 놓은 빈 소주병을 채우는 것으로 해결했다. 잠을 자려고 하면 그 장면이 자꾸만 떠올랐다. 잠을 자려고 몸을 옆으로도 해보고 엎드려도 보고 하다가 잠자는 것을 포기하고 문을 살짝 열어 놓고 누나 방을 내다보았다. 잠시 후에 미닫

이문이 슬그머니 열리면서 문어대가리가 나왔다. 그는 발자국 소리가 나지 않도록 신발을 들고 대문 밖으로 사라져 버렸다.

미현이 누나는 창석이 아버지가 국장인 읍내 우체국에 근무를 하는 여직원이었다. 지금도 마찬가지이지만, 그 전부터 농촌에는 이농 현상 붐을 타고 결혼 적령기에 접어든 아가씨들이 좋은 돈벌이를 찾아 도시로 떠났다. 일단 아가씨들이 도시 생활의 편리함을 맛보면, 그들의 눈에는 농촌 총각들이 보일 리가 없었다. 그 바람에 늘어나는 것은 농촌의 노총각들이었다. 몽달귀신 신세를 면하고자 하는 그들의 초라한 면은 양가 어른들이 만나서 결혼식 날짜가 정해지면, 신부가 될 규수 얼굴이 좀 못 나더라도 데이트 한 번도 없이, 좋다 싫다 하는 선택의 여지도 없이 장가를 들어야만 하는 것이다. 그렇다고 농촌으로 시집가면 고생만 한다는 얼굴이 반반한 아가씨들의 사고 방식을 탓할 수만도 없는 노릇이다.

그런 속사정을 모르는 사람들이 조용해서 좋다던 동네가 술렁거리게 된 것은 팔등신에 거의 육박하는 몸매를 갖춘 미현이 누나의 등장 때문이었다. 그 술렁거림의 주연과 조연들은 어떻게 하면 누나한테 말 한번 붙여보고 관심을 가질 수 있을까 하고, 요리 저리 잔머리를 굴리는 총각들이었다. 그들이 누나 하나를 놓고 서로 경쟁 의식을 가지는 웃지 못할 풍경을, 동네 어른들은 가만히 지켜보고만 있을 수밖에 없었다. 그렇다고 썩 예쁜 얼굴은 아니지만 국가 공무원에다, 공부도 웬만큼 했다는 누나가 농사일밖에 모르는 그들에게 관심이 있을 리 없었다. 하지만 그들은 저희들끼리 모이면 끓어오르는 욕정을 입에서 쉴새없이 튀어나오는 거친 입담으로 풀어 버렸다. 때가 되면 두고 보라고 내가 어떤 놈인지, 그래 네가 그런 마음을 먹었다면 나는 뭐, 꿔다 놓은 보릿자루인 줄 아는가, 다들 꿈 깨, 넌 또 뭐야 후배가 선배들 말하는데 건방지게 끼어 들어, 선배면 선배답게 굴어, 하면서 기분 잡치면 한 대 올려칠 듯이 폼을 잡다가 누나를 당장에 발가벗겨 정복할 것처럼 허세를 부리는 데는 주저하지 않았다. 하기는 한 여름날 하얀 살결이 완전히 드러나는 원피스를 입고 지나가는 미현이 누나를 지금 이 자리에서 상상을 해봐도 기분이 좋은 일인데, 노총각들의 다툼이 있는 것은 당연한 일이었다.

병사들은 평상시에도 항상 감도는 긴장감 속에 갇혀 있는 채로 하루하루를 보내야 한다. 누가 건드려도 부러지지 않을 것 같은 병사들의 긴장감을 해소하는 방법으로는 먹거리만큼 좋은 것이 없다. 겨울날에 병사들의 입맛을 당기게 하는 먹거리가 페치카에서 끓이는 라면을 최고로 치자면 여름날에는 개고기가 최고의 먹거리다. 안타까운 것은 주머니 사정이 넉넉하지 못한 병사들한테 개고기는 그림의 떡이라는 것이다.

해마다 복날이 다가 올 즈음에는 은근히 암캐 냄새를 맡고 찾아

오는 수캐를 잡으려고 병사들은 개구멍을 만들고 암캐를 묶어 놓았다. 내 눈에는 그것이 부질없는 짓으로 보였지만 며칠 후에 수캐는 개구멍을 통해 암캐를 찾아왔다. 그것을 보고 개장수 경력이 있는 병사는 암캐가 발정을 해서 냄새를 풍기면 이백 리에 떨어져 있는 수캐가 냄새를 맡는다고 하면서 아주 귀한 지식을 전달해 주는 것처럼 생색을 내곤 했다. 수캐가 암캐 음부에다 코를 대며 킁킁 냄새를 맡으면 암캐는 빙글빙글 돌면서 몸을 사리다가 어느 순간 수캐가 등허리에 올라타도록 동작을 멈춘다. 수캐는 발기가 되어 시뻘겋게 까져 버린 페니스를 암캐의 음부 속으로 삽입하기 위해 엉덩이를 움직였다. 그렇게 수십 번 반복을 하다가 수캐의 페니스가 암캐의 음부에 삽입이 되면 암캐의 몸통이 한 바퀴 회전이 되면서 수캐와 엉덩이가 맞붙는다. 비록 다음날 수캐는 보신탕 감이 되지만 소원 성취를 해서 재수가 좋은 경우에 속한다. 그렇지 않은 경우에는 수캐는 암캐 근처에도 가 보지도 못하고 병사들 입으로 들어간다. 병사들이 꼭 그런 방법으로 개를 잡지는 않기 때문이다.

자식들 교육때문에 가족들과 떨어져 부대 영내에서 거주하는 선임하사가 적적함을 달래 보려고 애완용으로 말티즈 잡종인 털복숭이 한 마리를 키웠다. 몇 달 사이에 털복숭이는 선임하사의 애정 어린 보살핌으로 몸집이 포동포동 해지면서 새끼 티를 완전히 벗어나자 자동적으로 병사들의 귀여움을 받는 선에서 벗어났다. 병사들은 털복숭이를 호시탐탐 노렸다가 선임하사가 정기 휴가를 떠나고 없는 사이에 쥐도 새도 모르게 해치워 먹어 버렸다. 연병장 한 귀퉁이에 있는 연못 속 관상 잉어도 매운탕으로 끓여 먹는 병사들이 후환이 두렵다면 그런 무모한 짓을 할 리가 없었다.

정기 휴가를 마치고 부대로 복귀한 선임하사가 꼬랑지를 흔들며 반갑게 맞이해 줄 털복숭이가 안 보이자 여기 저기 기웃거리며 털복숭이를 찾는 소동을 벌였지만 소용이 없었다. 과거의 경험을 떠올려 고참 병사들 중에서 누군가 털복숭이를 잡아먹었다는 의심은 들었지만 심증이 없어 속만 끓였다. 그렇게 속만 끓인다고 화가 풀리는 게 아니라는 것을 깨달은 선임하사는 가장 만만한 신참 병사들을 닦달했지만 고참들이 무서워 그들의 입은 자물통이 되었다. 결국에는 울화통이 터진 선임하사는 신참과 고참들 구분 없이 닥치는 대로 치도곤 세례를 내렸다. 지금도 그때 일을 생각하면 엉덩이가 쑤신다.

이번에는 누렁이가 용변을 보면서 냄새를 풍긴다. 병원에서 퇴원을 했다고는 하지만 창석이 할아버지 노망기는 진절머리가 나도록 식구들을 괴롭혔다. 잠시만 식구들이 자리를 비워도 할아버지는 방안에서 용변을 보고 나서 바닥에다 짓뭉개 버리기 일쑤였고, 아니면 벽에다 덕지덕지 바르기도 하고, 밥그릇에다 변을 담아 냉장고에 집어넣고, 밥에다 독약을 탔다고 창석이 어머니에게 '개쌍년'이라고 욕설을 하고, 식구들 보는 앞에서 부엌으로 들어가 용변을 보는 것도 다반사였다. 그럴 때마다 창석이 어머니는 할아버지가 개고기를 먹고 나서 증세가 더 심해졌다고 투덜투덜거리면서 이웃집 할머니를 원망하곤 했었다.

"개고기 맛이 도대체 어떻기에 할아버지는 그걸 먹고 탈이 나서 온 집안 식구들이 난리를 피우게 만드는 거야."

창석이는 나에게 시간이 나면 읍내로 가서 보신탕 한번 먹어 보자고 제안을 했었다. 그 제안이 싫지는 않았다. 어차피 개고기를 한 번이나 두 번 정도 먹고 나서 계속 먹을 것인지 아닌지를 결정할 바에는 하루라도 빨리 개고기를 먹어 보는 것이 좋겠다는 생각이 들었다. 읍내에 장이 서는 날이 돌아오자 창석이와 나는 자전거를 타고 읍사무소 근방에 평소 눈여겨보았던 장꾼들이 자주 들락날락 거리는 식당을 겸하는 대폿집으로 갔다. 출입문 입구에 매달린 빨간 천의 차림표에는 하얀 글씨로 쓰여진 보신탕이라는 글자가 선명하게 보였다. 막상 그 안으로 들어가자니 뭔가 뒤에 켕기는 게 있는지 서로 눈치를 보면서 머무적거렸다. 유리 진열장의 예리한 칼로 도려진 흔적이 또렷한 젖이 늘어진 암캐의 뱃살마저 섬뜩하게 보였다. 창석이는 안되겠다 싶었는지 내 손을 잡고 쏜살

같이 대폿집 안으로 들어갔다. 선풍기 바람을 피하려다 얼굴을 돌렸더니 접대부 역할도 하는 삼십 대 중년의 여자가 나무 의자에 앉은 채로 치마를 허벅지까지 올려놓고 손거울을 보면서 입술에 빨간 루즈를 바르고 있었다. 창석이는 나한테 물어 보지도 않고 그 여자에게 거리낌없이 보신탕 두 그릇을 주문했다.

뚝배기 주변에 들깨가 떠 있는 국물이 넘칠 듯 말듯 한 보신탕을 꺼림칙하면 숟가락을 내려놓을 생각으로 국물을 떠서 입 속으로 천천히 집어넣었다. 그러나 혓바닥 끝에서 오는 감촉은 그런 생각을 떨쳐 내고 먹을만 하다는 생각을 들게 했다. 누가 먼저라고 할 것도 없이 숟가락질하는 속도가 빨라지면서 뚝배기를 국물 한 방울 남기지 않고 깨끗이 비워 버렸다. 창석이와 나는 불룩 튀어나온 배를 쓸어 내리며 개고기를 먹어 보니 괜찮다는 결론을 내렸다.

누렁이는 내 엄지발가락을 혓바닥으로 핥고 있다. 잠이 안 오던 차에 잘 됐다 싶어 목덜미를 손으로 쓰다듬어 주자 누렁이는 가려운지 가볍게 내 손을 물었다. 가볍게 입 언저리를 때려주고 귀를 만져주자 누렁이는 장난을 치는 것을 확신했는지 드러누워 앞발을 오므렸다. 배를 쓰다듬어주자 가렵다는 반응을 표시하려고 몸을 비비꼬면서 혓바닥을 날름거렸다. 다시 한 번 내가 배를 쓰다듬어주자 누렁이의 빨간 페니스가 살짝 빠져나와 있는 게 어둠 속에서도 또렷하게 보였다. 그것을 보고 헛웃음이 나오는 것을 참을 수 없어 허공에다 대고 한바탕 웃음을 날려보냈다. 또다시 누렁이가 내 손을 가볍게 물었다. 마치 '왜 웃는 거야.' 하면서 물어 보는 것 같아 멈추려고 하던 웃음이 도로 나오면서 이름과 계급보다는 이빨로 통하는 엄 상병의 웃는 모습이 겹쳐진다.

푹 삶아진 개고기는 계급 순으로 살코기가 많은 것부터 배분되었다. 정력에 좋다는 페니스와 알토란같은 불알은 선임하사가 꼭 꼭 씹고 있었다. 요 때다 하고 엄 상병의 십팔 번 주특기가 튀어 나왔다

"선임하사님 오늘 밤 야간 등반을 하셔야 할 것 같네요."

자기가 한 말을 애교로 받아 달라고 엄 상병은 눈웃음까지 쳤다.

"그래 네 말대로 해야 될 것 같다."

"그렇다면 오늘 밤 역사가 이루어지는 겁니까?"

"이 자식아! 이빨 고만 까고 개고기나 처먹어."

엄 상병 뒤에 앉아서 갈비살을 뜯던 오 병장이 듣다못해 주먹으로 엄 상병 뒤통수를 쳤다.

"오 병장님은 내가 뭘 어쨌다고 뒤통수를 치고 그래요! 이 분위기 속에서 농담도 못하나요?"

엄 상병이 오 병장한테 투덜대고 나서 멋 적은 듯 머리를 감싸고 주위를 한번 둘러보고 혼자 씩 웃은 그 날은 또 다시 지겨운 진

지 보수 작업을 하던 날이었다.

그 날은 비가 내릴 듯 말듯 한 흐린 날씨에다 불쾌지수가 높아 속옷을 달라붙게 하는 땀은 병사들을 짜증나게 만들고 작업은 쉽게 진척이 되지 않았다. 신참과 중참들처럼 고참들도 짜증이 나는 판이었다. 산중턱 언덕배기에서 선임하사가 점심으로 먹을 밥과 반찬, 국을 나르는 병사들을 앞세워 진지까지 올라오고 있는 중이었다.

심술쟁이는 불쾌지수를 높여 놓고도 만족을 못했는지 병사들의 밥맛을 빼앗아 갔다. 변변치 못한 식사라고는 하지만 평상시 기분으로 먹었으면 김치 한 조각 남아나지 않았을 텐데, 식기마다 밥은 밥대로 반찬은 반찬대로 국과 함께 그냥 남아 있었다. 그럭저럭 식사를 마친 고참들은 습관대로 낮잠을 자려고 적당한 자리를 물색하려고 어슬렁어슬렁 주위를 살폈다. 바로 그때 주인집을 나와 산으로 주거지를 이동한 들개가 먹을 것을 찾으러 나무와 나무 사이를 걸어다니면서 냄새를 맡고 있었다. 선임하사가 그걸 놓칠 리가 없었다. 전원 집합! 낮잠을 막 자려고 하는 고참도 선임하사 고함소리에 벌떡 일어나 부동자세로 집합 대열에 끼었다.

"지금 이 근방에 들개 한 마리가 나돌아다닌다. 그 들개가 선량한 양민을 물어 광견병을 전염시킨다면 참으로 불행한 일이다. 평소에 훈련받은 대로 들개를 적으로 간주하고 생포를 하는 명령을 내가 너희들한테 하달한다. 즉시 행동을 개시하라. 알겠느냐!"

"네! 알겠습니다."

병사들은 일사불란한 몸 동작으로 하나가 되었다. 산 속의 방랑
자에서 쫓기는 신세가 된 들개는 집단으로 달려드는 병사들의 기
세에 눌려 도망다니기에 급급한 나머지 달아나다가 교통호 속으
로 빠지고 말았다. 병사들 입장에서는 실로 다행스러운 일이었다.
훈련받은 대로 십자 대형으로 협공 작전을 펼친 병사들은 들개를
손쉽게 생포할 수 있었다. 포로가 된 들개는 야생에서 생활한 습
성대로 골격이 뚜렷하고 두려워하는 눈빛이 없었다. 선임하사는
입맛을 다셨다. 개를 잡는 일은 오 병장이 자진해서 나섰다. 그는
개를 잡기 전에 산아래 마을로 내려가서 양념을 구해 오라고 신참
하나를 골라 명령을 내렸다. 오 병장은 들개를 나무에 붙들어 매
어 놓고 야 전삽을 들었다. 위기의식을 느낀 들개는 꼬랑지를 내
리고 날카로운 송곳니를 드러내며 방어 자세를 취했다. 그 모습이
드라큐라의 얼굴을 보는 듯 했다. 오 병장은 야전삽을 신참인 강
이병한테 넘겼다. 강 이병은 야전삽을 들고 들개를 향해 힘껏 내
려쳤지만 빗나가고 말았다. 오 병장은 안 되면 되게 하라고 고함
을 지르면서 강 이병 엉덩이를 군화 발로 걷어찼다. 오 병장의 군
화 발이 무서워서라도 들개를 꼭 죽여야겠다고 마음먹은 강 이병
은 야전삽 대신에 곡괭이 자루를 들고 들개를 향해 조금 전보다

더 힘차게 내려쳤다. 들개는 외마디 비명과 동시에 으깨어 진 두 개골에서 흘러내린 피와 흙이 뒤범벅이 된 땅바닥에 사지를 벌리고 숨을 거두었다.

통신케이블 보수공사시 사용하는 토치램프로 들개 몸통이 지져질 때 나는 냄새가 역겨워 비위가 약한 병사들은 코를 막았다. 마을로 내려갔던 신참이 솥과 양념과 채소를 담은 봉지를 들고 땀에 절은 얼굴로 나타났다. 신참은 솥은 민가에서 빌릴 수 있었지만 양념과 채소는 구멍가게에서 이름과 군번을 대고 외상으로 구입을 했다고 넋두리를 했다. 그 넋두리를 귀담아 들으려고 하지 않으려고 오 병장은 대검으로 들개 배를 절개하고 간을 꺼냈다. 뜨거운 열기가 남아 김이 모락모락 피어오르는 간을 오 병장은 잘게 썰어 선임하사와 같이 참기름에 찍어 먹었다.

방법이 달랐을 뿐이었지 그 이후에도 개고기를 먹을 수 있는 기회는 몇 번 더 있었다. 그리고 주목할 점은 군 입대를 하기 전에 보신탕집 근처에도 가기 싫어했던 병사들도 자의반 타의반으로 개고기 맛을 보고는 개 잡는 일에 적극적이 되고 말았다.

내일이면 자신의 운명이 어떻게 될 지도 모르는 누렁이가 내 다리 품 사이에서 쌔근쌔근 잠을 자고 있는 모습이 너무나 평화스러워 등을 한 번 쓰다듬어 주었다. 누렁이는 등이 만져지는 감촉에 눈을 떴다가 이내 잠이 들어 버렸다. 이장 할아버지 손녀가 애지

중지하며 키운 검둥이가 죽기 전에도 이렇게 잠을 자고 있었다.

심술쟁이는 마지막 복날에도 인정머리도 없이 사람들을 더위에 지치게 만들었다. 일손이 부족한 농사일을 놔두고 동네 어른들이 피서를 간다는 것은 있을 수 없는 일이었다. 그 분들이 도시 사람들처럼 휴가를 가는 여유를 부리지 못하는 아쉬움에다 복날을 그냥 보내자니 서운하기 짝이 없었다. 그 서운함과 아쉬움을 달래고자 이장이 검둥이를 기증할 테니 개고기 잔치나 하자고 제안을 했었다. 일사천리로 그 제안은 전원일치 찬성으로 통과되었다. 점심 시간에 때맞춰 개울가에 돗자리를 펼쳐 놓고 검둥이를 죽여 개고기 잔치를 벌였다. 주거니 받거니 술잔이 나이순으로 위로부터 아래로 건네지는 흥은 저녁까지 계속되었다. 그날 동네 어른들은 다른 날보다 더 많이 술을 마시고 취해 있었다. 술 취한 김에 인심 쓴다고 지나가는 문어대가리를 동네 어른들이 붙잡았다.

창석이와 나는 개고기 맛을 안 이상, 참새가 방앗간을 그냥 지나칠 수 없듯이 개고기를 빼돌리려고 호시탐탐 기회를 노렸다. 잔치가 끝날 즈음 그릇을 정리해 주는 척 하면서 먹다 남은 개다리와 갈비살을 들고 약속 장소인 예비군 참호 속에서 기다리는 창석이한테 갔다.

"이건 또 색다른 맛이네."

"정말 그렇다."

"술은 안 가져왔어?"

"눈치가 보여서 가져올 수 없었어."

"술이 있었으면 더 좋았을 텐데."

"오늘만 그냥 넘어가자."

원래 식성도 좋았지만 저녁까지 굶은 마당에 개고기를 먹어 치우는 데는 채 오 분도 걸리지 않았다. 개고기를 다 먹고 나서 소화도 시킬 겸 팔베개를 하고 드러누워 있다가 문어대가리가 오토바이를 타고 가는 소리를 듣고 나서 창석이와 헤어져 집으로 갔다.

잠을 자면서도 누렁이는 암캐가 그리운지 살짝 빠져나온 빨간 페니스를 집어넣지 못하고 있다. 성욕을 참지 못하는 것은 개뿐만 아니라 인간도 마찬가지다. 특히 집단생활을 하는 병사들에게는 잊을 만 하면 꿈틀대는 성욕을 참아 내는 것은 심신을 괴롭히는 눈에 보이지 않는 존재다.

오 병장은 예전과 달리 사타구니 속으로 손이 자주 들어가면서 걸음걸이가 이상해졌다. 모두들 알고 있다는 듯이 오 병장이 없을 때는 킥킥거리고 웃으면서 소곤소곤거렸다

"걸려도 단단히 걸렸어."

"무엇이 걸렸어?"

"자식! 순진하기는."

"뭐긴 뭐야. 삼발이지."

"아하! 그거. 개고기 먹고 그걸 참지 못했구나."

"이제야 알아듣는구나."

"의무실에 가면 되잖아."

"거기에는 가기 싫은 모양이야."

"왜?"

"주사 맞는 게 아프고 창피 당할까봐 그렇지."

"용주골에서 걸렸나."

"거기 있는 애들은 보건소에서 매달 검진을 하기 때문에 거기는 아닐꺼야."

"좋은 방법이 있기는 한데."

"그게 뭐야?"

가만히 듣고 있던 엄 상병이 끼어 들었다.

"에프킬러."

"뭐! 진짜야."

"그래 진짜야, 일년 전에 제대한 민 병장도 그 걸로 고쳤어."

"알았어. 내가 해결사 노릇을 할 테니까. 가만히 보고만 있어."

십팔번 주특기를 살려 엄 상병은 오 병장을 설득시켰다. 완치가 되면 담배 열 갑을 오 병장이 엄 상병에게 주는 거고, 그렇지 않을 경우에는 오 병장이 엄 상병 휴가를 찾아 쓰기로 하는 조건이었다. 내무반으로 이발병을 불렀다. 삼발이 소탕 작전을 위해서 장

애물 제거를 해야만 했다. 이발병은 오 병장의 사타구니에다 비누 거품을 바르고 보기에도 끔찍한 날이 날카롭게 선 면도칼로 음모를 밀어냈다.

그 다음에는 화생방 작전이 시작되었다. 엄 상병이 외출해서 약국에서 사 가지고 온 에프킬러를 오 병장의 거기에다 뿌리자 신기하게도 삼발이가 털구멍에서 슬슬 기어 나왔다. 엄 상병이 삼발이를 손가락으로 짓누르자 피가 번졌다. 그것이 징그럽기도 하고 무서운 생각도 들었다. 그렇게 하고 나서 며칠 후 진짜로 엄 상병 말대로 오 병장의 성병은 거짓말처럼 깨끗이 치료가 되었다. 담배 열 갑을 손에 쥔 엄 상병은 담배 한 가치를 피울 때마다 내무반원들한테 줄까 말까 하면서 약을 몇 번 올린 후 마지못해 선심 쓰듯이 한 가치씩 나눠주었다. 걸음걸이가 정상으로 돌아온 오 병장은 개고기를 잘못 먹어서 그랬다고 궁색한 변명을 늘어놓았다. 문어대가리도 개고기를 먹고 봉변을 당했다.

잠잠한 한밤중에 대문이 요란하게 열리면서 한꺼번에 사람들이 와장창 들이닥치는 발자국 소리가 들렸다. 무슨 일인가 하여 방문을 열었다. 동네 숫총각들이 문어대가리를 양팔로 껴안고 미현이 누나 방 앞에서 서 있었다. 문어대가리 얼굴은 이미 그들에게 얻어터져 만신창이 되었다.

"미현씨 계시요?"

"아직 우체국에서 안 왔어요."

"그래, 그러면 여기서 기다리는 수밖에 없지."

"이 밤중에 웬 난리여!"

엄마는 예기치 못한 사태에 흥분이 되었다. 방안에서 뛰쳐나와 마루에 걸터앉은 엄마는 밥먹고 할짓이 없어서 난리를 치냐고 호통을 쳤다.

"그렇게 말씀하시면 안 되지요! 형수님. 아! 글쎄 이 자식이 내 방에 들어와서 잠자는 나를 더듬다가 내가 얼마나 놀랬는지 심장이 다 떨어지는 줄 알았어요. 그런데 이 자식이 하는 말이 내 방이 미현씨 방 인줄 알고 들어 왔다는 겁니다. 아무래도 뭔가 있는 거 같더라구요. 그래서 다그쳤더니 틈만 나면 미현씨 방에 들어 가 살을 비벼댔다는 게 아닙니까. 아무래도 믿기 어려워 몇 대 쥐어박았더니 끝까지 우기기에 내가 미현씨한테 확인차 이 자식을 끌고 온 겁니다."

"자네가 말한 게 다 사실인가?"

"사실이고 말고요. 내가 어디 쓸데없는 말하는 거 봤습니까? 형수님 그러나저러나 미현씨는 언제 들어옵니까? ……"

"이 사람아! 그러나 저러나 하지 말고 이걸 보게. 사람을 이렇게 두들겨 패 놓고서 온전하겠어?"

엄마는 미현이 누나보다 문어대가리가 더 걱정이 되는지 맨발로 마당으로 내려와 문어대가리 얼굴을 만져 주었다.

개고기에다 적당히 마신 술기운이 오르자 미끈미끈한 미현이 누나 살결이 만지고 싶어 문어대가리가 동네로 되돌아 왔을 때는 술기운이 최고치로 올라 방향감각을 잃어 버릴 때였다. 그런 상태로 문어대가리는 미현이 누나 방을 찾아간다는 것이 그만 동네 숫총각들 중에서 나이가 제일 많고 성질이 고약한 석일이 형이 자는 방으로 잘못 들어가는 바람에 덜미가 잡혔다. 장난기가 발동한 석일이 형은 동료들을 모이게 해 놓고 문어대가리에게 술을 먹였다. 술에 취한 상태로 문초를 당한 문어대가리는 그 동안 누나와 벌인 정사 장면을 하나도 빼놓지 않고 자기 입으로 술술 불어댔다. 그들은 문어대가리가 잘 걸려들었다 싶었다. 그러잖아도 눈길 한 번 주지 않는 미현이 누나가 자신들을 농사일이나 하는 하찮은 인물이라는 인상을 준다고 여겨 억하심정을 품고 있었다. 그들은 언젠가 기회가 오면 누나를 속 시원하게 망신을 주려고 마음속으로 벼르고 있었다. 부아가 치밀어 오를 대로 오른 그들은 마침내 그 기회가 왔다고 미현이 누나를 대질시키고자 문어대가리를 우리 집으로 끌고 온 것이었다.

누나가 들어오자 그 동안 품었던 억하심정이 폭발한 석일이 형은 피우던 담배를 미현이 누나 얼굴을 향해 던졌다. 미현이 누나는 잽싸게 손바닥으로 얼굴을 가렸다.

"이게 무슨 짓들이예요!"

"아따! 되게 비싸게 구네 이 아가씨가, 호박씨는 남 몰래 다 까놓고, 여기 있는 문어대가리랑 도대체 어떤 관계요? 어차피 다 알게 될 테니까 사실대로 말해 보시구려"

석일이 형 말이 떨어지자마자 누나는 즉각적으로 악을 쓰며 반격을 했다.

"뭐라구요! 문어대가리 저 새끼가 당신네들한테 어떤 말을 했는지 몰라도 죄다 거짓말이에요. 그 동안 내가 창피해서 말을 못해서 그렇지 문어대가리 저 새끼가 어떤 때는 추잡스럽게 한번 안 줄래 안 줄래 하면서 나를 따라다닐 때마다 얼마나 고통스러웠는지 당신네들은 몰라요. 그리고 도대체 한밤중에 이게 무슨 짓들이예요? 당신네들은 기본적인 교양도 없으세요? 당신네들 수준이 이 정도밖에 안 되는 줄은 정말 몰랐어요. 실망했어요."

누나는 두 손으로 얼굴을 감싸고 툇마루에 걸터앉아 울기 시작했다. 각본 없는 미현이 누나의 즉석 연기는 전직이 연극배우가 아니었을까? 하는 의구심이 들 정도로 익숙하게 보였다.

"웃기는 소리 지껄이고 있네. 그걸 어떻게 믿어 거시기에 미터기를 달은 것도 아니고……."

"그러기에 말이야. 원래 얼굴 예쁘다고 하는 것들이 다 저렇게 요상한 것들이여."

동네 숫총각들은 혀를 차면서도 벌레 씹은 표정이 되었다. 엄마가 말리는 것도 마다하고 그들은 문어대가리를 밖으로 끌어내 옷을 벗겼다. 저항을 하면 주먹질과 발길질을 해대고, 북과 꽹과리를 치면서 문어대가리를 앞세워 동네를 일주하는 대소동을 일으켰다. 엄마가 뒤따라가면서 그들의 행동을 저지하려고 했지만 역부족이었다. 그 소동 속에서도 어른들은 개고기를 먹고 술에 취한 상태라 잠만 자고 있었다. 뒤늦게나마 창석이 아버지가 파자마 차림으로 뛰어나와 광란에 가까운 그들의 행동을 저지했었다.

　사건은 그렇게 끝나는가 싶었는데 그게 아니었다. 문어대가리 마누라가 미현이 누나 머리채를 잡고 뒤흔드는 바람에. 누나는 문어대가리 마누라를 폭행죄로 고소했고, 반대로 문어대가리 마누라는 누나를 간통죄로 고소를 했다. 둘이서 경찰서를 들락날락 하다가 창석이 아버지 중재로 쌍방 합의로 고소 취하를 해서 사건이 가까스로 해결이 되었다. 그러나 미현이 누나는 동네 어른들한테 시집도 못 가고 급살맞아 죽을 년이라는 욕설과 함께 화냥년이라는 소리를 듣고 쫓겨나다시피 해서 동네를 떠났다.

　대소동 사건의 원인을 제공한 주인공이 없어지자 동네는 한 동안 잠잠해지는가 싶더니 창석이 할아버지가 돌아가셨다. 삼일장을 치르는 동안에도 심술쟁이의 심술은 그칠 줄 몰랐다. 무엇보다 상복을 입고 문상객을 맞이해야 했던 창석이 부모님은 제대로 씻지를 못해 몸에서 냄새가 나는 곤혹스러움을 감추느라 애를 먹었다. 삼우제를 지내고 난 뒤 무더위를 내 몰아주는 소나기가 쏟아졌다. 창석이네 식구들은 마루에 빙 둘러앉아 쏟아지는 소나기를 바라보면서 그 동안 망자에게 겪었던 시름을 달랬다.

드디어 기다리고 기다리던 신병 신세를 면하게 해주는 일등병 계급장을 다는 날이었다. 그 날을 기념하고자 문산 시내로 외출했다. 외출이라고 해 봤자 특별히 할 일도 없었다. 다방에서 커피를 마시면서 멍청하게 TV에 눈을 떼지 못하는 사이에 귀에 익숙한 목소리가 들렸다. 소리나는 쪽으로 고개가 돌려졌다. 한 여자가 운동복 차림을 한 남자 옆에 앉아 낄낄대고 웃고 있었다. 칠 년만에 보는 얼굴이었지만 예전의 얼굴 형태는 그대로 남아 있어 여자는 미현이 누나가 틀림없다는 생각이 들었다. 옷차림이 평범하지 않아 다방에서 일한다는 것을 금방 알아차릴 수 있었다. 손님이 들어오자 차 주문을 받으려고 여자가 의자에서 일어나 내 옆을 지나갈 때 손을 유심히 봤다. 약지와 새끼 사이에 지워질 듯 말 듯한 붓으로 찍은 것 같은 희미한 반점이 하나 보였다. 그 반점 하나로 여자가 미현이 누나라는 확신을 가졌다. 잠시 얘기를 나누려고 여자와 시선을 마주치려고 했지만 눈치를 챘는지 여자는 내 시선을 피하려고 딴 짓을 하는 의도가 엿보였다. 첫 날은 그렇게 싱겁게 끝나 버렸다.

두 번째 그 다방을 다시 찾아갔을 때 여자는 신문을 보고 있었다. 나는 그 여자 앞에 일부러 앉았다. 여자는 내 얼굴과 이름표를 보더니 알겠다고 굳이 말하지 않아도 알겠다는 표시로 고개를 끄덕였다. 미현이 누나는 동네를 떠난 그 해에 외항선을 타는 선원과 결혼했다고 했다. 남편이 한 번 배를 탈 때마다 짧게는 반년에서 길 게는 이년 가까이 독수공방을 하는 것이 너무 이른 나이라 이혼을 하고 말았어. 막상 이혼을 했지만 마땅히 갈 데가 없는 게 앞이 캄캄했어. 그렇다고 친정이 있는것도 아니고. 생각다 못해 직업 소개소에 간 것이 이 짓을 하게 되었어. 그래서 파주까지 흘러들어 오게 되었어. 내가 알고 싶었던 누나의 인생 역정을 듣고 난 후, 긴 애기를 나누려고 하면 손님들이 들이닥쳤다. 누나는 손님 접대를 하느라 자리를 자주 비웠다. 결국 귀대 시간이 임박해져 긴 애기를 나눌 기회를 놓쳐 버려 미현이 누나한테 다시 오겠다는 약속을 하고 그 다방을 빠져 나왔다.

또 다시 그 다방에 갔을 때는 미현이 누나는 없었다. 다방 마담이 말하기를 나하고 만난 그 날 저녁에 누나는 온다 간다 말없이 짐을 꾸리고 문산을 떠났다고 했다. 차라리 내가 모른 척 했더라면 누나가 마음이라도 편했을 지도 몰라 경솔한 짓을 했다는 자책감에 시달려 불면증까지 걸렸다.

계속 불어대는 찬바람에 잠자는 누렁이의 털이 살살 흔들린다.

누렁이를 흔들어 잠을 깨웠다. 영문도 모른 채 잠에서 깨어난 누렁이는 멀뚱멀뚱한 눈으로 나를 쳐다보고 있다. 개목길이에 걸려 있는 줄을 풀었다. 손짓으로 개구멍으로 나가라고 했지만 누렁이는 눈치를 채지 못했다. 수 차례 손짓을 했지만 누렁이는 멍청하게 나를 쳐다보고만 있을 뿐이다. 손짓으로는 도저히 안 되겠다 싶어 누렁이를 안고 높은 포복 자세로 기어서 개구멍을 빠져 나왔다. 또 다시 손짓으로 도망가라고 했지만 누렁이는 여전히 눈치채지 못하고 꼬리를 흔들면서 앞발로 내 종아리를 긁었다. 누렁이한테 내가 하는 짓을 알아차리게끔 해주기 위해 돌을 하나 집어들었다. 발길질을 하고 돌을 던지는 시늉을 하자 누렁이는 눈치를 챘는지 슬슬 도망가기 시작했다. 도망가는 누렁이를 향해 더 빨리 도망가라고 돌을 힘껏 던졌다. 아스팔트 도로에 튀겨서 구르는 돌 소리에 놀란 나머지 누렁이는 뒤도 안 돌아보고 뛰어가는 모습이 내 시야에서 완전히 사라졌다. 이제는 남이 볼 새라 개구멍을 통해 내무반으로 뛰는 일만 남았다. 개구멍으로 들어 갈 때도 나올 때와 마찬가지로 높은 포복 자세로 기었다. 내무반으로 뛰어가는 내 발자국 소리가 고요한 여름밤의 정적을 깨트렸다. 병사들이 잠에 푹 빠져서 간밤에 내가 무슨 짓을 저질렀다는 것을 모른다는 생각에 안심이 되면서 잠이 쏟아진다.

아침 햇살이 들어오는 창문을 통해 바깥의 웅성웅성 거리는 소란한 소리가 들어왔다. 고무신을 신고 그 소리가 나는 곳으로 갔다. 전날 밤 보초 근무를 했던 병사들이 완전 군장을 하고서 선임하사가 지켜보는 가운데 K1 소총을 거꾸로 들고 오리걸음으로 연병장을 돌고 있다. 구경을 하는 병사들 말에 의하면 선임하사가 간밤에 누렁이가 없어진 것을 알고는 경계 근무를 소홀히 했다고 그들에게 기합을 주는 것이라고 했다. 심술쟁이는 선임하사와 죽이 잘 맞았는지 이른 아침 하늘에 구름 한 점 없게 만들었다. 땀에 절은 그들의 군복은 물 속에 들어갔다 나온 것처럼 보인다. 양심에 걸리는 면도 없지는 않지만 시치미를 떼고 볼 수밖에 없다. 발발이가 선임하사 옆에서 고개를 치켜들고 연신 짖어대고 있다. 하지만 선임하사는 기합을 주는데만 열중하고 있다. 병사 하나가 총을 떨어뜨렸다. 선임하사는 지휘봉으로 그 병사의 철모를 내리쳤다. 마침내 양심에 찔리고 말았다. 발발이가 멍멍대는 소리는 인간의 애절한 호소력이 담긴 목소리로 바뀌고 있다.

'멍멍멍…… 보초들은 잘못이 하나도 없어요. 저기 저 쪽에 있는 능구렁이 같은 애가 일부러 개줄을 풀어 주어서 누렁이가 도망을 간 거예요. 이렇게 사정할 테니 내 말을 한 번만 믿어 주세요. 거짓말이 아니에요. 그리고 내 친구 털복숭이는 고참병들이 된장 발라먹었어요. 이름도 알고 있어요. 선임하사님 눈에는 동생 같은 저 애들이 불쌍하지도 않으세요? 제발! 그만해 두세요. 누렁이 대신에 나를 잡아먹으면 되잖아요. 어차피 개로 태어난 우리들 인생은 인간들 손에 의해서 죽게 되어 있어요. 선임하사님이 저 애들을 용서해 준다면 내가 죽어도 한이 없겠어요. 내가 죽어서 보신탕이 되면 맛있는 부분은 꼭꼭 씹어서 선임하사님이 먼저 잡수시면 되잖아요. 네, 멍멍멍…….' 〈끝〉

병삼이와 명순이

　'방생'이라는 단어를 국어사전에서 찾아보면 '사람에게 잡혀 죽게 된 생물을 놓아서 살려주는 것'이라고 나와 있다. 그렇다면 방생은 성별과 나이에 관계없이 모든 인간들이 할 수 있다는 얘기다. 치열한 생존 경쟁에다 인간성 말살을 적나라하게 보여주는 끔찍한 사건이 하루에도 몇 건씩 발생하는 이 각박한 세상에 방생을 한다는 것은 참으로 아름다운 것이다. 그 아름다움에도 불구하고 방생을 하는 사람들이 불자들을 제외하면 극소수라는 것이 유감스러울 따름이다. 그나마 그 극소수의 사람들은 올무에 걸려서 상처를 입은 야생 동물과 독극물을 바른 곡식을 먹고 사경을 헤매는 야생 조류를 치료해 주는 동물 보호 단체나 그와 비슷한 단체에 소속된 사람들이다. 그 사람들이 하는 방생하고는 차원이 틀리지만 불자들은 매년마다 공식적으로 방생을 하는 날이 세 번이나 있다. 음력으로 따져서 그 날이 정월 대보름, 삼월 삼질, 팔월 보름이다.

오늘은 정월 대보름이다. 불자들이 유난히 방생에 집착을 하는 이유를 들어보면 놀랍게도 하나로 통일이 된다는 점이다. 그것이 불가에서는 옛날부터 현재까지 내려오는 믿음이라는 점에서 긍정도 부정도 하지 못한다. 그 믿음에 따르면 방생을 하면 소원 성취는 물론이고 전생에서 현세까지 누적된 업장이 소멸된다고 한다. 불자들 입장에서는 그 두 가지를 동시에 이루는 것만큼 좋은 것이 없다. 그래서 일년에 한 두 번 절에서 하는 큰행사가 있을 때만 얼굴을 내미는 뜨내기 신도들도 오늘 같이 방생을 하는 날에는 어김없이 나타난다. 그 점에서는 인사동 일식 집 야루끼 주인 강 여사도 마찬가지다.

강 여사 조카 병삼이는 방생에 참여하는 보살들 속에 섞여 관광버스를 타고 지금 막 한강 하류 배알미리 제방에 도착했다. 날씨가 풀렸다고는 하지만 강줄기 한가운데로 새하얀 모시 천을 널려 놓은 것처럼 뻗어 있는 얼음이 겨울이라는 것을 실감나게 해주고 있다. 머리가 시린 것을 방지하고자 스님이 털모자를 쓰고 제방 아래로 내려갔다. 제방 아래에서 방생을 할 수 있는 적당한 자리를 물색했는지 스님은 보살들에게 손짓을 했다. 병삼이는 방생할 물고기가 담겨 있는 양동이를 들고 보살들 뒤를 따라 제방 아래로 내려갔다.

스님이 촛불을 켜라고 지시를 하자 보살들은 질서정연하게 일렬횡대로 늘어서서 촛불을 켰다. 강 여사가 방생하는 물고기는 병삼이 팔뚝 길이보다 약간 작은 잉어 두 마리였다. 스님이 목탁을 치자 보살들이 일제히 천수경을 독경하기 시작했다. 제방에 박혀 있는 돌덩이는 불에 타 버려 바닥에 눌어붙어 버린 초들로 군더더기가 되었다. 강물에 떠 있는 채로 옹기옹기 모여 겨울을 나고 있는 오리들이 혹시 인간 군상들이 지네들을 해치려고 한다고 오해를 했는지 정찰을 하는 것처럼 서너 마리가 보살들 머리 위를 서너 바퀴 선회를 하고는 제자리로 돌아갔다. 병삼이는 그 모습이 얄밉상스럽게 보여 오리들이 모여 있는 곳을 향해 돌을 던졌지만 허공을 가로지른 돌은 작은 물기둥을 만들면서 강물 속으로 사라졌다.

보살들이 천수경 독경을 끝냈다. 병삼이는 그 즉시 방생을 하는 줄 알았다. 그런데 자갈이 굴러가는 듯한 목탁소리가 빨래방망이 두드리는 소리로 변하면서 관음정근 독경이 시작되었다. 관음정근은 관세음보살이 끝났다 싶으면 다시 관세음보살로 이어지고 하면서 천수경 독경을 했던 시간을 넘겼다. 금방 끝날 기미가 보이지 않는 관음정근을 보살들이 독경을 하는 동안 병삼이는 하는 일없이 혼자 서 있기가 쑥스러웠다. 그 쑥스러움을 지우려고 병삼이는 제방을 따라 걷다가 쓰레기가 담긴 검은 비닐 봉지가 널려져 있는 게 눈에 볼썽 사나워 걸음을 멈췄다. 병삼이는 그것을 한군데 모으고 호주머니에서 라이터를 꺼내 비닐 봉지에서 빠져 나온 휴지 조각에다 불을 지르고 담배 한 개비를 입에 물었다. 담배 한 대를 다 피울 동안 활활 타오르던 불길은 가물가물 거리면서 꺼지려고 하자 오줌이 마려운 병삼이는 주위에 보는 사람이 있나 없나 한번 휘둘러보고 나서 바지 지퍼를 내렸다. 최후의 발악을 하느라 희미하게나마 움직이던 불길이 병삼이 오줌 줄기에 꺼져 버렸다. 불타고 남은 재가 사방으로 흐트러지지 않게 발로 꼭꼭 밟은 다음 병삼이는 제방을 따라 다시 걸었다.

보살들이 있는 곳에서 병삼이가 백여 미터 정도 걸었을까? 바로 그 지점에서 이상한 광경이 눈앞에 펼쳐져 병삼이는 걸음을 멈췄다. 몸통이 뒤집어 진 채로 수면 위로 떠올라 있는 것들은 물 속을 휘젓고 다녀야 할 물고기들이었다. 그리고 물고기를 잡아 생계를 유지하는 듯 성싶은 두 노인이 배를 타고, 한 노인은 죽은 물고기를 뜰채로 건져내느라 연신 손을 움직이고, 다른 한 노인은 노를 저으면서 손이 시린지 간간이 손을 입가에다 대고 호호 불기도 했다. 이윽고 두 노인이 탄 배는 죽은 물고기를 따라 노를 저어 병삼이가 서 있는 제방 근처까지 다가왔다. 병삼이는 소리가 사방으로 퍼지지 않고 노인들한테 전달이 잘 되게 하려고 손 마이크를 만들었다.

"죽은 물고기를 왜 건져내는 겁니까?"

"다 쓸데가 있지."

노인은 묻지말라는 암시로 통나무처럼 무뚝뚝하게 대답을 하고는 죽은 물고기를 뜰채로 건져내느라 병삼이 시선을 외면했다.

"어디에 쓸 데가 있다는 겁니까?"

매운탕 집에서 죽은 물고기를 싸게 사서 어수룩한 손님들에게 매운탕을 끓여 비싼 가격으로 팔아먹는다는 것을 알고는 있지만, 병삼이는 모르는 것처럼 시치미를 떼고 뜰채로 죽은 물고기를 건져 올리는 노인한테 다시 물었다.

"다 쓸 데가 있다니깐 그러네!"

끈질기다 싶은 병삼이 질문에 노인은 며느리와 싸워서 심술이 난 목소리로 대답을 했다.

"물고기가 왜 죽었어요?"

그 질문에는 노인이 대답하기가 민망한지 병삼이 얼굴을 한 번 쳐다보고는 씩 웃었다.

"어느 미련한 사람들이 이 근처에서 저기 저 사람들처럼 방생을 하려다가 살생을 해서 그렇지."

이번에는 노를 젓는 노인이 보살들이 있는 곳을 향해 손을 뻗으며 대답을 했다. 그러고 보니 병삼이가 서 있는 곳에 방생한 흔적이 드문드문 보였다.

"그래요! 물고기는 물 속에 들어가면 사는 게 아닙니까?"

"물고기들이 물에 들어간다고 해서 다 사는 게 아니지. 지금은 강에 사는 물고기들이 겨울잠을 자는 시기야. 그것을 모르는 사람들이 방생을 하니 물고기들이 이렇게 죽지 않고 배겨나겠어. 서너 시간 후에 저기 저 사람들이 있는 곳도 이렇게 될 거야."

노인들 말에 의하면 수족관에서 살다가 저항력이 약해진 물고기를 겨울에 방생하면 수온이 차가운 환경에 적응하지 못해 죽은 채로 물위로 떠오른다고 했다. 진짜 그럴지도 모른다는 생각이 들어 병삼이는 보살들이 있는 곳으로 고개를 돌렸다. 하지만 병삼이가 무엇을 목격했는지 알 필요도 없다는 듯이 보살들은 마지막 의식인 축원을 끝내고 방생을 하고 있다. 강 여사 혼자만이 병삼이를 발견하고는 빨리 오라고 손짓을 했다. 반대로 병삼이가 보는 앞에서 노인들은 당당하게 죽은 물고기를 뜰채로 다 건져내고 노를 저으면서 얼음이 없는 공간으로 배를 움직이면서 강을 건너가고 있었다. 방생을 하는 강 여사보다 더 지독한 나이롱 불자에 불과하지만 병삼이는 이율배반적인 광경에 찜찜한 꼴이 되고 말았다.

병삼이는 초등학교에 입학하고 나서도 한참만에 한글을 깨우쳤다. 그것을 확인하고자 강 여사가 하루는 병삼이를 관악산 정상 바위에 우뚝 세워져 있는 연주암에 데리고 갔었다. 법당 천장과 마당에 처진 철사줄에 매달린 오색 연등이 병삼이 기억에서 지워지지 않았는데 지금 생각해 보니 그 날이 석가탄신일인 사월 초파일이었다. 그날 강 여사가 하라고 하는 대로 병삼이는 법당 마루 바닥에 책상다리를 하고 합장한 채로 불경을 읽었다. 그 나이에 병삼이가 불경에 나오는 많은 구절을 읽는다는 것은 말로 표현할 수 지루함의 연속이었다. 그 지루함 속에서 건져낸, 오색 연등에 이어 병삼이 기억에 또렷이 남아 있는 불경 한 구절은 '살생중죄금일참회'였다. 따지고 보니 그 구절을 가장 먼저 실천해야 할 중생은 매일매일 일식 집 칼잡이로 물고기를 기절시켜 회를 뜨지 않고서는 살아갈 수밖에 없는 병삼이 자신이었다.

그리고 강 여사는 하루도 거르지 않고 일식 집 문을 열고 첫 손님을 받기 전에 천수경 CD판을 틀어 병삼이한테 들려준다. 그런데 '살생중죄금일참회' 다음에 나오는 '투도중죄금일참회'라는 구절이 나올 적마다, 별로 하는 일없이 강 여사 집에서 기숙하면서 아무도 몰래 금고에서 돈을 슬쩍 했던 기억이 떠올라 병삼이는 폐부가 찔리는 아픔이 뒤따른다. 아직도 강 여사는 그런 내막을 모르고 있다. 병삼이가 그런 일을 저지르게 된 동기는 강 여사가 동갑내기인 고종사촌 정님이와 차별하는 의식에서 나오는 일종의 반항이었다. 강 여사 시각으로서는 윷놀이 판을 들고 장터를 떠돌아다니는 오빠가 실종이 되고 올케마저 개가를 해서 혼자가 된 병삼이 보다는 친딸 정님이가 우선적이었다. 정님이가 미국으로 유학을 가는 대가로 병삼이는 대학 진학을 포기해야만 했다. 훔친 돈을 흥청망청 쓰고 나서도 병삼이는 갈곳이 없었다. 빈 털털이 신세로 호주머니에 손을 넣고 강 여사 집으로 되돌아오면서 병삼이는 자신을 들여다볼 수 있는 눈이 트였다. 일단 병삼이는 강 여사 밑에서 성실하게 일하는 인내심과 장사하는 수완을 배우는 것이 최선책이라는 결론을 내렸다.

확실한 날짜는 기억이 잘 안 나지만 병삼이가 신문을 훑어보다가 사람이 한 곳에서 똑같은 일을 매일 반복하다 보면 게을러지고 변화를 한 번 시도하고 싶은 심리가 작용한다는 기사를 읽었다. 그러잖아도 자연 생태계 보존과 생명 존중 사상이 급속도로 확산이 되자 병삼이는 자기 직업에 회의를 느끼고 우울증 비슷한 증세에다 꼼지락하기 싫어하는 게으름까지 겹쳤다. 강 여사는 병삼이가 반항을 한다고 나무라기까지 했다. 하루에도 몇 번씩 강 여사의 잔소리를 들으면서 병삼이는 이러면 안 되지 하면서 예전의 마음으로 되돌아가려고 애를 쓰기도 했다. 하지만 뒤틀려진 마음은 좀처럼 잡혀지지 않아 방생을 하면 심란한 마음이 잡혀지지 않을까 해서 병삼이는 강 여사를 따라나섰다.

방생을 마쳤다는 만족감에서 오는 들뜬 기분에 신이 날대로 난 보살들이 관광버스 속의 낡은 스피커가 내뿜는 주현미의 '마주치는 눈빛이 무엇을 말하는지……'를 나직이 따라 부르지만 병삼이는 관심을 두지 않으려고 맨 뒷자리에 앉았다. 주현미 노래에 이어서 스피커에서 내뽑는 뽕짝 풍의 노랫가락을 보살들은 나이에 걸맞지 않게 고음은 고음대로 저음은 저음대로 잘도 따라 넘기면서 흥을 돋구었다. 운전기사는 아예 귀를 막았는지 곡예 운전을 하면서 앞차를 추월하는 난폭한 운전 실력으로 시끄러움을 차단했다. 버스 속에서 아주 특별하게 눈에 뜨이는 것은 러브호텔과 음식점을 치장한 간판과 아파트 단지뿐이다. 누가 나서지 않으면 끝날 것 같지 않은 노랫가락이 관광버스가 경기도와 서울시 경계인 망우리 고개를 넘어가자 스님이 마이크를 잡으면서 끝장이 나버렸다. 낡은 스피커가 '삐-이익' 하는 소리를 내뽑고 나서 스님 목소리를 내뽑았다.

"올해도 불심으로 가득 찬 보살님들 덕분으로 무사히 방생을 잘 마쳤습니다. 오늘 방생한 공덕으로 보살님들 가정이 평안해지면서 업장 소멸과 소원 성취가 이루어졌습니다. 성불하십시오."

스님이 보살들 보는 앞에서 합장을 하자 보살들도 스님한테 합장으로 보답을 했다. 관광버스는 혼잡한 거리를 피해 다니려고 좌회전과 우회전을 번갈아 한끝에 아침에 출발한 장소에 도착했다.

"이제서야 병삼이 네가 복을 받으려고 하는가 보다."

강 여사는 웃는 얼굴로 병삼이가 버스에서 내릴 때까지 등을 어루만져 주었다.

"내가 뭘 했다고 복을 받아요."

오랜만에 들어보는 강 여사 칭찬에 병삼이는 자신도 모르게 겸손을 떨었다가 '복은 무슨 복이야' 하는 냉소적인 반응이 나오려고 해서 입을 꼭 다물었다. 세상살이하면서 병삼이 눈에 보이는 '복' 이라고 하는 것은 사람들이 불평등한 사회구조 속에서 치열한 다툼 끝에 승자가 거머쥔 보석이었다. 그 보석을 거머쥐기 위해서 때때로 타락의 길로 빠져드는 사람도 병삼이는 보았다. 하지만 보석을 거머쥔 승자와 패자의 차이는 하늘과 땅이라는 것이 병삼이가 세상살이하면서 터득한 이치였다.

연락을 하지 않았는 데도 명순이가 미리 마중나와 있었다. 중국 연변에서 온 명순이가 직업소개소를 통해서 일식 집에서 일한 지가 벌써 햇수로 오 년이 되었다. 앞을 예측할 수 없는 요즘같은 불경기 속에서 일자리를 구하지 못한 젊은 신출내기들이 일식 집에서 일을 한다 해도 육 개월에서 일년을 넘기지 못했다. 그런 전례는 불경기가 아닌 시절에도 비일비재했었던 일이었기에 주인의 입장에서는 누가 일을 잘 한다 해도, 그때쯤이면 또 나가겠지 하고 여기는 것은 오래 전부터 굳어져 온 관행이었다. 그런 관행을 깨트린 명순이가 한 집안 식구처럼 인상이 굳어지다 보니 병삼이와 허물없는 사이가 되었다.

"재미있었어?"

"재미는 무슨 재미."

명순이는 전처소생한테 태어난 여섯 살 난 딸이 있는 홀아비하고 동거생활을 하다가 면사포도 쓰지 못하고 유부녀가 되어 버렸다. 계산적이고 약삭빠른 홀아비 계략에 걸려들었어도 명순이는 경찰에 붙잡힐까봐 전전긍긍하면서 불안에 떠는 불법 체류자 신세를 면했다는 것으로 위안을 삼는다. 중국 동포들 사이에서 한국 남자와 결혼했다면 팔자 고쳤다고 하면서 질시와 조롱이 담긴 입담으로 수군거린다고 하는 것을 병삼이는 귀동냥으로 들었다. 심지어는 돈벌 욕심으로 한국 남자와 결혼하기 위해서 중국에 있는 남편과 이혼도 불사하는 모험도 한다고 했다. 그런 입담과 모험하고는 상관없이 명순이는 항상 돈에 쪼들리고 있는 생활을 하고 있다.

남대문 시장이 파장을 하는 시간은 새벽이다. 그 시간에 의류 도매업자들이 그날 팔고 남은 옷을 보따리로 묶어 떨이로 판다. 명순이 남편이 그것을 구입해서 봉고 차에 싣고 전국을 떠돌아다니다가 돈이 떨어지면 명순이한테 도움을 요청한다. 마음까지 여려 남편의 청을 매정하게 거절도 못하는 명순이는 강 여사한테 가불 좀 해 달라고 손을 내민다. 남편이 좀 잠잠하다 싶으면 딸아이가 심한 독감에 걸리기도 하고 놀이터에서 놀다가 팔이 부러지거나, 잘 놀다가도 이유 없이 시름시름 앓는 바람에 가뜩이나 힘들어하는 명순이를 더 힘들게 만들었다. 그럴 때도 명순이는 강 여사한테 가불 좀 해 달라고 손을 내밀었다.

매달 월급날이 되면 병삼이가 필요한 용돈을 제하고 나머지는 고스란히 적금 통장으로 불입하는 지를 강 여사가 확인을 한다. 그러나 명순이는 월급보다는 가불한 돈이 많아 손에 쥐는 돈이 쥐꼬리만해서 어깨가 처진다. 그 바람에 명순이는 부수입에 눈독을 돌리게 되었다. 부수입을 올리는데 혈안이 된 명순이는 손님이 노래부르라고 하면 귀에 익숙한 중국 유행가 '야생화'를 이북 가수 목소리로 흉내내면서 부르고, 춤추자고 하면 손잡아 주면서 몸을 돌리는 기교는 잔재주의 경지를 넘어섰다. 명순이가 그렇게 하는데 막대기 같이 딱딱하게 구는 혜경이와 비교가 될 수밖에 없는 노릇이었다. 그 결과 명순이는 연변에서 온 조선족이라는 꼬리표를 매단 채 호기심과 동정심을 이끌어 내 단골손님을 많이 확보했다. 그 손님들 중에 인사동 주변에서 풍류를 즐기는 꽤 알려진 인물이 있어, 그들을 따르는 팬들이 어미 오리를 졸졸졸 따라 다니는 새끼오리들 처럼 일식 집까지 따라와서 짭짤하게 매상을 올려 주기도 한다.

일식 집에서 부수입이라고 해봐야 손님들이 집어주는 만원 짜리 지폐 몇 장 정도다. 그것도 아니면 운수 좋은 날에 십만 원짜리 자기 앞 수표 한 장을 손에 쥐기도 한다. 그 외의 부수입은 남한테 알려지는 것을 막기 위한 차단의 원칙에 의해서 강 여사와 명순이가 죽어서 무덤까지 가져가야 할 비밀이다. 병삼이가 그것을 알려고 해서도 안 되지만 화류계 생활이나 다름없는 이 바닥에서는 눈치로 먹고살아야 하는 면도 있다. 병삼이가 명순이 수첩에 깨알같은 글씨로 적혀 있는 단골손님 이름과 전화번호를 훔쳐보고 나서 그 외의 부수입이 무엇인지 짐작은 했다. 그것을 다 무능한 남편 때문이라고 해 두자. 그렇다면 명순이가 한 두 번쯤 남편을 원망하는 넋두리를 늘어놓으면서 신세타령을 할만도 하지만 전혀 그렇지가 않았다. 그냥 지나가는 말투로 넋두리를 한 적이 있다면 단 한번, 지렁이도 밟으면 꿈틀하듯이 주방장이 명순이 옆구리를 찌르는 장난을 치자 기분이 불쾌했던지 '밤에는 남편한테 찔리고, 낮에는 주방장한테 찔리는 내 팔자가 더럽다' 고 하는 푸념 정도였다. 그러나 세상 보는 눈이 남다르다고 자처하는 주방장 보조를 해주는 과부댁만이 명순이를 곱지 않은 시선으로 내려다보고 있다. 일찍이 남편과 사별을 한 과부댁은 심심하면 주방장을 유혹해 카바레를 전전하며 뺑뺑이를 도는 것으로 장년의 불만을 해소를 할 때도 있었다. 그런 과부댁이 말하기를 중국인들은 알면 알수록 무서운 존재라고 했다. 강 여사 몰래 명순이와 자주 접하는 것으로 오해를 하고 있는 과부댁이 병삼이를 조용히 주방 한쪽 구석으로 불러내서 중국 동포라고 해서 중국인과 다르지 않다며 큰일을 당하기 전에 관계를 끊으라는 충고도 아끼지 않았다. 주방장은 명순이를 언제 자빠트릴 거냐고 은근히 병삼이 마음을 흔들어 놓기도 했다.

손님상에 차려 놔야 할 접시는 많이 밀렸다. 명순이는 단골손님이 들어가 있는 방에 들어가서 나올 생각이 없는지 깜깜무소식이 되었다. 대신에 혜경이가 손님들 시중을 들어주느라 잠시도 쉴 틈이 없게 되었다.

"명순이 그 가시 나이가 오늘도 살 판이 났구먼 났어."

주방에서 잠시 일손이 줄어드는 틈을 이용해서 과부댁이 담배 연기를 뻐끔뻐끔 내뿜다가 한 마디 했다. 주방장은 말 안 해도 다 알고 있다는 표시로 한쪽눈을 끔벅 거렸다. 병삼이도 상상이 안 되는 것이 아니다. 저녁 시간에 일식 집을 찾는 손님은 대체로 중년에서 장년층에 이르는 남자들이다. 그들 중에서 한 두 명이 술이 제법 오르거나 특별하게 기분이 좋은 날이면 자기과시를 하고자 호기를 부리고 싶어한다. 그 손님이 주방장을 불러내 수고한다고 하면서 술 한잔 따라주고 배추 잎사귀로 통하는 만 원짜리 지폐를 적당히 손에 잡히는 대로 호주머니에 찔러 넣어 준다. 그것도 오래 전부터 내려온 일식 집에서 통하는 관행이었다.

그날 먹은 것을 계산하는 물주로 여겨지는 손님이 병삼이를 불렀다. 그 손님 옆에 명순이가 무릎꿇고 앉아 있었다. 물주가 수고한다고 따라주는 정종을 병삼이가 마시면서 명순이 옷매무새를 슬쩍 훔쳐보았다. 상의 단추 하나가 풀어진 상태로 명순이 젖무덤이 살짝 보였다. 그것 하나만으로도 이미 명순이 젖무덤은 담배 니코틴이 손가락 끝에 배겨서 누렇게 된 물주의 손이 들어갔다 나온 걸로 추측이 되었다.

얼굴에 심술이 흐르다 못해 넘쳐나고 있는 혜경이가 손님들 시중을 드느라 눈코 뜰 새 없이 움직이고 있다. 병삼이는 그것을 알면서도 혜경이가 게으름을 피우지 못하도록 모른 척 해야만 한다. 심술난 얼굴을 어찌하지 못하는 혜경이가 쟁반을 들려는 찰나에 손님방에서 나오는 명순이와 마주쳤다.

"언니! 나 말이야. 팔이 끊어지는 줄 알았어."

명순이를 보자마자 혜경이는 심술이 나서 가슴에 맺힌 응어리를 푸느라 짜증과 울음이 섞인 소리를 내면서 응석을 부렸다.

"미안해."

명순이는 혜경이 응석에 짤막하게 대답을 해주고는 손님한테 받은 배추 잎사귀를 핸드백에 집어넣으려고 하는지 주방 옆에 있는 탈의실로 사용하는 종업원 방으로 들어갔다. 주방장이 손을 오무락거리면서 초밥을 만드는 옆에서 뚝배기에 담긴 알탕이 부글부글 끓고 있다. 광어 회를 뜨는 주방장 보조 박 군이 칼질하는 순서가 잘 맞아떨어지고 있어 병삼이는 안심이 되었다. 과부댁이 손님방에 들어갈 접시를 쟁반에 올려놓고 명순이가 나오기를 기다리고 있다.

"명순이는 거기서 뭐 하고 있는 거야. 빨리 나오지 않고."

기다리다 못해 과부댁이 탈의실을 향해 목에 힘줄이 보이게 목청을 높였다.

"네, 알았어요. 조금만 기다리세요."

"저게 그래도 귀 하나는 밝아 가지고 쓸모는 있어."

잠깐을 참지 못하고 과부댁이 다시 입을 놀렸다. 탈의실 문을 열고 나오는 명순이는 머리 모양새를 고쳤는지 머리카락이 내려졌던 앞이마가 시원해졌다. 능숙한 손놀림으로 쟁반 위에 놓인 참치 회와, 과일 접시를 손에 들고 명순이는 팔자걸음을 하면서 손님방으로 향했다.

손님들이 연신 들락날락 하는 이 시간에 강 여사는 대학원 '최고 경영자 과정' 수업을 통해 안면을 익힌 분들과 사교 모임을 하고 있다. 그 과정이 어떻게 어떤 방법으로 강의를 하는지 잘 모르지만 강 여사가 책 펴놓고 공부하는 모습을 병삼이는 본 적이 없었다. 오히려 사업상 누구를 만나야 한다고 하면서 강 여사는 골프 장비를 차에 싣고 제집 안방 드나들 듯이 골프장을 들락날락 하는 날 수가 많아졌다. 외출하기 전 강 여사는 오늘은 방생을 했기 때문에 손님들이 많이 올 거라고 했다. 한갓 이혼녀에 불과한 강 여사가 돈으로 따진다면 성공한 사업가다. 그것과는 반비례로 강 여사는 학벌이 부족하다는 것을 치명적인 결점으로 여기고 있었다. 사실 강 여사가 그것을 결점으로 생각하지 않으면 별 문제는 없는 것이다. 강 여사가 정님이를 미국으로 유학 보낸 것이 장래를 고려한 면도 있지만, 명문가 집안 출신 남자와 짝을 맺어 주려는 목적도 다분히 포함되었다. 따라서 대학원 최고 경영자 과정은 강 여사의 결점을 메워주는 도구에 불과한 것이다.

문닫을 시간이 임박했는지 때늦은 저녁을 먹으러 온 뜨내기손님이 주문한 생선 내장탕을 마지막으로 손님도 더 이상 오지 않았다. 과부댁은 그릇 닦을 준비를 하느라 고무장갑을 끼었다. 명순이를 찾는 손님때문에 평소보다 곱빼기로 일을 한 혜경이는 퇴근할 채비를 한다는 암시를 보여주느라 시계를 들여다보았다.

"명순이와 혜경이는 주방 일 좀 거들어 줘라."

"내가 설거지도 해야 되나요?"

매일 하는 일인데도 혜경이는 늘 병삼이한테 따지듯이 묻는다.

"어차피 해야 하는 일인데 왜 아저씨한테 따지고 그래!"

과부댁이 병삼이를 대신해서 혜경이를 나무랐다.

"알았어요. 하면 되잖아요."

언제나 과부댁한테 말발이 서지 않는 혜경이는 심술이 난 음성으로 대답을 하고 주방으로 들어갔다.

"명순이도 거기서 빨리 나와."

혜경이 때문에 심기가 뒤틀린 과부댁은 분풀이를 하느라 명순이를 부르는 목소리가 표독스러웠다.

"네, 지금 나가요."

탈의실에서 간식을 먹었는지 명순이는 빈 요쿠르트 병을 손에 들고 나와 쓰레기통에 버리고 주방으로 들어갔다. 병삼이는 출입문을 안에서 걸어 잠그고 오늘 수입과 지출을 정리하려고 장부를 펼쳤다. 매일매일 병삼이가 장부 정리를 하면서 실감하는 것은 불경기에도 불구하고 사람들이 먹는 것을 아끼지 않는다는 것이다.

산더미 같이 쌓아 두었던 설거지 물량이 명순이까지 가세해서 빨리 끝냈는지 혜경이가 손을 닦으면서 주방에서 나오자 그 뒤를 따라 명순이도 따라나왔다. 명순이가 병삼이 앞으로 다가오더니 재빨리 책상 위에 놓여 있는 차 열쇠를 낚아채고서는 팔자걸음이 아닌 종종걸음으로 탈의실로 사라졌다. 병삼이는 정리를 끝낸 장부를 책상 서랍에 집어넣고 남이 열지 못하도록 열쇠로 잠근 다음 손잡이를 잡아 당겨 잘 잠겼는지 확인을 했다.

혜경이가 탈의실에서 옷을 갈아입고 나오자마자 커피포트에 전원을 연결했다. 주방장은 거울을 보면서 넥타이를 고쳐 매느라 고개를 위 아래로 올렸다 내렸다 하고 있다. 커피포트에서 펄펄 물

끓는 소리가 나자 미리 준비한 커피 잔에 혜경이가 물을 따랐다.

"내일 또다시 만난다고 하지만 석별의 정으로 커피를 마십시다."

"안 만날 수도 있어요."

주방장이 우스갯소리를 하자 과부댁이 덩달아 맞대응을 했다.

"과부댁이 나 꼴 보기 싫으면 안 나올 수도 있겠지."

그냥 웃자고 하는 소리인 데도 과부댁은 주먹으로 주방장 어깨를 때렸다.

"이거 왜 이래. 좋다면 좋다고 할 것이지 멀쩡한 사람을 왜 때리고 그래."

주방장이 또 한번 능청을 떨어대자 과부댁의 눈은 새우눈이 되었다. 혜경이가 그것을 보고 웃음을 참지 못하고 뒤돌아 서서 큰소리로 웃어 버리자 과부댁은 얼굴을 붉히고 말았다.

강 여사 없이 손님을 받느라 저녁밥까지 거른 병삼이가 시장기를 덜어 보고자 연거푸 커피를 석 잔이나 마실 동안 과부댁이 맨마지막으로 퇴근을 하는 것으로 야루끼의 하루 일과가 끝났다.

병삼이는 문단속이 잘 됐나 다시 한 번 점검을 했다. 셔터를 내리고 퇴근 후에도 일식 집으로 걸려 오는 전화를 받고자 핸드폰을 꺼내 착신전환을 했다. 지하 주차장으로 내려가려고 계단을 밟는 발자국 소리에 놀라서 먹을 것을 찾느라 쓰레기 더미를 뒤지던 도둑고양이가 도망을 쳤다.

병삼이가 차 문을 열고 운전석에 앉자 명순이는 뒤로 제친 의자를 똑바로 세우고 머리를 풀었다가 다시 묶었다.

"잠깐만."

시동을 걸려고 하는 찰나에 명순이가 병삼이 구두코에 묻은 검정을 발견하고는 핸드백을 열고 크리넥스를 꺼냈다.

"대충 닦아."

명순이는 검정을 닦아 내느라 굽혔던 허리를 폈다.

"안전벨트 채워야지."

병삼이가 하라는 대로 명순이는 순순히 안전벨트를 채웠다.

"어제 내가 얘기했던 거 생각해 봤어?"

"가면서 얘기해."

차를 몰고 지하 주차장을 빠져 나오자마자 명순이는 핸드폰으로 미애한테 엄마가 늦게 들어가니 빨리 자라고 했다. 정지 신호를 몇 번 받고 나서 광화문을 지나쳐 순조롭게 사직터널을 통과했다. 사직터널을 진입할 때부터 따라가던 앞차가 연대 정문 앞 못 미쳐서 정지를 했다. 차선을 바꾸려다가 여의치 않아서 병삼이는 브레이크를 밟았다. 명순이가 왜 갑자기 이천만 원이라는 돈이 필요하게 되었는지 궁금하던 차에 병삼이는 신호등까지 잘 보이지 않아 답답할 지경이 되었다. 눈을 비비면서 명순이가 돈만 잘 갚는다면 병삼이가 더 이상 바랄 것은 없다고 생각을 했다. 하지만 명순이가 어딘가 석연치 않은 구석이 있다는 의심을 떨칠 수 없는 병삼이는 신호등을 보려고 눈을 떴다 감았다 했다. 뒤에 서 있던 차들이 경적을 울렸다. 그제서야 병삼이 눈에는 신호등이 제대로 보였다. 손을 들어 미안하다는 표시를 하고 병삼이는 액셀레이터를 밟았다.

"고모님한테 얘기하면 안 돼?"

명순이는 병삼이 얼굴을 흘끔 쳐다봤다.

"한 두 번도 아니고. 이번에는 이천만 원이나 되는 돈이라서 미안한 생각이 들어서 그래."

하기 싫은 얘기를 억지로 했다는 표정으로 명순이는 다시 한번 병삼이 얼굴을 흘끔 쳐다봤다.

"갑자기 그 많은 돈이 왜 필요하게 됐어?"

"그걸 꼭 알아야 해!"

"……"

성산회관을 지나 성산대교로 빠지는 고가도로 방향으로 진입하려다가 명순이와 얘기하는 바람에 병삼이는 차선을 잘못 들어섰다. 모래내 방향으로 직진하면서 병삼이는 조금 전처럼 신호등이 보이지 않을까봐 눈을 깜박거렸다. 수색역을 지나치자 그 많던 네온사인 간판은 드문드문 보이고 전조등이 기다란 줄기를 내 뿜으며 병삼이가 운전하기 좋게끔 어둠을 뚫어 주었다. 비닐하우스로 만든 꽃집이 길 양편으로 보였다가 끊어지고 논이나 밭으로 짐작되는 들판이 보였다. 원래는 자유로를 달려 기분을 전환한 다음 본론을 꺼내기로 했던 것이 병삼이 계획이었다. 차를 세우고 본론을 꺼내 얘기를 나눌 만한 적당한 장소를 물색하려고 병삼이는 속도를 줄였다. 장작불로 닭을 굽느라 활활 타오르는 불빛을 발견하자 병삼이는 그 앞을 약간 지나쳐 차를 세웠다. 자정이 넘은 시간에 입석 승객까지 태운 좌석 버스가 고속도로를 질주하는 속도로 일산 방향으로 달리는 것을 보고 병삼이는 오금이 저렸다.

머리에 털모자를 비스듬이 걸친 통닭 장사는 차안에서 남녀가 정사를 하는 것으로 오해를 했는지 흘끔 다가와 쳐다보다가 뒤돌아서는 게 지나가는 차 전조등 불빛에 반사된 백미러를 통해 보였다. 돈을 어디에 쓰려고 하느냐, 언제까지 갚을 수 있겠느냐, 하는 질문을 하고 싶어도 명순이가 섭섭해할까 봐 선뜻 입을 열지 못하는 병삼이는 차 문을 열었다.

"잠깐만 기다려."

명순이를 차 속에 남겨 두고 병삼이는 방금 구워 낸 닭 한 마리와 소주 한 병을 샀다.

"전에 한 번 이거 먹고 싶다고 했지?"

명순이는 구운 닭을 비닐 봉지에서 꺼내 먹기 좋게끔 갈기갈기 찢어 놨다.

"운전은 나도 할 수 있어. 소주는 병삼씨 혼자만 마셔."

명순이가 입을 연 이상 병삼이는 기회는 이때다 싶었다.

"자세한 내막을 나도 알아야 되잖아. 이왕에 이렇게 됐는데 나한테 털어놓지 못할 이유가 뭐야?"

재촉과 사정조로 나오는 말투에 닭다리를 손에 들고 입에 넣으려던 명순이는 도로 내려놓았다.

"남편 일이 아니면 내가 병삼씨한테 아쉬운 소리를 하겠어!"

병삼이도 예상했던 답변이라 그 다음 질문이 자연스레 나왔다.

"이번에는 또 뭐야?"

"……."

명순이는 대답하기가 싫은지 다리를 꼬고 나서 팔짱을 끼고 고개를 숙였다.

"내가 알면 안 되는 거야?"

"남편이 교통사고를 내서 경찰서 유치장에 있어. 내일까지 피해자한테 합의금을 주지 않으면 구치소로 넘어간다고 했어."

"시도 때도 없이 속 썩히는 남편이 뭐가 좋다고 돈까지 해주고 그래! 이혼해 버려."

"그랬으면 나도 좋지."

명순이는 팔짱을 풀고 담배를 입에 물었다.

"남편이 이혼장에 도장을 못 찍겠다고 버티는 거야?"

담배 연기를 내뿜고 나서 명순이는 말을 할까 말까 하는 뜸을 들였다.

"그렇지도 않아."

"그럼 뭐야!"

"남편한테 꼭 보답해야만 하는 은혜가 있어."

당치도 않은 대답에 보기에도 명순이가 답답해진 병삼이는 소주 한 잔을 단숨에 들이켰다.

"은혜라고 했어!"

"그래!"

명순이는 화난 목소리로 대답을 하고 고개를 떨구었다.

"도대체 남편한테 무슨 은혜를 입었다는 거야!"

병삼이도 화난 목소리로 다급하게 추궁을 계속하자 명순이는 말하기 싫은 것을 억지로 한다는 식으로 고개를 쳐들고 입술을 깨물었다.

"봉제 공장에서 일하다가 돈 많이 벌 수 있다는 말에 속아서 온양에 있는 티켓 다방에서 오백만 원 선불금을 받고 일한 적이 있었어. 그곳이 어떤 곳인지도 모르고 일하다가 빚만 잔뜩 지고 다른 곳으로 팔려 가기 직전에 여관에 있는 미애 아빠가 나를 불러내서는……"

말문이 막히는지 명순이는 가슴에 손을 얹었다.

"그런 사연이 있었구나."

그 다음 얘기는 여관에서 미애 아빠가 하자는 대로 도망 나와서 악의 구렁텅이에 빠질 뻔한 위기를 넘겼다. 갈곳이 없어서 미애 아빠와 동거생활을 했는데 처음과는 달리 자기 속을 썩히더라. 마음 같아서는 미애 아빠를 내팽개치고 도망가고 싶다. 하지만 친딸이 아니지만 정이 들대로 들은 미애가 마음에 걸리는 것도 있고, 미애 아빠한테 그때 입은 은혜를 보답하는 마음으로 꾹 참고 산다고 하는 대충 이 정도로 끝난다고 병삼이도 추측할 수 있는 것이라, 더 이상 명순이를 추궁하지 않고 양복저고리 안 주머니에서 준비해 둔 돈봉투를 꺼냈다.

"이거 네가 부탁한 거야. 명순이 말대로 고모님 몰래 적금을 깼어."

"……."

"뭐하고 있어 빨리 받지 않고."

병삼이는 쑥스러워 선뜻 손을 내밀지 못하는 명순이한테 재촉까지 했다.

"병삼씨가 애초부터 돈 빌려줄 마음이 있었으면 나를 다그치지 않았을 거야."

명순이가 고맙다고 하면서 얼른 돈봉투를 받을 줄 알았던 병삼이는 꼬치꼬치 캐물은 것이 후회가 되었다. 그리고 전에부터 염두에 두었던 소기의 목적이 깨질 것 같은 조바심도 생겼다. 통닭 냄새와 담배 연기로 가득 채워진 차 내부에 신선한 공기를 유입하고자 명순이는 차창을 내렸다가 올리면서 손가락 하나 들어갈 만한 공간을 남겼다.

"갑자기 마음이 변했어?"

"병삼씨가 고모님 밑에서 어렵게 살아가는 처지를 내가 잘 아는데 이 돈을 받는다는 게 아무래도 꺼림칙해. 여기 저기 맡겨둔 돈을 긁어모으면 될 것 같아. 만약에 그것도 안 되면 미애 아빠한테 몸으로 때우라고 해야지."

"그건 말도 안 되는 소리지!"

손에 봉투를 쥐어 주려고 하는 병삼이를 피하려고 명순이는 등을 돌렸다. '고모님 밑에서 어렵게 살아가는 처지에' 라는 말에 자존심까지 상한 병삼이는 오기가 생겼다. 병삼이는 뒤에서 명순이 목을 꺼안고 봉투를 허벅지 위에 올려놓았다. 그제야 명순이는 마지못해 봉투를 받는 척 하면서 고맙다고 하는 것도 화가 가시지 않은 목소리라 구겨 질대로 구겨진 병삼이 자존심은 펴지지 않았다. 간접적으로나마 병삼이는 자존심이 상했다는 것을 완력으로 표시하고 싶어 절반 이상 남은 소주를 병째로 들이마시고 빈 소주병은 차창 밖으로 내던졌다. 하지만 소주병 깨지는 소리는 도로를 질주하는 차 소리에 흡수되었다.

"지금부터 운전은 내가 하겠어."

소주 한 병을 거뜬히 비운 것이 불안하게 보였던지 명순이는 핸들을 잡은 병삼이 손을 잡았다. 여자들 특유의 조심성으로 운전하는 명순이는 건너가는 사람도 없는 횡단보도에서도 일시정지를 하고 지나쳤다. 뒤따르던 차가 답답해서 추월을 해도 명순이는 차선을 바꾸지도 않고 계속 앞만 보고 운전을 했다.

좌우로 아파트 단지가 늘어선 길을 명순이도 익숙한 지형이라 요리저리 핸들을 꺾으면서 수 차례 길을 바꾸는 것을 보고 술기운에 병삼이가 잠이 들었다가 깨어났을 때는 호텔 주차장이었다. 명순이는 차에서 먼저 내리려고 하지 않아 병삼이가 먼저 차 문을 열고 나왔다. 명순이도 병삼이를 뒤따라 차 밖으로 빠져 나왔다. 병삼이는 걸음을 똑바로 걸으려고 했지만 제대로 되지 않았다. 그래도 넘어지지 않으려고 중심을 잡으려고 했지만 발이 엇갈리면서 넘어지고 말았다. 명순이가 얼른 병삼이를 일으켜 세웠다. 그러나 한 번 넘어진 이상 병삼이는 혼자 걷기가 어려워졌다. 명순이가 병삼이를 부축해 호텔 출입문을 열었다.

이층 객실로 들어가자마자 명순이는 불을 켰다. 정결하게 정돈된 침대에 명순이는 병삼이를 눕혔다. 명순이가 냉장고 문을 열고 물을 꺼내 벌컥벌컥 들이 마시고나서 옷 벗는 기척이 들렸지만,

병삼이는 마음먹은 대로 몸이 움직여지지 않았다. 명순이가 옷을 다 벗고 난 다음 욕실로 들어가 욕조에 물을 받느라 수도꼭지에서 떨어지는 물소리가 요란스럽다. 그 요란함이 그치고 명순이가 욕조 안에서 몸을 씻는 동안 병삼이는 깜박 잠이 들었다. 명순이가 젖은 머리를 말리려고 드라이어를 사용하는 동안 병삼이는 눈이 감긴 채로 잠에서 깨어났다. 머리를 다 말리고 난 명순이가 미처 벗겨내지 못한 병삼이 옷을 벗겨내고 불을 껐다. 명순이가 먼저 병삼이 몸을 더듬기 시작했다. 맨정신이 아닌 이상 병삼이는 명순이가 몸을 위 아래로 더듬느라 손을 움직이는 것이 귀찮아졌다. 어서 빨리 잠이나 실컷 잤으면 하는 게 병삼이 소원이 되어 옆으로 몸을 돌렸다. 명순이 한 쪽 팔이 병삼이 허리에 올려졌지만 빨랫줄에 걸린 감촉이었다. 명순이가 바보라고 하면서 병삼이를 흔들었다. 하지만 병삼이는 추락하는 비행기 속에 있는 것처럼 머리가 빙빙 돌아가면서 잠에 빠져들었다. 잠에 곯아떨어진 병삼이를 내려다보는 명순이는 싱겁다는 생각밖에 나지 않는다. 침대에서 내려와 불도 켜지 않고 옷을 입고 나서 명순이는 소리나지 않게 객실 문을 열었다.

호텔을 완전히 빠져나온 명순이는 병삼이가 잠들어 있는 객실을 올려다보았다. '병신 같은 자식'이라는 소리가 나오려고 해 명순이는 웃음이 나왔다. 누가 뒤쫓아 갈 새라 어둠 속 저편으로 명순이는 급히 사라진다. 어둠은 병삼이한테 아무런 말도 해줄 수 없다.

병삼이는 숙취때문에 머리가 아프고 눈이 떠지지 않았지만 명순이 생각이 떠올라 몸을 옆으로 돌려 손을 움직였다. 하지만 손에 잡히는 것은 물렁물렁한 명순이 살결이 아니고 차가운 베개 감촉이 느껴져 병삼이는 손을 다시 한 번 움직였다. 그래도 손바닥으로 느껴지는 것은 차가움이었다. 눈을 떴다. 이불은 침대 아래로 떨어졌고 명순이는 보이지 않았다. 시계를 보니 열 시가 넘었다. 욕실 문은 텅 빈 채로 활짝 열렸다. 병삼이는 어찌된 일인가 싶어 야루끼로 전화를 했다. 전화를 받는 사람은 과부댁이다.

"병삼이! 거기 어디야? 명순이는? 두 사람이 갑자기 없어져서 고모님이 여기저기 전화를 하고 난리가 났어."

"……."

"내 말 듣고 있는 거야?"

병삼이는 아무 말도 못하고 전화를 끊었다. 과부댁 말이 믿어지지 않아 병삼이는 수첩에서 명순이 핸드폰 번호를 찾아 숫자 판을 눌렀다. 계속되던 신호음이 끊어지고 가입자가 계약해지를 했다는 음성메세지가 혼란스러움을 가중시켰다. 궁금증이 더 해진 병삼이는 명순이 집으로 전화를 했다.

"여보세요……. 당신이야? 거기 어디야? 무슨 일이 생겼어? 야
루끼에서도 안 나왔다고 전화가 왔어. 도대체 무슨 일이야? 말 좀
해봐……. 미애 엄마! 미애가 울고 있는 소리 들리지? 말 좀 해
봐……."

명순이 남편 목소리는 호소력이 가득히 실리다 못해 안타깝다.
전화를 끊고 나니 병삼이는 귀가 멍멍해지고 간밤에 일을 치른 남
녀가 복도를 걸어가는 저벅저벅하는 소리까지 겹쳐 머리가 쿡쿡
쑤셨다. 강 여사가 진노한 목소리로 바보 같은 놈이라고 꾸짖는
환청까지 들렸다. 그 환청을 끊어 버리려고 명순이는 현세의 업장
을 쌓았다. 언젠가 다시 명순이를 만나면 '투도중죄금일참회'의
뜻을 알려주고 스스로 참회하도록 부처님처럼 자비를 베풀어주겠
다는 생각으로 병삼이는 자위를 했다. 하지만 방생을 할 때처럼
찜찜한 구석이 남아 있어 병삼이는 연주암 스님 얼굴을 떠올려 마
음속으로 질문 하나를 던졌다. '스님 이것이 진짜 방생이 아닐까
요?' 청소부가 객실 문을 두드리는 소리가 대답을 대신 했다. 속
쓰림을 냉수로 달래면서 병삼이는 명순이한테 속았다는 분한 생
각보다는 남부끄러워서 말도 못하는 과오를 저질렀다는 자책감에
한숨이 나왔다 〈끝〉

인간의 묵시록

동쪽에서 보였던 둥그런 달이 남서쪽으로 이동하다가 구름 속으로 숨어 버렸다. 매년 이맘때의 날씨는 낮에는 여름 못지 않게 따가운 햇볕에 혓바닥이 입 밖으로 늘어진다. 그리고 밤에는 어디서 솔솔 불어오는 지 짐작도 안 되는 찬바람에 몸을 움츠려야 한다. 빈 밥그릇에 담겨진 물위에 떨어진 작은 나뭇잎이 바람에 빙글빙글 돌아간다. 그 모습이 처마 끝에 매달린 풍경 소리와 짝이 맞아 쓸쓸함을 덜어주고 있다.

현숙이 방에 불이 꺼졌다. 요즘 들어 현숙이 방에는 새벽녘까지 불이 켜져 있기 일쑤다. 그리고 식구들이 현숙이 눈치를 살피느라 쩔쩔맨다. 어떤 때는 계급이 제일 높은 할아버지가 역정을 내면서 잔소리를 할 때보다 자기 뜻대로 안 해준다며 투덜대는 현숙이 불평이 더 잘 먹혀들고 있다. 더군다나 그전처럼 할머니와 똑같이 지대한 관심을 가지고 나를 보살펴 주지도 않는다. 그래서 섭섭한 생각을 거둘 수 없어 가출을 하면 어떨까 하는 생각도 해봤다. 그러다가 왜 그럴까, 하고 그 이유를 곰곰이 생각하다가 어둠 속에서 광명을 찾은 것 같은 좋은 생각이 떠올랐다. 그것은 디딤돌 위에 놓인 현숙이 구두를 내 집에다 숨겨 놓았다가 현숙이가 찾으면 얼른 꺼내 보여주려고 했던 것이다. 그러면 전과 다름없이 애교로 봐주면서 나에게 관심을 가질 것으로 생각하고 그 기회를 노렸다. 마침내 그 기회를 포착하고 품었던 생각을 실행으로 옮겼다.

그 다음 날 현숙이는 구두를 찾는다고 여기 저기 바쁘게 기웃거렸다. 할아버지는 호들갑을 떨지 말고 잘 생각해서 찾아보라고 현숙이에게 일침을 놓았다. 왜 나만 보면 잔소리를 하는 거예요. 현숙이는 할아버지에게 대들었다. 웬만하면 꾹 참아줬던 현숙이 짜증을 그 날은 못 참겠던지 할아버지는 버르장머리 없는 년이라고, 하면서 현숙이에게 때릴 듯이 다가가 잔소리를 퍼부었다. 그렇게 둘이 아옹다옹 하는 모습을 가만히 앉아서 보고만 있다가 슬그머니 일어나 내 집에 숨겨 놓은 구두를 가져왔다. 그 순간 현숙이는 핏대를 내며 나에게 발길질을 했다. 내 몸은 허공을 약간 가로질러 마당으로 나가떨어졌다. 뒤이어서 내 등을 가격하는 몽둥이 세례를 견디다 못해 집안으로 대피를 했다. 어쭈구리 이 자식이 이제는 나를 피한다. 현숙이는 핏대를 더 올리며 몽둥이 끝으로 여기저기 닥치는 대로 콕콕 찔렀다. 내 몸 하나 겨우 숨기는 집안은 막다른 골목처럼 피할 곳도 없었다. 결국에는 참다 못해서 아프다고 비명을 질러 할머니에게 구원을 요청했다. 비명 소리를 듣고 방에서 뛰쳐나온 할머니가 현숙이 손에 쥐어 있는 몽둥이를 낚아챘다. 그날 할머니가 아니었으면 나도 정육점 집 육손이처럼 골병이 들어 날씨가 흐리거나 비가 오는 날이면 팔 다리 어깨가 쑤셔 끙끙 앓아 드러눕는 신세가 되었을 것이다. 육손이도 나처럼 가출을 생각한 적이 있었지만 심심치 않게 나오는 소나 돼지 뼈다귀 씹는 맛에 대한 미련을 버리지 못해 포기를 했다고 했다.

현숙이는 내가 비닐장판 위에서 미끄러질 듯 말 듯 아장아장 걸음마를 하던 시절 나를 껴안지 않고서는 잠을 이루지 못했다. 그것도 좋았지만 가장 신났던 것은 시도 때도 없이 아무렇지도 않게 내 입에다가 뽀뽀를 해줬을 때다.

몽둥이 찜질을 당한 이후는 혈색이 좋아 볼록 튀어나온 채로 붉은 토마토 빛깔이 나는 현숙이 종아리를 콱 물어 버리고 싶도록 미워졌다. 그와 반면에 현숙이 오빠 재옥이는 영 딴판이다. 재옥이는 한참 동안 모습을 보이지 않다가 얼룩덜룩한 옷차림에다 모자를 쓰고 나타나 반갑다며 나를 쓰다듬어 주고는 몇 일 후에는 어디론가 사라져 버린다.

이곳에서 약간 멀리 떨어져 살고 있는 동료들 중에서 아픈 척만 해도 주인집 남자나 사모님이 하던 일도 내팽개치고 병원에 데리고 간다고 자랑을 하는 애들이 있다. 그 애들과 어울리다가 너 예방주사 맞았니, 치석 제거를 했니, 회충약 먹었니, 하는 질문을 받을 때는 다른 얘기로 화제를 돌려 대답을 회피한다. 특히 너 일년에 목욕 몇 번이나 하냐는 질문을 받을 때는 한 번도 안 한다고 대답하면 지저분하다고 나를 왕따시킬 지도 몰라 집에서 할머니가 나를 기다린다는 핑계를 대고 자리를 피한다.

이 집에서 산지 육 년이 다 되가는 데도 미국에서 수입한 인스턴트 식품과 간식으로 먹는 비타민 성분이 들어 있는 잼과 일본에서 수입한 칼슘 성분이 들어 있는 과자도 먹지 못했다. 기껏해야 내가 먹는 것은 식구들이 먹다 남은 밥에다가 생선 뼈다귀를 얹은 것으로 나쁘게 얘기를 하면 잔반이고 좋게 얘기를 하면 퓨전음식이라고 부른다. 대우를 개선해 달라고 단식투쟁을 했지만 식구 중 누구 하나 나를 거들떠보지 않았다. 배고픔을 견뎌낸다는 것이 내 의지로는 한계가 있었다. 단식 이틀째로 접어들던 날 주린 창자가 입맛을 끌어 잡아당기는 것을 참을 수 없었다. 누가 보든 말든 간에 허겁지겁 밥그릇을 깨끗이 비워 버리자 사모님은 나 같은 놈들은 배가 고프면 무엇이든지 먹는다고 했다. 막상 그 말을 듣고 나자 배고픔을 참지 못하고 밥을 먹은 것이 후회가 됐다.

담장에서 검은 물체 하나가 불쑥 올라오는 게 보인다. 몸을 일으키고 무섭게 보이려고 날카로운 송곳니가 드러나는 인상을 쓰면서 털을 세우고 꼬랑지를 내렸다. 이윽고 검은 물체의 정체가 밝혀졌다. 목다리 옆에 사는 사팔뜨기 왕씨다. 낯선 얼굴이 아니라 얼굴을 원상태로 되돌려 꼬랑지를 좌우로 흔들었다. 사뿐히 담장을 내려온 왕씨는 반갑다며 내 머리를 쓰다듬었다. 아주 낯선 이가 아닌 이상 누가 나를 쓰다듬어주면 기분이 참 좋다. 왕씨가 사는 집은 승용차 다섯 대를 주차시키고도 넉넉히 남아도는 마당과 남향으로 배치된 ㄷ자형 본채와 대문과의 구석 공간에 다섯 그루의 감나무가 있는 이 집에 비하면 헛간이나 다름없다. 날품을 팔아서 팔순 노모를 부양하는 왕씨는 오십이 다 되가는데 총각 신세를 면치 못했다. 소아마비로 한 쪽 다리를 절룩거리는 이 집 둘째 아들처럼 왕씨도 집안 배경이 좋고 가지고 있는 재산이라도 있었으면 적당한 색시를 골라 늦장가라도 들었을 것이다. 내 발 앞에 초코파이가 떨어졌다. 재빨리 나는 초코파이를 물고 집안으로 들어갔다.

수령이 꽤 오래 된 감나무 다섯 그루가 보기에도 먹음직스럽게 익은 감을 가지에 주렁주렁 매달아 놓으면 지나가는 길손들이 한 번씩이라도 쳐다보곤 한다. 그리고 감나무는 옛 멋을 상징하는 한옥 기와 지붕과 멋들어지게 균형을 이뤄 카메라를 들고 사진촬영을 하러 오는 이들도 있다. 이 집 식구들이 감나무에 대해서 느끼는 애착은 바람에 떨어진 감을 주워다가 내 밥그릇에 퉁명스럽게 던져 넣는 것이 전부다. 떨어지지 않고 가지에 그대로 매달린 감은 까치 밥이 되거나 아니면 썩은 채로 뭉그러진다. 간혹 할머니가 감이 먹고 싶다고 하면 마지못해 큰아들이 왕씨에게 일당을 주고 감을 따도록 한다. 작년보다 먹고사는 형편이 나빠졌는지 왕씨는 식구들 몰래 한밤중에 감을 따 가는 짓을 한 것이 이번이 다섯 번째다. 현숙이 몸매처럼 날씬한 왕씨는 감나무 줄기를 타고 날렵하게 굵은 가지 위에 올라섰다.

양발로 초코파이를 붙잡고 입으로 비닐포장을 뜯어냈다. 허구한 날 퓨전음식만 먹다가 별식으로 초코파이를 먹는 맛은 일품이다. 왕씨가 이왕에 나에게 초코파이를 공짜로 줄 거라면 생각날 때마다 먹을 수 있도록 수십 개씩 줬으면 한다. '서당집 개 삼 년이면 풍을 읊는다' 고 했다. 나는 삼 년이 아닌 육 년이나 인간들 속에 부대끼다 보니 인간들이 하는 말을 충분히 알아듣고도 남는다. 반대로 내가 인간들이 하는 말을 할 수 없어 왕씨에게 초코파이 더 줘 하는 표현을 할 때는 '멍멍, 낑낑' 소리로 대신할 수 밖에 없다.

왕씨는 감나무에서 내려와 자루에다 감을 집어넣는다. 입 언저리에 배겨 있던 젖 냄새를 물씬물씬 풍기면서 걸음마를 배우던 시절에 먹던 음식은 초코파이와 우유였다. 덩치가 커지면서 걸음걸이가 똑바로 되고 목소리도 굵어지자 내 모가지에 목걸이를 걸고 줄까지 매달아 이곳 대문간에 내팽개쳐 버리게 한 장본인은 할아버지다. 할아버지가 일러 준 대로 왕씨가 단 하루만에 톱질과 망치질을 해서 만든 판자 집은 여름에는 난방이 잘 되고 겨울에는 냉방이 잘 된다. 이런 악조건 속에서 살아가는 나에게 베푸는 것이 있다면 한 겨울에 땅바닥에서 냉기가 올라오지 않도록 가마니 한 장 달랑 깔아 주는 것뿐이다. 이렇게 푸대접을 하는 주제에 나에게 바래는 것이 있었다는 것이 얄밉다. 생리 기간이 끝나고 암내를 풍길 때는 발정이 나서 먼길을 달려온 수놈이 나한테 구애를 한다. 외모와 성격이 아무리 내가 좋아하는 형일 지라도 혈통이 나와 같은 종이 아니면 큰아들이 퇴짜를 놓았다. 이 집의 주도권은 할아버지가 형식적으로 쥐고 있을 뿐이다. 실질적으로 종합병원 앞에서 대형 약국을 경영하는 큰아들이 주도권을 쥐고서 흔들었다 났다 한다. 나라고 큰아들의 손아귀에 들어가지 않을 도리는 없다. 그 영향으로 섹스도 내 마음대로 하지 못했다. 검둥이와 흰둥이 튀기인 막국수 집 망치가 나에게 구애를 했을 때 끓어오르는 욕정을 더 참을 수 없어 큰아들에게 꼬랑지를 흔들고 망치를 내쫓지 말라고 사정을 했다. 하지만 큰아들은 매정하게 내 요구를 묵살하고 망치를 매질까지 하면서 내쫓았다.

　나의 섹스 상대자는 큰아들과 진한 농담을 아무렇지도 않게 주고받는 노처녀 의사가 점지해 줬다. 그는 나와 같은 종에다 털에 윤기가 흐르고 덩치도 좋은 데다 눈빛도 강했다. 의사는 깔깔거리면서 그와 나를 철창 안으로 집어넣었다. 그리고 그에게 무슨 약을 먹이고는 철창문을 닫았다. 그는 의사가 쳐다보건 말건 눈발에 핏기를 세우고 내 물건에다 코를 대고 킁킁거리다가 등에 올라타려고 했다. 몇 번 피하려고 했지만 결국 나는 그의 힘에 눌리고 말았다. 그는 자신의 성기를 내 성기에다 삽입을 하기 전에 힘 자랑하듯 갖가지 테크닉을 능란하게 발휘했다. 내가 오르가즘의 황홀경에 빠지려고 하는 소리를 내지르면 그는 잠시 동작을 멈췄다. 그리고 잠잠해지면 그는 다시 자신의 성기를 내 성기에다 삽입을 하려고 방아질을 했다. 결국 속사포를 쏘아대는 듯한 그의 방아질이 끝나고 까무러칠 듯한 고비를 몇 번 넘기고 나서야 섹스는 끝났다. 하지만 그는 여전히 씩씩거렸고 물건은 성이 나 있는 채로 시들어 들지 않았다. 어떻게 보면 주인이 섹스란 이런 것이다, 하고 나를 배려한 것 같았지만 결과는 원치 않는 임신이었다. 내 마음대로 새끼를 유산할 수도 없었다. 임신 기간 동안 큰아들은 주기적으로 나를 노처녀 의사에게 데려가 뱃속에서 새끼가 잘 자라는지 초음파 검사를 했고 특별식으로 돼지고기 볶음을 먹였다. 그 특별식은 새끼를 낳고 산후 조리를 하는 기간이 끝나면 그만이었지만 평생 잊을 수 없는 맛이었다. 새끼는 40일이 지나 젖을 떼면 비싼 가격으로 팔려 다른 집으로 입양되었다. 그럴 때마다 눈물을 흘리지 않고는 견딜 수 없는 일이라 슬픔과 괴로움은 다른 날보다 더했다. 때로는 내 몸에서 태어난 새끼들이 어느 집주인 밑에서 살고 있는지 보고 싶기도 하고, 나 같은 팔자로 살지는 말아야 할 텐데 하는 근심도 생긴다. 그렇게 그리움에 사무쳐 몸부림치다가 밤잠을 설치기도 일쑤고 밥맛도 떨어져 하루종일 굶은 적도 있었다. 이제는 나이가 들어서 생리도 불규칙해지고 암내도 풍기지 않는다. 내가 그 말을 동료들에게 하면 그게 무슨 소리냐고 펄펄뛰고 난리도 아니다. 점쟁이 아줌마 집 순희는 내 나이에 늦둥이도 봤다면서 희망을 잃지 말라고 한다. 하지만 내 병은 내가 안다. 겨울철에 난방이 안 돼는 집에 살다 보니 냉병에 걸렸다. 설명을 덧붙이자면 이 몸으로 수놈과 섹스를 한다고 해도 자궁에 정자가 착상이 잘 안 되는 냉혈 체질로 변한 것이다.

둘째 며느리가 결혼한 지 이태가 넘어도 태기가 없어 할머니가 소문을 듣고 용하다는 한의사를 모셔 왔다. 한의사는 며느리 진맥을 짚어 보고는 몸을 뜨겁게 해주는 약을 조제해 줬다. 그 약을 먹고 둘째 며느리는 임신이 되었고 득남까지 하는 행운을 얻었다. 지금이라도 둘째 며느리에게 했던 정성을 나에게 절반에 절반쯤만이라도 하면 이 나이에 얼마든지 임신을 하고 새끼를 낳을 수 있다. 냉병으로 더 이상 임신이 안 되자 큰아들은 나이가 들어서 그런 줄 지레 짐작해 버렸다. 한 마디로 얘기해서 그 동안 내가 낳은 새끼를 팔아 얻은 이득은 눈곱만치도 생각하지 않겠다는 의도가 엿보인다.

초코파이의 달콤한 맛은 입안에서 살살 녹는다. 다만 우유를 먹지 못해서 아쉽다. 왕씨는 두 번째 감나무에서 감을 따면서 간간이 가지를 요리조리 살피고 있다. 내가 보기에는 감이 없어지는 것을 아무도 눈치채지 못하게 하느라 감이 적게 매달린 가지는 피하는 것 같다.

공원 가설무대에서 공연하는 경로잔치에 참석하러 가는 할머니를 따라가는 도중이었다. 낡을 대로 낡아 버려 제 역할을 못하는 대문턱 한 쪽에 앉아 담배를 피우면서 해바라기를 하는 한 할머니가 보였다. 그 할머니는 빗질을 제대로 하지 않아 산발을 한 흰 머리카락과 땟물이 줄줄 흐르는 옷차림이라 말로만 듣던 '마귀할멈'이라고 단정을 했다. 두려운 나머지 꼬랑지를 내리고 귀를 쫑긋 세워 '으르렁' 소리를 냈다. 이내 할머니가 알아차리고 '괜찮아 은숙아. 왕씨 어머니야.' 하고 나를 달래줬다. 은숙이는 현숙이가 지어 준 내 이름이다. 만약에 할머니가 그 말을 해주지 않았더라면 거동이 불편해서 나들이를 못하는 소외감에 시달리는 왕씨 어머니를 향해 무섭도록 '멍멍' 짖어 댔을 것이다. 나를 안심시키는 할머니 말 한마디에 밑으로 내렸던 꼬랑지를 얼른 들어올리고 살살 좌우로 흔들었다. 그 모습이 좋아 보였는지 왕씨 어머니는 달랑달랑 잇몸에 매달린 싯누런 이빨을 드러내고 활짝 웃었다. 만약에 내가 왕씨 어머니를 향해 사납게 멍멍 짖었다면 얼마나 서운해했을까 싶어 할머니 말을 잘 들은 것이 천만다행이었다.

그 이후로 틈틈이 나 혼자 자유의 몸이 되어 마을을 떠돌아다니다 왕씨 어머니를 마주치면 내가 먼저 반가워서 몸을 앞으로 숙이고 꼬랑지를 바쁘게 움직였다. 주는 정이 있으면 받는 정이 있다는 말대로 왕씨 어머니는 뼈만 남은 앙상한 손으로 예쁘다고 내몸을 쓰다듬어 주면서 나의 호의에 고마움을 표시했다.

왕씨는 자루에 감을 다 채울 요량으로 세 번째 감나무를 요리조리 살피고 있다. 왕씨가 바라는 것은 궁핍함을 면하는 것이다. 세상 어디에 눈을 씻고 봐도 왕씨 만한 효자는 없다고 칭찬을 해주는 사람들도 왕씨의 궁핍함을 면해 주지는 못한다. 큰아들은 왕씨에게 큰 도움을 주는 것처럼 생색을 낸다. 그 이유를 나는 알고 있다. 대지주였던 할아버지 재산을 상속받은 탄탄한 기반을 바탕으로 덕망 높은 지역 유지로 행세하면서 정치에 입문하고자 하는 원대한 꿈을 가지고 있다. 그 꿈을 이루고자 명절날이나 새해가 다가오는 철에는 큰아들은 왕씨를 라면 박스와 쌀부대를 배경삼아 악수를 하는 장면을 찍는 모델로 이용한다.

내년 선거를 의식하는 큰아들의 행동거지는 조심스럽다. 그런데 문제는 그것이 때와 장소에 따라 바뀐다는 것이다. 밖에서는 가정의 화목을 최고로 여기는 인자한 아버지 상을 전달하고자 얼굴에는 항상 부드러운 미소를 잃지 않고 있다. 반면에 안에서는 장자의 권한과 함께 엄격하기 짝이 없는 아버지 모습을 잃지 않으려고 하는 권위의식은 감히 누구도 건드릴 수 없는 철옹성이다. 현숙이가 약간 예외적으로 아버지에게 반기를 들었지만 단발성에 그쳤다.

지난번 선거에 낙선한 경험이 있는 큰아들은 당선을 고대하며 앞으로 닥칠 선거에 매달리고 있다. 둘째 며느리는 따로 분가를 해서 힘들 일이 없지만 큰며느리는 남편을 대신해서 각종 경조사에 얼굴을 내밀어야 한다. 그런 일을 자주 하다 보면 큰며느리는 정신적으로나 육체적으로나 힘든 것은 사실이다. 하지만 때가 때인지라 그런 내색을 하고 싶어도 못하는 큰며느리는 벙어리 냉가슴 앓듯이 한다. 어떤 때는 얼굴만 내밀어도 되는 초상집 잔일도 거들어 줘야 하고, 심지어는 할머니 눈총을 받으면서까지 교회 행사에도 발벗고 나선다. 그것뿐만이 아니다. 옷차림이 너무 화려해도 안 되고 너무 초라해도 안 되기 때문에 외출 준비를 할 때는 이 옷 저 옷을 골라 입는 것도 여간 신경이 쓰이는 일이 아니다.

왕씨는 겉보기에 이상이 있어 보이는 감을 따로 골라내고 있다. 그런 감은 즉석에서 쪼그리고 앉아 먹거나 아니면 집으로 가져간다. 왕씨 목덜미를 콱 물어 죽이고 싶은 적도 있었다. 매년 여름날이 돌아오면 나도 그렇지만 동료들이 주인 눈치를 살피느라 마음이 초조하고 불안하여 어찌 할 바를 몰라 밤잠을 설치기가 일쑤다. 잠자리에 들기 직전에 '오늘도 무사히 하루를 넘겼구나' 하는 안도의 한숨을 쉬다가 다음 날 아침에는 '오늘이 세상을 하직하는 날' 이 아닌가 싶어 주인이 내 이름을 부를 때도 가슴이 철렁 내려 앉기도 한다. 어쩌다 할머니는 선거에서 한 표라도 더 얻기 위해 큰아들 내외가 교회 행사에 참석하는 것을 놓고 사소한 말다툼을 하다가 큰 싸움을 벌이기도 한다. 그러면 속이 상해 어찌할 줄을 몰라 끙끙 앓다가 고분고분 말을 잘 듣는 나를 데리고 시장에서 요것 조것 자질구레한 것을 사면서 장바구니를 가득 채우는 재미로 속상함을 풀어 버린다. 바로 그날에 할머니 손에 이끌려 시장으로 가다가 요상한 냄새가 코로 스며들자 뱃속이 울렁거려 걸음을 멈췄다. 할머니는 내가 가기 싫어 꾀를 부리는 줄 알고 줄을 잡아당겼다. 둘이서 실랑이를 하고 있는 동안에 왕씨는 몸통이 새까맣게 그슬린 놈의 목에 철사줄을 매달고 빠른 발걸음으로 다가오고 있었다. 할머니는 '개만도 못한 인간' 이라고 고래고래 소리를 지르고 손바닥으로 왕씨 등을 철썩 소리가 나게 세차게 때렸다. 왕씨는 가는 길이 급한 길이라 할머니의 잔소리와 매질에도 이렇다 저렇다 한 마디 대꾸도 하지 못하고 갈 길을 재촉했다.

그 이후로 왕씨를 볼 때마다 이빨을 드러내며 으르렁거리면서 적개심을 나타냈다. 계속 그러다가 큰아들과 왕씨가 하는 대화를 엿듣고 나서야 적개심을 풀었다. 내가 아니고 다른 이들이 그때 광경을 봤더라도 왕씨에게 오해를 품지 않을 수 없었다. 노인정 회원들이 복날 잔치를 하려고 돈을 거둬 시장에 좌판을 벌려 만두를 파는 뚱뚱이 아줌마 집 누렁이를 샀다. 누렁이는 만두를 먹고 돈을 내지 않고 달아나는 자가 있으면 끝까지 그를 쫓아가서 혼을 내주고는 돈을 받게 해주었다. 그런 누렁이를 뚱뚱이 아줌마가 단돈 몇 만 원에 팔아 버렸다. 막상 누렁이 숨통을 끊어 놓았지만 운반을 할 노인이 없었다. 노인정 회장은 왕씨를 불렀다. 회장은 왕씨에게 숨진 누렁이를 잔치하는 곳까지 운반해 주면 이만 원에다 고기까지 덤으로 주겠다고 했다. 기왕에 하는 일 돈도 벌고 노모에게 고기를 먹여 줄 심산으로 군소리 없이 왕씨는 회장의 청을 거절하지 않았다. 왕씨라고 기분이 좋을 리가 없었다. 구역질이 나오려는 것을 억지로 참으면서 불에 그슬린 열기가 식지 않은 누렁이 주검을 들고 가다가 공교롭게도 할머니와 마주쳐 매를 맞은 데다 욕까지 얻어먹었다. 그런데도 야속하게끔 할머니가 왕씨를 겨냥한 욕지거리는 끝장이 날 줄 몰랐다. 나이 많은 노인네라 이렇다 할 대꾸도 못하던 참에 왕씨는 큰아들에게 자신의 억울함을 하소연했다. 큰아들은 알았다고 미안하다는 뜻으로 왕씨 등을 어루만져 주었다. 그 다음날부터 큰아들의 말발이 먹혀들었는지 할머니 입에서 더 이상 왕씨 욕이 나오지 않았다.

바람에 의해 감이 저절로 떨어진 것처럼 위장을 해서 감이 없어지는 것을 은폐하려고 왕씨는 감을 땅바닥에 놓고 있다. 저런 신중한 행동이 하루아침에 나온 것이 아니라 사팔뜨기라는 신체적 장애를 극복하기 위해 갈고 닦은 실력이라는 것을 짐작할 수 있다. 한 번만 보고도 척척해 낼 수 있는 남다른 눈썰매와 손놀림 그리고 민첩한 몸 동작은 타의 추종을 불허하고도 남는다. 이 마을에서 남정네나 부녀자가 무슨 일을 하다가 제대로 안 되거나 손대기 싫은 하찮은 일이 생기면 왕씨를 부른다. 왕씨가 하루종일 궂은 일을 하고 나서 받는 일당도 그리 낮은 편은 아니다. 그렇지만 어느 곳에 소속되어 일을 해서 월급을 받는 것이 아니라서 고정적인 수입이 보장이 안 된다. 그러다 보니 일이 거의 없다시피 하는 겨울철에는 왕씨 모자는 라면으로 끼니를 때우기도 한다. 더욱 안타깝고도 왕씨를 동정하게 되는 것은 싼 임금으로도 실컷 부려먹을 수 있는 중국동포나 동남아에서 온 젊은 노동자들에게 일감을 뺏기고 있다는 것이다.

버스 정류장 앞에다 노점상을 차려 놓고 지나가는 행인들을 상대로 도장을 새겨 주고 열쇠를 만들어 주는 일을 하는 둘째 아들은 왕씨처럼 비정기적인 수입이 아니라서 안정된 생활을 꾸려 나가고 있다. 일 년 전에는 시집간 딸이 빈번하게 이 집에 들락날락했다. 나중에 아버지는 아들에게만 신경을 써 준다는 딸의 볼멘소리를 듣고 사위가 하는 사업이 부도가 났다는 것을 알았다. 딸은 출가외인이라는 고정관념이 머릿속에 뿌리박힌 할아버지에게 딸의 하소연이 먹혀들 리가 없었다.

 허기를 달래고자 걸신들린 사람들처럼 감을 먹어 치우고 있는 왕씨를 물끄러미 바라보다가 입맛이 당겼다. 혓바닥을 날름거리다가 꼬랑지까지 흔들고 말았다. 왕씨는 살금살금 내 앞으로 다가왔다. 조용히 하라는 눈짓을 하고 감을 내 앞에 던져 놓고 잽싸게 감나무 쪽으로 움직였다. 왕씨가 나를 생각해 주는 마음 씀씀이를 봐서라도 감을 맛있게 먹었으면 좋은데 변비때문에 고생을 한 적이 있어 함부로 먹을 수도 없다. 그냥 먹은 걸로 하고 고마움의 표시로 앞다리를 앞으로 뻗으면서 고개를 수그려 꼬랑지를 흔들어 본다. 도둑질도 손발이 맞아야 한다고 큰아들이 말했듯이 나와 왕씨는 손발이 척척 맞아 들고 있는 것이 예사롭지 않은 일이다. 할머니는 내 머리를 쓰다듬어 줄 때는 전생에 내가 저지른 업보가 많아서 개의 몸을 받았다는 것을 강조하며 다음 생에 꼭 인간의 몸을 받으라는 말을 빠트리지 않고 해준다. 과연 그 말대로 전생에 내가 인간이었다고 하면 언제 어디서 무슨 일을 했는지 알 수가 없어 답답하기 짝이 없다. 그렇다고 특히 나에게 잘 해주는 왕씨를 보면 안 믿을 수도 없는 노릇이다. 전생에 내가 인간이었을 때 왕씨에게 잘 해준 게 많이 있었나 보다. 그렇지 않고서야 내가 이 한밤중에 왕씨가 몰래 감을 따는 것을 눈감아 줄 수가 있느냔 말이다.

그러나 저러나 한 뱃속에서 태어난 내 형제들은 어떻게 살고 있는지 궁금하다. 엄마는 나를 포함해서 여덟 마리의 새끼를 낳았다. 하루종일 먹고 자고 싸고 하는 우리 형제들 때문에 엄마는 눈코 뜰 새 없이 바빴다. 그러고 보니 엄마는 어떻게 살고 계시는지 궁금하다. 엄마가 아직도 살아 계신다면 아픈데 없이 몸 건강히 음식도 잘 먹고 편안한 여생을 보내야 할텐데, 만약 돌아가셨다면 인간으로 환생이 되었을 줄로 굳게 믿는다.

인간들은 이해타산이 엇갈려 만인들이 보는 앞에서 싸울 때 '개새끼'라는 말이 서두가 되어 삿대질을 하다가 멱살을 쥐고 주먹다짐으로 번진다. 그런 꼬락서니를 볼 때마다 지네들은 뭐 잘하는 게 있다고 우리를 빗대어 그런 막말을 하는지 가소롭기 짝이 없다. 양쪽 눈에 점이 짝짝이로 박혀서 괴물이라고 놀림을 받는 나리는 시장에서 참기름 집을 하는 주인 박 사장이 천성적으로 바람기를 타고난 인물이라고 비꼬았다. 놀고 싶은 구실만 생겼다 하면 양복으로 쫙 빼 입고 백구두를 신고 카바레에 춤추러 다니는 것을 낙으로 삼는 박 사장이 전문적으로 춤추는 남자들 뒤통수를 치는 꽃뱀에게 걸려들어 혼이 난 적이 있었다. 그 사건은 동네 사람들에게 알려지는 것을 부끄러워한 마음 여린 사모님이 나서서 그 여자 기둥서방에게 한 밑천 집어 줌으로써 해결되었다. 박 사장은 두 번 다시 그런 불미스러운 일을 저지르지 않겠다고 각서까지 쓰고 사모님 앞에서 무릎을 꿇고 손과 발이 닳도록 빌었다는 것을 말 할 때는 나리는 웃음을 참지 못해 떼굴떼굴 굴렀다.

남자가 바람피운 것에 대해서 얘기하자면 할아버지를 빼놓을 수 없다. 할머니는 식구들이 섭섭하게 대해주면 심통이 나서 '이 놈의 영감쟁이하고 그때 헤어졌어야 내가 이 꼴을 안 당하는 건데' 하고 혼잣말로 중얼거린다. 절에서 예불이 끝나고 시간이 남아 끼리끼리 신자들이 모여 담소를 나누는 것을 가만히 귀기울여 들어보면 며느리나 사위들 흉을 보는 것이 대부분이다. 그런 얘기에 할머니가 빠질 리가 없다. 가슴에 응어리진 것을 쏟아내는 할머니의 입담은 며느리 허점을 부풀려 질대로 부풀려 놓고 곧장 할아버지 험담으로 연결이 된다. 그 험담을 들어보면 할아버지에게는 지나간 과거에 불과한 바람기이지만 할머니에게는 두고두고 씻을 수 없는 치욕이다. 참으로 젊었을 적 할아버지는 할머니 속을 어지간히도 썩혔다. 할아버지가 술집 기생년들 머리를 얹혀 줬다는 말을 할 때마다 할머니는 입술을 바르르 떨면서 언성을 높인다. 할아버지 바람기는 열 일곱 살에 민며느리로 시집온 할머니가 스무 살이 넘도록 태기가 없었다는 것이 원인이 되었다. 시부모님이 혹시 대를 이어받을 자식이 끊어질까 하는 근심에 사로잡힌 나머지 할아버지에게 씨받이를 보도록 은근히 압력까지 넣었다. 하지만 할머니는 시집살이하느라 말 한 마디 못하고 부엌바닥에 쪼그리고 앉아서 훌쩍거리다가 시어머니에게 꾸중까지 들었다. '지성이면 감천'이라고 할머니가 부처님께 불공을 드린 덕분에 큰아들에다 둘째 아들을 보고 딸까지 두지 않았다면 할아버지 바람기는 바람 잘 날이 없어 안방 차지도 씨받이에게 넘겨줬을 것이다. 그런 속사정을 잘 아는 분들은 할머니를 여필종부형의 표본으로 본다.

큰며느리 역시 자신이 할머니처럼 겸손한 자세로 남편에게 절대 복종하는 여필종부형 여자라는 것을 지역 주민들 앞에서 누누이 강조를 하려고 애쓴다. 그래 봤자 이해타산이 얽히고 설킨 그들 눈에는 큰며느리의 행동이 남편이 바라는 정치적 입지를 터 주려고 하는 시도로밖에 보지 않는다. 어쨌든 그들은 큰며느리 앞에서 속아넘어가는 척 해준다. 이것 또한 그들이 내가 말을 알아듣지 못하는 줄 알고 내 앞에서 큰며느리를 화제로 삼아 빈정거리는 것을 듣고 알게 된 것이다.

할머니가 묵묵히 할아버지 바람기를 견뎌내고 노후에 편안한 삶을 영위할 수 있게 된 것은 부처님께 절을 하면서 자신의 업을 닦는 인내심을 키웠기 때문이라고 했다.

사람들이 수군수군거리는 것을 귀담아 들으면 세상에 비밀은 없다는 말이 맞는 말이다. 그 말대로 큰아들이 바람을 피는 것은 알 만한 사람은 다 알고 있다. 예전부터 영웅호걸들은 주색을 멀리하지 않았다고 했다. 정치에 미련을 버리지 못하는 큰아들은 지인들을 동원해 술자리를 잘 만들고 남의 술자리에도 초대도 곧잘 받는다. 무엇보다 예비 정치인으로서 박력 있게 보여야 하기 때문에 큰아들은 영웅호걸처럼 말술도 사양하지 않는다. 술자리에서 술을 많이 마신 것으로 끝났으면 아무런 문제도 없는 일이다. 문제는 옆자리에 앉은 호스테스와 관계를 맺어 입방아 찧기 좋아하는 사람들에게 구설수를 제공하기 때문이다. 동네에서는 소문이 날까봐 두려워 단 둘이 한적한 곳에 위치한 러브호텔을 이용한다. 선거 참모진 중에서 돈이 궁한 자가 내년 선거에서 경쟁 후보자에게 그 동안 큰아들이 저질렀던 도덕적이나 윤리적으로 용납될 수 없는 사건을 제보를 했다 치자. 기회는 이 때다 하고 경쟁 후보자는 선거 유세를 하는 기간 동안 큰아들을 맹공격 할 것이다. 실제로 어느 후보는 선거 참모가 돈으로 매수되어 여비서의 염문설을 퍼트려 차점으로 낙선을 했다. 큰아들도 그런 변을 당할 수도 있다는 생각이 미치자 머리가 복잡해지고 귀가 근질근질해진다.

　머리를 흔들어 보고 뒷다리로 귀 언저리를 긁는다. 귓속에는 각종 이물질이 뒤범벅이 되어 있다. 귀청소를 해 달라는 암시로 식구들이 보는 앞에서 뒷다리로 귀를 긁지만 도무지 먹혀들지가 않는다. 항문이 근질근질해지는 게 뱃속에 기생충이 있는 것 같다. 식구들 중에서 단 한 명만이라도 한 달 용돈에서 1%만 나를 위해 써 준다면 내 몸이 겉모습과 달리 속으로 만신창이가 되지는 않았을 것이다. 현숙이는 쌍꺼풀 수술을 한다고 성형외과를 알아보고 있는 중이다. 큰아들은 유권자들에게 조금이라도 젊게 보이게 하려고 주름살 제거 수술까지 했다. 내 처지를 비관하다가 속이 뒤집어지는 역겨움이 느껴진다. 사지를 늘어트리고 배를 땅바닥에 대고 몸을 한바퀴 구른다. 등허리가 차가워 얼른 몸을 일으켰다. 몸이 돌아가는 동안에 물그릇이 뒤집어져 몸이 젖었다. 물기를 털어 내기 위해 몸을 흔들었다. 왕씨가 조용히 하라고 손짓을 한다. 부들부들 몸이 떨린다. 이제 웬만큼 했으면 자기 집으로 돌아 가 주었으면 하는데 왕씨는 그럴 기미가 보이지 않는다. 제발 이 집 식구들 중에서 어느 누구 하나라도 감나무에서 감이 없어진다는 것을 눈치채지 말아 주었으면 하는 심정은 왕씨보다 내가 더 절박하다.

동료들이 말하기를 모름지기 우리 같은 부류들은 지조를 잘 지켜야 한다고 강조한다. 잔정에 질질 끌려 다니다보니 자신을 통제할 수 있는 능력이 상실되어 본연의 임무를 저버리다가 돌이킬 수 없는 불상사를 겪게 된다. 그런 일이 닥칠 때마다 주인은 우리들에게 배신감을 느끼고 우리는 인간들에게 배신감을 느낀다. 간밤에 달래가 행방불명 된 것은 두고두고 잊을 수 없는 인간들의 간교한 짓의 한 표본이다. 인간들처럼 우리들도 동트기 직전 새벽녘에는 허기를 느낀다.

평소 달래를 눈여겨보던 한 인간이 있었다. 그는 일주일에 한 번씩 이 마을에 봉고트럭을 몰고와 각종 야채나 과일과 생선을 파는 장사꾼이다. 무료한 시간에 그가 심심풀이로 던져주는 먹이를 받아먹는 재미에 맛을 들인 우리들은 그가 오는 날을 은근히 기다렸다. 달래에게 유난히 관심을 가졌던 그는 다른 애들에게는 안면몰수를 하고 달래에게만 맛있는 먹이를 무한정 줬다. 나를 비롯하여 다른 애들도 달래에게 질투를 느꼈다. 얌체짓을 잘 하는 똑순이는 그를 보고 얼굴도 지보다 못 생기고 몸매도 뚱뚱한 잡종인 달래가 뭐가 예쁘다고 각별하게 애정을 쏟는지 모르겠다고 투덜댔다. 그렇게 똑순이처럼 동료들은 억하심정이 맺혔다가 그가 잠시 한 눈을 파는 동안에 한꺼번에 달래에게 우르르 달려들어 목덜미나 등허리를 한 번씩 물어뜯어 혼을 내주었다.

새벽녘에 그는 마취제를 바른 닭고기를 담장 너머로 던졌다. 허기를 느낀 달래가 그가 던져주는 먹이를 마다할 리가 없었다. 담장 밖에서 지켜보다가 약 기운이 퍼져 잠이 들은 달래를 차에 싣고 유유히 달아나 버린 뒤에 차에서 떨어진 라이터에 남겨진 냄새를 맡고 그의 소행인 것을 알았다. 우리들은 달래의 실종 사건을 교훈 삼아 주인집 식구들 이외에 낯선 사람들이 아무리 친절하게 잘 대해주고 맛있는 것을 준다고 해도 경계를 게을리 하지 말고, 새벽녘에 아무리 허기가 지더라도 집 식구들이 주는 음식 이외는 어떤 음식이라도 냄새도 맡지 말고 입에 대지도 말자고 다짐을 했다.

할머니가 음악이나 영화에 관심을 기울이고 공부를 소홀히 하는 현숙이를 나무랄 때는 '작심 삼일'이라는 말을 한다. 그 말이 딱 들어맞는 사건이 있었다. 떡집 무동이가 폐품을 수집하는 혹부리 영감에게 유괴를 당해서 개장수에게 팔리기 직전에 극적으로 구출되었다. 그 여파로 우리들의 결의가 무산되어 개인의 안전은 개인이 각자 알아서 하라는 주의로 변질이 되었다. 냉정하게 판단하자면 누가 어디서 어떻게 해서 인간에게 해를 당하더라도 신경을 쓰지 않겠다는 것이다. 우리들 세계도 인간세계 못지 않게 각박해졌다. 그 점을 개선하고자 내가 나섰으나 호응이 미미해 도중에 그만두었다. 그 일을 하다가 우리들 세계가 두 개의 부류로 나누어졌다는 것을 절실하게 느꼈다. 하나는 아파트나 빌라에 살면서 인스턴트 식품을 먹는 부류로 신의 자식이라고 부르는 애들이다. 그 부류들은 공통적으로 덩치가 작고 암놈이든 수놈이든 거세를 당한 애들이 대다수다. 그 애들 중에서 성대까지 제거 당해서 말을 못하는 벙어리도 끼어 있다. 또 다른 하나의 부류는 나같이 덩치도 크고 개집에 살면서 퓨전음식을 먹는 부류들이다. 신의 자식들이 우리들을 일컬어 어둠의 자식이라고 냉대를 한다. 전적으로 그 냉대가 틀린 것은 아니다. 신의 자식들은 여름에는 에어콘에서 나오는 시원한 바람을 맞으면서 무더위를 잊고, 겨울에는 온수로 뜨뜻해진 방바닥에 배를 깔고 추위를 잊는다. 휴가철에는 주인을 따라 여행도 할 수 있다. 주인이 사정이 생겨 여행에 데려가지 못하면 호텔에 투숙해서 극진한 대접도 받는다. 애당초 그런 환경 속에서 사는 애들하고는 어울리지도 않았을 뿐더러 내가 보는 시각으로 다루려고 했던 것이 잘못이었다.

왕씨는 나뭇가지를 옮겨다니고 있다. 내가 왕씨를 한밤중에 담장을 넘도록 내버려둔다는 것을 동료들이 알면 나를 미친놈이라고 한 마디씩 할 것이다. 그렇지만 나도 할 수 없는 일이다. 심각한 문제이기는 해도 나에게 인간적인 너무나도 인간적인 왕씨의 정에 이끌린 나머지 내가 왕씨를 모른 척 하기에는 너무 늦었다는 것이다. 그래서 어쩌란 말인지 꼬집어서 말도 못하는 바이다.

거실 유리문이 열리고 큰며느리가 고개를 삐죽이 내밀었다. 달구경을 하려고 가끔 저렇게 한다. 알고 보면 이유가 있다. 교양을 쌓으려고 취미 생활로 수석 수집과 사군자를 그리는 묵화를 배우고 있다. 남편 뒷바라지를 하느라 밑바닥을 훑고 다니다가 감성이 메말랐다 싶었던지 마음먹은 대로 붓이 움직여지지 않아 발만 동동 구르던 참이었다. 생각다 못해 감성을 풍부하게 키우려고 한 것이 달구경이었다. 구름 속에 숨은 달이 슬며시 제 모습을 나타 날 때는 '아! 아름답다' 하고 감탄을 자아 낼 때도 있다. 구름 속 에 숨은 달이 나올 듯 말 듯 한다.

우지끈 쾅하는 소리에 귀가 바싹 세워졌다. '아뿔싸!' 감나무 가지가 부러지면서 왕씨가 땅바닥에 떨어졌다. 왕씨는 다리가 부 러졌는지 떨어진 그 자리에서 꼼짝달싹하지 못하고 끙끙거리고 있다. 누구야! 며느리가 갑작스런 소리에 놀랐는지 소리를 질렀 다. 내 머리가 급속도로 회전이 된다. 이 지경이 되도록 너는 무엇 을 했냐고 하는 책임 추궁만은 면하고 싶다. 인정 사정 볼 것 없이 왕씨를 향해 밤하늘에 떠 있는 별이 흔들릴 정도로 세차게 짖고 본다.

"무슨 일이야."

큰아들 목소리다.

"여보! 빨리 이리 나와 봐요."

"왜 그래!"

"도둑이 들었어요."

숨넘어가는 큰며느리 목소리에 큰아들이 맨발로 뛰쳐나왔다. 왕씨는 쥐죽은 듯이 땅바닥에 이마를 댔다.

"이 자식이 불쌍하다고 도와줬더니 우리 집에 들어 와서 도둑질을 해."

큰아들은 한쪽 발을 높이 들어 왕씨 등허리를 찍고는 몽둥이를 들었다. 쉴새없이 큰아들이 내리치는 몽둥이질은 피하지도 않고 고스란히 맞으면서도 왕씨는 아무 소리도 못한다. 몽둥이가 휘둘러질 때마다 무사가 휘두르는 칼이 바람소리를 내듯이 휙휙 소리가 난다. 고요한 밤의 분위기는 순식간에 살벌한 전쟁터에서 승자가 패자를 상대로 살육하는 현장이 되었다. 할머니가 그만하라고 큰아들 손목을 잡았다. 흥분의 도가니 속에 빠진 큰아들이 말을 들을 리가 없다. 오히려 이런 놈은 내 손으로 죽여야 한다며 할머니 손을 뿌리쳤다. 할머니는 누가 좀 나와서 큰아들을 말려 달라고 고래고래 소리를 질렀다. 팔짱을 끼고 가만히 쳐다보고만 있던 할아버지가 그만해 두라고 큰아들의 어깨를 쳤다. 몽둥이질은 멈춰졌다. 사지를 완전히 늘어트린 피범벅이 된 왕씨 얼굴이 달빛에 반사된 것이 너무 끔찍해서 눈을 감았다.

연락을 받고 파출소에서 경찰이 왔다. 경찰은 왕씨의 상태를 살피고 나더니 병원으로 빨리 옮겨야 되겠다고 했다. 경찰이 핸드폰으로 병원에 연락을 하고 할머니는 몹시 안쓰러운 표정으로 피로 얼룩진 왕씨 얼굴을 닦아주고 있다. 왕씨는 미미하나마 가쁜 숨을 내쉬고 있다. 구급차가 도착을 했다. 왕씨는 들것에 의해 구급차에 실려 병원으로 갔다.

경찰은 큰아들 의중을 파악하려고 문제가 의외로 커질 수가 있다는 말을 조심스럽게 꺼냈다. 큰아들 내외는 경찰을 한 쪽으로 데리고 간다. 그들은 이마를 맞대고 소곤거리다가 경찰이 '이러면 어떨까요' 한다. '좋은 생각이야' 하고 며느리가 손뼉을 쳤다. 큰아들 내외는 경찰을 집안으로 데리고 들어갔다. 아이고 불쌍해라. 툇마루에 걸터앉아 혀를 끌끌 차던 할머니가 울음을 터트렸다. 곧이어 경찰이 집안에서 나왔다. 경찰은 큰아들 내외에게 상부에는 오해가 없도록 보고를 하겠다고 했다.

큰아들 내외가 집안을 들락날락 몸놀림이 빨라지는 가운데 파출소 소장과 경찰서 형사들이 들이닥쳤다. 큰아들로부터 사건의 경위를 전해들은 형사는 상부에 제출 할 보고서를 작성해야 한다며 부러진 가지와 왕씨가 떨어진 높이를 줄자로 쟀다. 마지막으로 사진을 찍는 것으로 현장 조사는 마무리 됐다. 큰아들 내외는 파출소 소장과 형사를 공손히 집안으로 모셨다.

그리고 얼마 안있어 신문기자들과 방송국 기자들도 카메라맨과 함께 들이닥쳤다. 큰아들 내외는 그들을 보자 어서 오라고 하면서도 어쩔 줄 몰라 한다. 할아버지는 큰아들의 입장을 세워 주기 위해 통장과 반장, 동장을 데리고 왔다.

중국요리가 배달되었다. 이윽고 전혀 맡아보지 못했던 달고 맛

있는 냄새가 콧속으로 들어왔다. 방안에서 한바탕 웃는 소리가 들려 온다. 현숙이는 시끄러워서 공부가 안된다며 투덜대며 뜯어진 청바지 차림으로 도서관으로 갔다. 성깔은 있어 가지고. 큰며느리는 현숙이 등뒤에다 대고 눈을 부라렸다. 큰아들과 절친한 친구인 병원 원장도 나타났다.

큰아들과 손님들이 밖으로 나왔다. 방송국 기자가 마이크를 잡았다. 그 옆에 큰아들이 섰다. 카메라맨이 그들을 향해 카메라 초점을 맞춘다. 카메라맨이 이제 됐다고 손짓을 하자 방송국 기자가 먼저 입을 열었다.

"한 밤중에 절도범이 이 감나무에 올라가서 감을 따다가 떨어져서 뇌진탕으로 사망을 했습니다. 그런데 그 절도범의 어머니는 거동이 불편한 팔순 노인인데 돌보아 줄 가족이 없다는 것입니다. 그런 딱한 사정이 알려지자 집주인이 나서서 보살펴 주기로 했다고 합니다. 그 분은 바로 내 옆에 서 있는 이건홍 씨입니다. 안녕하세요 이 선생님."

기자는 마이크를 큰아들 입 언저리에 갖다 댔다. 큰아들은 기자에게 꾸벅 인사를 하고 겸손한 자세를 갖추느라 고개를 절반쯤 숙이고 두 손을 가지런히 모으고 목을 가다듬었다.

"나보다 큰 일을 한 분에 비하면 아무 것도 아닌데 칭찬을 해주시니 부끄러울 따름입니다. 내가 하고자 하는 얘기는 죄는 미워하

되 인간을 미워하지 말고 사랑과 자비를 실천하라는 것입니다. 미움은 악의 원천입니다. 미움을 저버리세요. 오늘 나는 사랑과 자비를 실천하면 우리 주변에서 인간에게 냉대 받는 불쌍한 인간들은 생기지 않는다는 것을 알리기 위해 이 자리에 섰습니다."

기자는 마이크를 자기 입 언저리로 가져갔다.

"모두들 살기가 어렵다고 해서 형제나 이웃 지간에 마음의 문을 닫고 사는 판국에 자신의 집에 침입한 절도범의 팔순 노모에게 따스한 온정을 베푸는 분이 있다는 것은 우리 사회가 아직도 희망이 있다는 증거입니다. 지금 나는 이 분과 더 많은 대화를 나누고 싶은데 제한된 시간 때문에 이 정도에서 끝내야 하는 것이 매우 아쉽습니다. 지금까지 이명균 기자였습니다."

카메라맨은 의젓하게 서 있는 큰아들 얼굴을 클로즈업하고 뒤로 이동을 했다. 신문기자는 볼펜으로 수첩에다 무엇을 열심히 끼적이고 있다. 호주머니에 들어간 병원장과 형사의 양손이 빠져 나왔다. 그들을 향해 '그게 아닙니다.' 하고 말을 한다는 것이 '멍멍' 짖고 말았다. 큰아들은 조용히 하라고 인상을 쓰면서 한 대 때릴 듯이 주먹을 머리 위로 올렸다. 인간들처럼 말을 하려고 노력했던 것이 영영 수포로 돌아가는 실망감에 젖어 꼬랑지가 아래로 처졌다. 큰아들은 방문객들에게 일일이 손을 내밀어 악수를 청했다. 며느리는 갈 길을 재촉하는 그들의 뒤꽁무니에다 대고 허리

를 구십도 각도로 굽혔다. 구경 나온 마을 사람들도 뿔뿔이 흩어
졌다. 왕씨가 감을 담은 자루가 쓰레기통 옆에 아무렇게나 놓여진
것이 마음 아프게 보여 눈을 감았다.

　파출부가 중국요리가 담겨졌던 빈그릇을 대문 밖에다 갖다 놓
았다. 큰아들 내외는 아주 잘 됐다는 표정으로 얼굴에 웃음꽃이
만발한 채로 집안으로 들어갔다. 밥그릇에 방문객들이 먹다 남은
중국요리 찌꺼기가 채워졌다. 밥그릇을 한참 노려보다가 앞발을
내밀어 하수구로 쏟아 버렸다. 초코파이를 포장한 비닐도 입으로
물어다 하수구 속으로 집어넣었다. 대문은 굳게 닫혔다. 할머니는
어떤 생각을 하고 있을지 궁금하다. 〈끝〉

뿌리출판사 · 뿌리문화사 출판문의 : 전화 : 02)2247-1115

02)466-4516 팩스 : 02)466-4517

Homepage : www.rootgo.com / 뿌리출판.kr

원고접수 : E-mail : rootgo@dreamwiz.com

E-mail : root1115@hanmail.net

주소 : 서울시 성동구 성수 2가 3동 317-10호

우편번호 : 133-835